路过青春的爱情

雷华锋◎著

线装书局

图书在版编目（CIP）数据

路过青春的爱情 / 雷华锋著. -- 北京 ：线装书局，2014.4

ISBN 978-7-5120-1296-7

Ⅰ. ①路… Ⅱ. ①雷… Ⅲ. ①散文集-中国-当代 Ⅳ. ①I267

中国版本图书馆 CIP 数据核字（2014）第 069812 号

路过青春的爱情

著　　者：雷华锋
责任编辑：孙嘉镇
排版设计：博克思文化
出版发行：线装书局
　　　　地　址：北京市西城区鼓楼西大街 41 号（100009）
　　　　电　话：010-64045283　64041012
　　　　网　址：www.xzhbc.com
经　　销：新华书店
印　　刷：北京洲际印刷有限责任公司
开　　本：880mm×1230mm　1/32
印　　张：8
字　　数：256 千字
版　　次：2014 年 7 月北京第 1 版　2014 年 7 月第 1 次印刷
印　　数：3000 册

定　　价：28.00 元

那时的爱情，已藏在青春的记忆里

还记得你的初恋是什么时候吗？

有可能记得，有可能记不太清了。能够让我们记忆深刻的，当然是刻骨铭心的，记忆不深不浅的，只能证明我们那时爱的不够深，雁过不留痕，只在空中划过一道来过的记忆，留下淡淡的印记，恰到好处。

不论是怎样的一段初恋，应该都是发生在我们的青春期吧？

那时的青春，我们孤独地生活在自我的世界里，浪费着大把的美好时光。后来，你恰巧路过了我的世界。就是那不经意的一个回眸，抢走了我的第一次心悸。心跳，有些加速，或许，这就是人们常说的爱情。从未想过爱情会来得如此突然，我还没来得及走进你的心里，你却化作含泪的射手，而我这只不会闪躲的百灵，也心甘情愿地死在了你的怀里。

青春期的初恋或许是最完美的，在人生中最美的季节，邂逅最心动的人，在爱与被爱之间享受幸福的沐浴。只是，最美的爱情，未必有最好的结果。或许，我们从始而终地爱着同一个人，但不一定终成眷属的就是他。青春无价爱无价，青春难留爱难留。爱情世界里，很难说清谁对谁错，当我们走过青春，路过了爱情的时候，我们唯有做到，拥有时，好好珍惜，失去后，才不会悲戚。

时间的年轮总在我们不经意的时候，悄然画上一个个圈，以前的轻狂和激情，都已经埋葬在年少的时光里。年纪越大，越是怀念曾经的种种，即便有些记忆多年前想起来是那样的伤楚，而今再想起，已经变得不再那么伤感。原来，青春时期的伤感，也只能留在当时，多年过后，伤口还是能够慢慢愈合。

岁月蹉跎，我们走过了青春，也走过了爱情。曾经爱过的那个人，曾经经历过的那段情感，都已经化为记忆中的一道道风景。有些风景很迷人，令我们终身难忘，有些风景很平常，只是路途中的一个点缀。不论是怎样的风景，都已经是我们路过的留恋，就如同我们留恋已经或者即将逝去的青春一样，很多事情，一旦走过，便无法回头。

那个时候，我们都很年轻，对爱情的看法很单一，选择去爱自己想爱的人；后来，我们年纪大点，对爱情有了深一点的认识，我们开始选择爱自己能爱的人；再后来，我们进入了青春的尾巴期，对爱情也有了更成熟的理解，觉得应该找个爱自己的人相爱。

青春期，我们对爱情的认识是最真最纯的，年纪大点后，我们对爱情的理解是最理智、最熟虑的。年轻的时候，总以为轰轰烈烈才是爱情；年纪大点后，才了悟，原来，经得起平平淡淡的磨砺，才是真爱。走过了年少轻狂的年纪，才能变得睿智成熟，走过最真的爱情，才能更理智地看待爱情。为爱疯狂，为爱颓废，为爱舍己，好像都已经是很久以前的事情了。偶尔有人再提起曾经的那段爱情，也只是笑笑；偶尔会遇到曾经爱过的那个人，也只是对视一眼，礼貌地说道："原来你也在这里。"不用多说，彼此心里都懂就好。过去的终究已过去，那时的爱情已经藏在青春的记忆里。面对现在，面对未来，我们走在各自的路上，走向各自的幸福，彼此安好，就好。

关于初恋的记忆，能否记住，已经不再重要，它们都已经深藏在我们青春的记忆里。这段记忆，或欢笑，或泪水，或幸福，或沮丧。在时间的酝酿下，已渐酿成酒，只会在孤独寂寞的时候才能闻到它的芳香，喝上一口，跟往事干杯。

然后，我们开始新的人生旅程。

雷华锋邮箱： show1015@163. com

雷华锋微博： http：//weibo. com/leihuafeng2013

1 Contents

目 录

爱情里的骗子

目录 Contents 2

丢失的不是爱情，是自己

Contents 3 目 录

失恋是值得庆幸的

目录 Contents 4

其实我们都很幸运

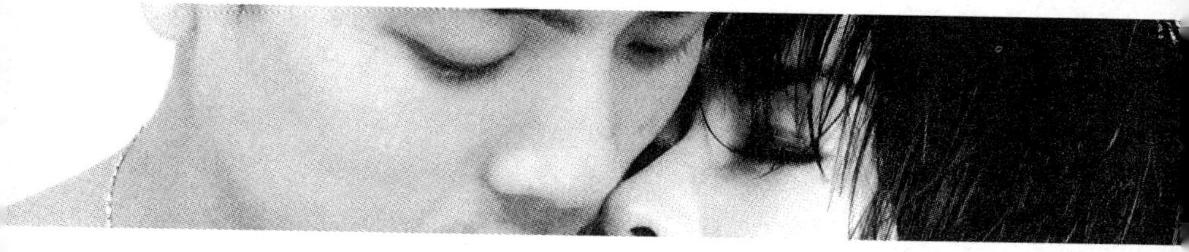

>>> 爱情里的骗子 <<<

幸福是自我的，我的爱情我做主。我需要的是两相情愿的幸福，而不是一相情愿的孤独。如果不爱我，请离我远点，别碰我的爱情。

我们都未曾真正了解

爱一个人需要了解他，这几乎是所有人对爱情的看法。可是，我们有时候了解一个人太深了，反倒会不再爱对方。有些人只适合我们简单地了解，有些人却需要我们花一辈子的时间去研究。只是，在爱情面前，我们是因为爱一个人才去了解他，还是了解之后再爱上他呢？

有些人，连对方的性格是什么，人品怎么样，喜欢什么，讨厌什么都不知道，凭一张照片或者见一面后就敢说喜欢。这叫喜欢吗？如果这样叫喜欢，那么跟买衣服有什么区别？只看到了好看，不管合身不合身都买，买了以后呢？或许新鲜一阵就扔到一边了，到最后还互相说对方的不好，这是谁的错？是自己的错。

我们经常很骄傲地对他的朋友说："我很了解他。"

他很善良，也很感性，很会穿衣服，也很有魅力。他喜欢喝啤酒，喜欢玩游戏，喜欢晚上睡觉之前看一小时书，喜欢听一些伤感的歌曲，喜欢看恐怖片，喜欢一个人静静地发呆，经常半夜三更醒来写文章，他还喜欢旅游，他经常憧憬着能够有一天浪迹天涯，他甚至想着一个人在荒岛上过十天半个月。

这些都是你了解他的结果，你很自以为豪地告诉他的朋友，以此来证明你是爱他多么之深。后来，他的朋友问你："你知道他为什么会这样吗？"

你双眸圆瞪，答不上来。

你是很爱他，并为此煞费了一番苦心去了解他，只是到头来却还只是了解了表面。我从来不认为，爱一个人的深浅要用对他了解多少来衡量。了解一个人是需要燃烧许多脑细胞的，也会耗尽我们很长的时间。你只要知道他爱不爱你就已经足够了，为何不用去了解他的那些时间，与他去享受更浪漫的两人世界呢？

两个人，两颗心，两种思想，纵使你再爱对方，再揣摩对方的想法，终究不能完全了解，你毕竟只是自己，成为不了他，顶多只能是他的一面镜子。所以，不管哪种了解，恰到好处就好。没有一个人能够完全了解对方的所有思想。恰到好处地了解，不深不浅，是爱情升华保鲜的要素。

我们总在说："爱一个人就要去了解他。"但是，我们很多时候连自己都了解不透，更何况是去完全了解另一个人呢？

与其想尽办法去了解他，不如在他工作压力大的时候，给他出谋划策，即便不能提出建议，也可以作为最亲密的聆听者；在他心情抑郁的时候，静静地陪在他身边；当他在冥思工作的时候，给他倒上一杯热腾腾的牛奶；在他想吃红烧肉的时候，给他美美地做上一顿，再配上两瓶啤酒。

了解一个人最后的结局也只有两种，一是你会更爱他，二是你会不再爱他。当我们在抱怨对方不了解我，不懂我心里在想什么的时候，是否也该问问你自己，你了解他吗？你知道他心里在想什么吗？我们都只是生活在自己的世界里，都未曾真正完全了解对方。

关系最亲密的人，他会知道对方在想什么吗？我不知道，我想也没有人能够真正知道，为什么要去知道呢？他想让你知道的时候，自然会告诉你，他不想让你知道的时候，自然是有不愿说的想法，何苦去苦苦揣摩。知道了，是对他的了解，不知道他不想让你知道的，也是对他的了解。

我爱着他，他爱着我，这是我已知道的，其他的都交给以后的时间吧，该了解的自然会知道，了解不了的也是注定的，如果一辈子下来还是不能完全了解他，那就把还未了解到的，留给来生再继续。今生相爱终老已足够。

你爱我吗？

你爱我吗？

我不知道你爱不爱我，但我很清晰地知道，我深爱着你。所以，我愿意为你倾其所有，哪怕我隐约感觉到你不爱我，或者，已经不再爱我。

为爱付出是一种无私的奉献，如果有选择，我希望我的付出不是一种奉献，而是一种交易。尽管很现实，我只是希望你能重视我的付出，能够珍惜我的爱，像我爱你一样爱着我。如果，没有选择，但我依旧爱着你，我只能是为爱着魔，在你的拒绝中数落着寂寞。爱情很公平，那是对于相爱的人而言，同时也很残忍，那是对于付出没有回报的人而言。

你爱我吗？

我知道你爱我，或者还爱着我，所以我问你，我想给自己一份肯定，哪怕是虚荣的。因为爱而爱着，所以我快乐地付出着，哪怕你付出的少点，我都不会计较。珍惜现有的不就是最好的吗？爱情永远都不会有满足的一天，所以，我从不奢求拥有你的全部，只要你爱着我，那就足够。即便是一个小小的要求，很多人却做不到，或者，不能一直做到。

你爱谁，我不知道，也不想知道，我只知道我爱着你。哪怕爱情就剩下最后一秒，我也会在这最后的一瞬间绚烂燃烧。在爱情面前，没有值不值得的付出，只有愿不愿意的付出。如果你爱我，必然会珍惜我的付出，如果你不在乎，我只能在付出之后学会如何自爱。

你还爱我吗？

如果有一天我知道你已经不再爱我，那么我不会再问你这么傻的问题，我只会问："你是不是已经不再爱我了？"我并不是想挽回曾经的爱，已经消失的东西即便是找回来终究还有遗憾，就如同一面瓷器，摔碎了，即便缝补得再好，也会有裂缝。如此一问，只是要你记住我曾经为你的付出，这不是自私，这是自我保护的一种方式。

我知道爱情强求不了，所以，我一直未曾强求。爱已消逝，我会放手让你走，离去以后，我还有记忆。你的离开，放生了我的自由，尽管很难，我还是会学着遗忘。没有我的世界，或许你会活得很潇洒，但你肯定会少了一个为你付出的人；没你的世界，我或许有段时间会与孤寂相会，但在此之后，我能腾出更多的空间，让更爱我的人走进来，也有更多的时间，去爱值得我爱的那个人。

你还爱我吗？

我知道，有些东西不能强留，因为它注定与自己无缘，特别是感情。漫漫人生，我们的生命中总会有些人扮演一些过客。即便是再留恋，到头来所有的渴望依旧是慢慢地融解，终究还是一场空。不属于自己的永远都得不到，既然知道这个结果，那还是放弃吧，尽管要经历遗忘的艰辛。

苍苍茫茫的大千世界，我们能够拥有的毕竟有限，不要让无底的欲壑埋葬了原本的快乐与幸福。来到这个世上的时候，我们是一具身体和灵魂，即便我们离去，也都要空手而去，其实什么都未曾抓住。爱，就在生命中，终成眷属纵然是好，倘若不能，曾经拥有至少也是段美好的回忆。

爱情，没有谁对谁错。没有谁能够把控自己的情感，我们不能强求每段爱情都能有好的结果，但是，正因为经历了前面的不完美，才拥有了今后的完美。如果有一天，我们不再相爱，至少还有曾经的经历化作甜蜜的回忆。

你爱我吗？

我希望我问的时候，你一如既往地爱着我。

爱情是两个人的事

如果你长久地依赖某个人所给予的一切，那么你会爱上他。只是你弄不清楚他爱不爱你，因为他对你的好，有可能只是出于友谊，尽管这种概率比较少，但毕竟还是存在。

毕竟，你能做主的是自己的情感，却左右不了他人的思想。一个人的爱情与两情相悦无关，它是一相情愿的体现，也是不自信的表现。

如果自信，为什么还不能表明你的爱？你觉得自己爱上了他，却不敢表白，是害怕他的拒绝？还是担心自己的魅力不够？

如果说，爱一个人需要理由，那只有一种，由心而生。不爱一个人的理由却是千万种，五花八门。因缘而爱，是两个人的事，那是两相情愿，因缘而尽，却是一个人的事。在一个人放手的同时，另一个人的心却还在他的身上，因为他爱得比她深，爱得比她真。

只是，完美的爱情，并不是一个人说了算的，它永远是两个人的事情，你情我愿方是真爱，你情，我不愿，受伤的永远是不肯放手或者是最后放手的那个。最后放手的那个人，生命里已经习惯了他的存在，这种习惯已经形成了一种依赖，你的情感注定会因他的情感转变而跌宕起伏。这是因为你已经深深地爱上了他。

有些事情注定是我们无法做主的，即便你再好，纵使你再努力，即便你付出再多，不属于自己的，注定不属于自己，强求不来，爱情就是如此。你不信命，至少得信现实。

一个人的追逐不代表两个人的幸福，或许，你认为爱情也不一定绝对是两个人的事，只是，单翅的天使永远体会不到飞翔的乐趣。

爱情里，你可以选你爱的人，却决定不了爱你的人；你可以选择相恋的时间，却预测不到结束的那天。

不可否认，爱情总是包含着我们的一相情愿，只是我们不愿承认，一味地幻想着彼此都是爱着对方的。

甜蜜的二人世界，没有多余的猜测，都在互相信任的情况下用心去爱自己爱着的人。享受着被爱的甜蜜，品尝着甜蜜的痛苦，甚至没有尘世的烦恼骚扰，但这或许只是我们的一相情愿。

一相情愿的爱情总是无果而终，因为它缺少了另外一个人的配合。爱情是两个人的事情，需要两个人共同完成。致命的诱惑会对这份爱涌来层层涟漪，这时的你会采取怎样的态度？刺猬一样耸起满身的硬刺？把无辜的对方刺伤，落得两两相忘？不停地怀疑？不断地争吵？用疲劳轰炸对方，让其失望飘远？

当他不再爱你的时候，他对你说："给我点时间，我会告诉你答案的。"这时间有多长？一天还是一个月？还是更长？于是你放下了尊严，低声下气地问他："是后天吗？"他没有给你一个明确的时间，只是说："我会打电话给你的"然后走了，头也不回。

留下了你，寂寞地守着电话，因为你爱他，比他爱你要深得多。只是，他走了之后再也没有给过你电话，消失得无影无踪。因为他不再爱你，所以丢下了你，即便是你在忍受寂寞与等待的煎熬，在他离开你的那一刻，就再也与他无关了。

如果你还是放不下，那只能是一相情愿地受着折磨，即便你再一相情愿地忍受心伤，也终究挽不回两相情愿的甜蜜。

爱情，如果不再是两个人的事情，再坚持也是多余。

爱上爱情

单身的时候，有朋友对我说："我觉得你喜欢性感甚至妖艳的女孩。"

他的一番话，把我说懵了："为什么这么认为？"

"像你这么时尚帅气的男人，怎么可能不喜欢漂亮和妖艳的呢？"

我怎么自己一点都不知道？难道我没有想过吗？

一个时尚帅气的男人就一定喜欢妖艳性感的女人吗？

我喜欢漂亮的女人，但不至于妖艳，漂亮就好，妖艳会让我吃不消。

我喜欢的是很有女人味的女人，漂亮，最好身材窈窕，我对水桶腰没有半点兴趣。要唇红齿白，要皮肤白皙，我喜欢的女孩还得要时尚，会打扮，偶尔化淡妆，但是不能化浓妆，那样晚上或者卸妆之后会吓着我的。她还应该是个有气质、有品位的女人，会品红酒，但是不能抽烟，尽管我喜欢看女人抽烟，可我并不愿意让自己的爱人抽烟。当然，还要跟我有一些共同的兴趣爱好，性格温顺，对长辈孝顺，很会持家，会做一手好菜能够拴住我的胃。还要懂情调，会适当地制造些浪漫。当然，可别跟我一样粗心、没耐性，能上得了厅堂进得了厨房。

我当时对朋友说，这些就是我喜欢的女孩的总和。在我对女人的理想化当中，始终没有出现过"妖艳"一词。

单身的时候，我们对所喜欢的人都抱有理想化，也一直认为我们会由始至终爱的都是同一类人。这样一个恋爱对象，早在我们单身的时候就已经扎住在我们心中了。幻想着，某个不经意的时刻邂逅这样一个女人。

后来，我们生命中经历过了好几个有缘分的人，但是都没有长久，感觉离自己的要求还相差甚多，来不了电，于是，我们又一次上了缘分的当，在孤寂中静静等候。

再后来，邂逅了生命中的那个人，但是相对于自己曾经设下的条条框框，能够有几条吻合呢？没有几条吻合的，但很奇怪，你却偏偏爱上她了。

当你邂逅了这样一个人的时候，曾经假想出的种种都已经成为了泡影。原来，那个时候都是对爱情过于理想化，那样的一个人，只能存放在心底，能不能邂逅那样一个人，已经变得不再重要。即便是真的有那个人出现在自己的生命里，有可能也只是做知己。那个时候，我们并不懂爱情，因为没有经历，所以一切都如心中所想，把所有的一切都美好化，甚至是理想化。我们当时爱上的，不是理想中的那个人，而是爱情。

最开始的时候，我们大都会爱上爱情，只是，我们在缘分的安排中邂逅了似曾相识的那个人，原来，曾经设下的条条框框竟然会因他的出现，不费吹灰之力消失得无影无踪。原来，爱上一人的要求是那么的简单，那个回眸的一笑，那个深情的一吻，那句温暖的“我爱你”。

爱上爱情，只能是在单身时的想法，结束单身后，你才了悟，曾经假想出来的那个人，有可能根本就不存在于这个世界，他在哪里？或许在别的星球，或者只出现在自己的心里。

爱情里的骗子

受过情伤的女人，或多或少都会对男人有些偏见，会恨男人抛弃了自己，于是，她会把所有的男人都视为骗子。

一个失恋的女人对我说："这个世界上所有的男人都是骗子，所有的女人都是受害者，她们都会被男人的甜言蜜语和虚情假意哄骗。不同的是，有些女人找到了一个大骗子，所以她会幸福一生；而有些女人运气不佳，只找到了一个小骗子，所以，只能有一段时光的快乐而已。在离开小骗子之后，又不断地寻找新的骗子。"

对我说此话的女人，似乎已经忘记了，我本身也是个男人。

如果这个女孩没有失恋，或者说是个理智的女人，我想，她应该是不会由此感慨的。

我并不是想为男人辩白，只是拿爱情与欺骗混为一谈，是不是未免太过于偏激了？你可以说有些男人是骗子，但仅仅是一些而已，这个世界，玩弄爱情的男人相对于真心相爱的男人而言，还是甚少数的。

如果说爱情是场骗局，那受骗的不应该是仅仅一方，他骗你的同时，你也在欺骗他的情感。爱情本就是双方的事情，两个人之间一旦有一方不再有爱，也就意味这段感情已经名存实亡。男人提出了分手，是因为不爱，并不一定他就是骗子。

你们在一起的时候，他有骗过你的财吗？有骗过你的色吗？至少他曾经为你付出过真爱，你心里是清楚的。

这个世界的确有不少骗女人财色的男人，但毕竟是少数，也并非就是你深爱着或者曾经爱过的他。你说他骗子，是不是只想把所有过错归咎于他？是不是只想给自己受伤的心灵寻求点慰藉？尽管你心里清楚，他并不是。

如果说爱情里有不少男人是骗子，那女骗子自然也不在少数。被骗财的男人多如恒河流沙，被骗色的男人也是有的，只是碍于颜面，大多数受骗的男人也只有往肚里吞咽苦水。这个世界有骗财骗色的男人，自然也存在骗财骗色的女人。你没有遇到，那是你的庆幸。

男人骗女人，女人骗男人。只是，彼此都被骗得心甘情愿，如果这样的骗能够让你幸福一辈子，又何须在意其他的呢？至少他也在付出真情，你也能感受到他的爱意，不是吗？这个世界，我们很多事情都弄不明白，既然弄不明白又何言欺骗？

在爱的世界里，我们只相信眼前所见到的，可是有些事情，只有你相信了才能看得见。

很多人为了自我保护而选择自欺。心胸豁达的人快乐地骗自己一辈子，到最后就连自己也相信了这种骗局；而有些骗子却只能骗自己一阵子，短暂的快乐过后，依旧还是会回到起点的感伤。

爱上一个人不容易，爱一个人一辈子更是不易。如果想验证他是不是骗子，最好的验证办法就是交给你的眼睛和时间。

如果说爱情里骗子很多，那我们自己算不算其中的一员？会不会曾经害怕爱人受伤而撒过小小的谎？当我们在被骗的同时，我们同样在欺骗对方，只是，这是友善的，付出真心的，只想让对方快乐幸福的欺骗，如果这算骗，那我宁愿做个被骗的人，享受你绞尽脑汁为我付出的真爱。然后，我也骗骗自己，相信我爱的和爱我的那个她，就是上天恩赐予我这辈子的最好礼物，我会珍惜一辈子。

你对爱情信任吗？

有读者问我："你对爱情就一直这么信任吗？"

我说："是的，如果不信任她，为什么要爱她呢？带着猜疑去爱一个人不是很累吗？"

有猜疑潜伏的爱情，注定是不长久，彼此相处必然是不会幸福的，如果让我带着怀疑去爱一个人，那我宁愿放弃这段感情。

当爱情出现猜疑的时候，也是爱情陷入危险的时候。为什么猜疑？因为对方做出了让自己怀疑的事情，只是自己没有亲眼看到，所以，无法断定事情孰真孰假。面对传言或者流言蜚语，你是选择怀疑他，还是信任他？都是一种考验。只是，我们很多时候因为接受不了疑惑的侵蚀，而一度让感情步入危险，乃至崩溃的边缘。

你们的爱情该何去何从？

一位女读者说，她丈夫是一家公司高管，长相英俊、潇洒，从不拈花惹草。但最近她总会听到某朋友说，在咖啡馆看到他与一陌生女子享受下午茶；某天又看到他开车送该女子返家……原本对丈夫百般信任的她，开始疑虑起来，却又不能当面对峙，她问我该怎么办？

我问她："你有亲眼见到吗？"

她说："没有。"

我告诉她，爱一个人要信任，但也得要留一分怀疑。凡事不会子虚来风，朋友说见到了，如果这朋友值得信赖，你可以相信一半，剩下的另一半则由你眼见为实。但是，为了保护爱情，又需要知道真相，不凡找个两人独处的时间，微笑着问问对方，答案自然会水落石出。真爱你的人，只会感觉你在乎他，而不会抱怨你的疑虑。

时隔数日，该读者与我联系，高兴地告诉我，原来她朋友说的那个女人，其实是他妹妹。她再也不信流言蜚语了。

人都是如此，爱得越深就越害怕受到伤害，没有谁愿意尝到爱情受骗的滋味。我们常常在爱情里幻想圆满幸福，可并不是每一段感情都能如愿，在我们经历过的这些感情里，也只有那么一段恋情能够陪伴我们到老。剩下的，只是我们人生旅程的一道道风景。

总有那么一个人曾经深深地爱过你；总有那么一个人曾经深深地伤害过你；总有那么一个人，你曾经深深地爱过他；总有那么一个人，曾经被你深深地伤害。我们在爱与被爱中，伤害与被伤害之间蜕变，那些路过的人，经历过的事情，看过的风景就是人生经历最好的见证。

爱上她之前，我会问自己：“我对她信任吗?”

答案是肯定的，我才会爱上她。一旦爱上，就会完全地信任她，哪怕最后她告诉我：“其实我一直没有爱过你。”

我也会输得心甘情愿。对她的爱，我是自愿的，为她的付出也是心甘的，她不爱我了，至少曾经在一起的时间是甜蜜的。如果她转身离去，我也会坦然接受。只是，在转身离别的那一刻，我不会再纠结这段有缘无分的感情，也不会质疑她曾经对我的爱。

别把错归咎于他，至少，你曾经是那么地信任对方。这段感情，你们都没有错，错只错在你爱上了一个不该爱的人。

假装遗忘的负心人

命运常常会捉弄人，你不知道谁才是你今生最爱的人，即便是缘分来了，让你邂逅了中意的某个人，但他也不一定就是属于你的。有缘无分的爱情并不是最让人心痛的情感，爱上了一个负心的人才最伤你的心。

曾经以为他对你的承诺胜过海誓山盟，从未曾料到对你柔情蜜意的人，在分手的那一刻，能狠心地忘记所有的曾经。你们有过的曾经，在他的脑海中貌似已经烟消云散，从未发生过。并不是他真忘记，而是他假装遗忘，因为不再爱你，所以没必要再与你重温往日温馨。

负心的人最擅长的就是遗忘，他可以在不爱你的那一刻把你视为陌生人，速度之快让你咋舌。炙热的眼神变得冷漠，你们之间仅剩一点的爱情余温也烟消云散。他或许是你最爱的人，但你并不是他的最爱。当他的心里没有你的位置时，你已经变得一文不值，因为他负心，他会遗忘你们曾经的种种好，尽管是假装的，但你不得不独舔心伤，接受他不再爱你的事实。

爱上一个负心的人是不幸的，被一个负心的人伤害的情感是最难以愈合的。你把爱给了他，最后却不能在一起，这并不是最让你心酸的结局，而是他已经把你丢出了记忆，曾经的种种都已经成了过眼云烟。只有你才会视为宝来珍藏。

不得不承认，负心的人不仅擅长遗忘，也擅长伪装。他可以为了博取你的好感，获得你的爱情，绞尽脑汁地使出浑身解数吸引你的注意，这种爱情，来得很快，在你还没有醒悟过来时，你已经陷入了他设下的爱情陷阱；当他的目的达到，或者另有新欢时，他会果断地结束你们的情感，尽管此时的你已经为他倾其所有，但他回报给你的依旧是分手的伤痛。他不会在乎你的心伤，也不会顾及你的感受，当他决定不爱你，或者变心时，这种速度比当初引诱你来得更快更直接。

你不得不承认与接受这个现实，你不得不承认你们的有缘无分。在心痛中，你不得不承认自己当初的傻，当初的天真。可是，即便如此又能怎样？不属于你的终究不是你的，你唯一能做的是尽快地解放自己，重新开始生活。负心的人毕竟还是少数，如果你不幸遇上了，别怪谁，也别责备自己，这就是命。

他遗忘是他的事情，自己的记忆还是有温馨的余温。结束的爱情，留下的曾经，忘记不了，那就别强求，放在心底吧，时间会给你慢慢愈合。后来，你从自己的经历中慢慢明白，负心的人是没有责任感的，你很庆幸在你们还没结婚前分手，与一个没有责任感的人结婚，那可是一辈子的不幸。早分手，早结束，早解脱。

某年的某一天，当你不经意地再翻出曾经与某个负心人的记忆时，伤口已经不深，淡淡的滋味绕上心头：“我当初真有那么爱他吗？”

我曾经说过：“经历过我所经历的是一种财富，没有经历过我所经历的是一种幸运。”当你不幸爱上了一个负心人已成为事实，那就坦然面对，尽早解脱，让他成为你的过去。他的负心让你学会了坚强，更教会了你今后如何去付出，如何去爱。

与一个负心人结束一段爱情，是你的万幸。从相爱走到了分开，把承诺变成了伤害，这是场情感的意外。所以，即便是你再用情至深，再情真意切，也得要学学负心人的遗忘，记性太好，有时候是一种负担，学会遗忘，有时候是一种幸福。

我们不是负心的人，但是如果有选择，我宁愿那个假装遗忘的人是我。

借着酒劲说出“我爱你”

我喝酒，但不好酒，也不胜酒力，于是，朋友都说我是“假东北”，有酒胆没酒量。

为什么喝酒？写文章的时候，放点音乐，工作台上放罐啤酒，有灵感的时候，急促敲打键盘，没有灵感，抑或需要休息的时候，喝上一口，看还能否挤出点灵感。外出应酬，有酒好说话，在酒桌上很多事情都能迎刃而解，有酒好办事，不正是如此吗？朋友聚会，酒也是少不了的，正所谓“无酒不成筵席”不就是这个意思吗？

酒是好东西，酒桌上的工作很容易达成意向，写作时找到灵感，朋友聚会时拉近感情，借着酒疯畅聊过去美好的梦想和残忍的现实，借着酒劲告诉他你爱他，或者道出快要腐烂在心底深处的倾慕之话，若不然，藏在心底的那些话何时才能脱口而出？喝到尽兴的时候，干脆不顾形象地大哭一场，回味好久未曾品尝到的咸涩滋味。

清醒的时候，面对他人的时候，我们都会伪装自己，把最真实的一面隐藏到心底最深处，我们好像很害怕这个世界，眼前的这些人。总用各种面孔来伪装最真实的自己，一直生活在这种状态下，似乎人都近乎崩溃。累了的时候，明明不喜欢喝酒，也想去喝上一杯，在喧闹的酒吧，或者安静得只能听见风吹的家中，在酒中，卸下一天的疲惫，还有那一天的伪装，自酌自饮，虽然有些孤寂，但也是种释放。

心情沮丧的时候，总感觉自己是万般不幸，没人疼，没人爱，做什么事情都不顺心，一种莫名的压抑，一种莫名的伤感，赤裸裸地呈现在寂静的夜里，好像在这个世界，已经迷失了自己，即便是不胜酒力，也想一杯杯往肚里灌。或哭或笑或发呆，都是自己的时光，都是最真的自己。喝再多，也只是为了大醉一场，管它明天醒来会是何等难受。

很多事情，似乎也只有在酒后才能去做，很多话语，也只能借着酒劲才能吐出。

我认识的一位朋友，暗恋了一个女孩好些年，一直没有胆量开口，后来，在一次朋友聚会中，他将酒一杯杯灌下肚里，不胜酒力的他很快出现了醉态。当着大伙的面，大声对那女孩说出了憋在心里的话，大家都惊得目瞪口呆。但是，随之而来的便是一阵阵热烈的掌声。在掌声中，女孩已经泪流满面。她直扑到男人的怀里，拍打着他的胸膛：

“你怎么现在才说出来，我等这句话已经等了很久了。”

大家恍然大悟，场面在那时候是感人的，至少是感动了我。女人一直爱着他，也是出于胆怯一直未开口，两个人就这样傻傻地等着对方说出那简单的三个字。若不是男人借着酒胆说出心里话，这段姻缘会否夭折？真不好说。

人这一生会邂逅很多个人，但是，可以相爱的机会并不多，也许，就只有那么一次。对心爱的人表白自己的心意一定要趁早，不要吝啬说出“我爱你”这三个字的勇气，不要害怕一辈子的承诺。如果对方拒绝了，即便最终变成了回忆，也可以是件很幸福的事情，至少不会让自己藏着那段秘密度过漫长的余生。如果没胆，那就用上最简单的办法，借着酒劲说出来。

“其实，我一直爱着你。”

如果他在酒后这样对你说出这句话，别以为他是酒后乱言，有可能他真的是爱你，只是苦于没有机会或者是不敢开口表白。酒后吐真言，或许他把这句话已经练习了很多次，直到今天才有机会表白，就等你的一句答复了。

宁可单身也不乱婚

朋友过了结婚的黄金年龄，在家人的催促下，他草草地与只见过几次面的女人结婚。他相信“日久生情”，以为感情可以培养。就这样，他结束了自己的单身，交出了自己的婚姻。婚后没到半年，又在吵吵闹闹中结束。亲友们的祝福还犹在耳畔，只是，已经成为了过去式。

他感慨地对我说，年轻的时候总以为青春还能消耗一阵子，只想找个一见钟情的人，但是时间不等人，在期待中，一次次的希望沦为了一次次的失望。为了照顾老人的意愿，他丢掉了所有的择偶原则，在家人的安排下，选择了相亲结婚，但万万没有想到，这成了终身的遗憾。

他问我：“不是说感情可以培养出来的吗？为什么在我这里却不灵验呢？”

我说：“是的，感情是可以培养出来的，但是你需要的是爱情，而不是普通的感情，不是吗？”

朋友问我他的问题出在哪里。像他这样结婚没多久就离婚，已经成为了家族里的笑柄，算是丢人吗？

多傻的问题，他明明知道，却还要追问。我简单地告诉了他：“相亲是绑架了爱情来销售婚姻。”剩下的他自己去意会。

因为年轻，我们在数落着寂寞的同时，却忽略了身边的人，芸芸众生，总有一个人在某个时间的某个地点等着你出现，当缘分来了的时候，我们又有几人能够抓住呢？面对眼前的人，总以为最好的还在后面，不相信自己的缘分会来得这么快，不相信自己命中注定的那个人会出现得这么早，所以，我们只是守着这份缘，而没有维护那个分。在无知中，竟然把好好的缘分一分两半，变成了有缘无分。

等我们错过了，最后不得不沦落到为了结婚而结婚的时候才醒悟，只是，我们走得太快，知道的太晚罢了。

以后的事情都不好说，现在能够拥有才是最好的，所以，别以为最好的还在后面，有可能是最糟的。爱情不分年龄，与其只为结婚而结婚，还不如留下自己的单身，自由地再寻找、等待爱自己的人出现，我见过很多年纪轻轻就结婚的人，却终不见幸福，也见过为爱坚守到黄金剩男年纪才结婚的人，他们因为稍微多等了几年，但却幸福余生。亲友的建议可以听，但绝不能左右自己，自己的婚事自己做主，毕竟，与另一半相守终身的人是你自己。

错失了爱情，我们只能学会给心灵放生。刻意追逐的爱情，如果得不到，就会失落或痛苦。得到了，没有你想象中的美好，便会失望与后悔。于是，执着中，流失了幸福，轮回中，增加了负累。

单身、离婚或结婚都不丢人，自己的自由，又与谁何干？爱情没来，我愿意花时间来等；婚后不幸福，我选择离婚来解脱，用剩下的时间再去找幸福，这就像辛普森夫人，第三次嫁给爱德华王子。有些人结婚一次就幸福，这是幸运的，所以他也珍惜着这份幸运，将爱情经营的风生水起，就像英国女王。有些人并没缘分的青睐，或者错失了曾经的某次缘分，于是，守着记忆，不接受所谓的形式婚姻，即便是单身一辈子，同样能够幸福地活着，就像可可·夏奈尔。

结婚与否，结婚几次，都是跟自己的幸福息息相关的，因为关系到终身，所以，如果不是我所爱，我宁可单身也不乱婚。

你开心吗?

很多时候，即便是你亲眼所见，也未必是事实。

一个女人有钱有事业，还有个爱她的男人。这应该算是个很幸福的女人了吧。但是她还是觉得不开心。于是，她苦恼地问我："感情并不是让人开心的吧?"

"为什么不是呢?"我反问她。

"感情中，你时常感到开心吗?"她疑惑地问我。

"不是每时每刻，但每天都是开心的。"我微笑着告诉她。

"你没有骗我吧?"她追问。

"当然，为什么要骗你呢?"我问她："你上次感到开心是在什么时候?"

"7 个月以前的事情了。"她无奈地答道。

她是个事业有成的女人，不过风韵犹存的她已经年过五十，爱上她的男人比她小整整 18 岁。她对我提此疑问，必然是两人情感存在重大"嫌疑"，而最大根源是在于她。她对这个小男人谈不上爱，但两人已经在一起多年，有了深厚的感情。只是，她一方面，一直怀疑男人对她的爱是否忠贞；另一方面，她其实对这个男人有些利益交易，他们两人在一起，只是各取所需。在这段感情里，存在最大的问题，或许只是各自自私的私欲，根本就谈不上快乐与否。

女人最后还是跟男人分手了，纵使感情再深，她也做出了这样的一个决定。因为，她想要快乐，做生活真正的主人。

我爱你，但我更爱我自己，如果爱上你，我不会开心，那你也不会开心，因为你也是爱着我，必然希望我也开心。所以，为了能够让大家都开心，放手，是不是最好的出路?

人的一生就像是旅行中的车辆，一路上有人上车也有人下车。

有的结伴而行，有的中途下车，有的只是路边的路人。这趟旅行，只有一个人能够陪你从起点到终点，而这个人就是能够给你带来快乐和幸福的人。

爱情来的时候，不妨问问自己：他是因为真喜欢你才与你交往，还是因为其他目的才与你相爱？当你知道答案的时候，做出决定也不再困难，快乐与否也不再难解。

我爱你，你开心吗？请如实回答我。

如果答案是否定的，那我会选择离开，因为爱你，所以不想让我的存在让你不开心。

你爱我，如果我觉得不开心，我也会告诉你。爱情世界，一旦悲伤多过快乐，那意味着我们的爱情已经不再，维持现在的情感，只是曾经的经历，想要获得幸福，已是徒然。

爱情的故事不是史诗巨著，有的只不过是短篇小说，可不论长短都是充满了真情。这真情就是快乐的源泉，因为爱你，才快乐。如果爱你只有悲伤，那么我宁愿让这短篇小说待续，独守那份孤独的寂寞。

别用下辈子来欺骗我

前世苦等五百年，才换回今生一次回眸邂逅。爱情是天定，这天定的时间是很长的。本应该好生珍惜这段来之不易的爱情，却还是有不少人将爱情视作一场游戏。因为是游戏，所以不会用心对待，即便是输了，自己也不会受伤。于是，五百年等待，在他们眼中是不值一提的。

爱情在今生，一生一世的爱情对于很多人来说是一种奢求，只是，在我们邂逅的无数人中，哪个才是你等待五百年的那个人？没有谁知道谁是谁的谁，缘分来了，先来一次美丽的爱恋。在相处中慢慢品味，他是不是就是上天注定的那个人。

时间一点点流逝，你开始觉得自己爱上了他，对他的依赖胜过于任何人，你已经离不开他了。爱一个人久了，你就变成他的了。不管是不是他的附属品，对你来说已经显得不再重要，只要他在你身边，即便是心不在你这，你也会坦然接受。为什么会这样？因为你比他爱你爱的多得多。

你认为他就是你的五百年等待，只是，你并不是他五百年等待的那个人。他在等待中邂逅了你，发现你还不错，你对他有好感，他对你也不反感，好吧，先来一场恋爱吧。他只是带着怀疑的心态，与你共赴爱河，你把所有情感都抛洒在两人的天空，但他没有，他只是在爱情里吸吮着你给予的点滴。

后来，你感觉有些不适应，精力逐渐耗尽，五百年的元气大伤，他已经快把你的元气吸尽，在爱情的陷阱里，你以为是自己的原因。直到他提出分手的那一刻，你才恍悟自己当初的天真与傻气。五百年的等待，在这次爱情中所剩无几，残留的情感，深深地在你的心口划上了一道伤口。

分手的时候，他对你说，他并不是你五百年等待的那个人，你也不是他等待五百年的另一半，只是缘分给彼此开了个玩笑。

爱你的时候，对你说："我对你情有独钟。"

尽管是一句俗套得掉渣的情话，但每次都能让你感动。就这样，你在爱情的世界中，被谎言包围，已经没有反击预防的本能，你成了他的猎物，任由他主宰。

以为他会和你有始有终，却不知爱情走得如此匆匆。如今想起他的海誓山盟，总让你泪眼朦胧。曾经爱他爱得波涛汹涌，如今却变得心似冰冻。五百年的等待之后，他终究还是像一阵风，消失得无影无踪，留下你，还在独守旧梦。

爱走了，回首才知道，我们只不过是伤心的过客，只是从各自的心中匆匆路过，带着彼此的嘱托，种下了五百年的寂寞。

"如果可以，我在下辈子等你，今生欠你的情债，我下辈子再还给你。"

为什么要还？因为他知道你付出的比他多，他亏欠你，但是他不愿意用爱情来抵债，对你对他都是场悲剧。好吧，那就把欠下的债放到来世，既然五百年都已经熬过了，还差这一辈子的光景吗？

活一生，爱一世。正因为等了五百年，我已经等腻了，不想再受寂寞与空虚的折磨，爱就这一辈子，不爱我就别用下辈子来欺骗我。要爱就爱在今生，我怕下辈子不记得，今生不爱，我们就此别过，来世请你别再说爱我。

不爱你的理由

如果说爱一个人不需要理由，那么，不爱一个人又是否需要理由呢？

如果你们在不相爱之前，曾经深爱过对方。因缘相识，缘尽而终。曾经的山盟海誓化为乌有，剩下的残缺情感已经无法支撑两人的爱情，分手成了唯一的选择。而这样的分手，是需要理由的，因为曾经相爱过，为什么不能再相守？

这样的分手，原因有很多种，不管是那种理由，都能深深刺痛你的心扉。可你依旧还想知道，不想让爱情不明不白地画上找不到答案的问号。

从爱你到不爱你，是一个情感交流的过程，这个过程或许会升华你们的爱情，也有可能会消耗你们对彼此的好感，在这个过程中，或许你们出现了分歧，或许在你们相爱的舞台中，冒出了让你措手不及的角色，无论是出于什么原因，他最后还是不爱你，理由就在这个爱与不爱的过程之中。

他告诉你的理由永远都是一个分手的借口，真正的答案你无从知晓。

心伤到一定程度就别再刨根问底，用追问的时间给自己愈合伤口岂不更有价值？即便是你找出了真正的分手理由又能怎样？反倒是浪费时间，还伤的更深。有时候，很多问题不用去解答，就是最好的答案，让问题定格在某个阶段未尝不是件好事。

当他不再爱你的时候，分手与寻找下一段真爱是治愈心伤最好，也是最快的方法。对于分手的原因，不管是哪种理由都是伤人不浅的。爱已不在，分手的原因徒然不再重要。即便是在分手时，他大方地将所有过错归咎于自己，深表歉意地对你说："你太优秀了，是我配不上你，应该有个比我更优秀的男人来爱你。”

你也只能是流着泪接受这个虚假的理由。

在另一种情况下，不爱你是不需要理由的。

你们没有相处过，可你很爱他，哪怕是一见钟情，抵不住爱情的诱惑，于是，你赤裸裸地向他表白，但却得到了拒绝，你很不理解：“我这么优秀的人，他为什么会不喜欢我？甚至都没有给我表现的机会？”

是的，他不爱你，自然不想给你机会让你多想，因为他不想伤害你。

但是他为什么不爱你？这是没有理由的。

你可以问问自己，为什么你不会爱上一个你不爱的人？能说出什么理由？如果能够说出，那理由也是他不爱你的理由，如果说不出，那就是没有理由的不爱你。

爱一个人不需要理由，因为爱你，所以爱你。不爱一个人，也不需要理由，如果能够说出不爱的理由，那你得先做好受打击的准备：因为不爱，所以不爱。

当你们还未相处，他便表明不爱你时，这时的你无须再为一个不爱你的人浪费真情。所以，别再傻傻地追问下去，如果他能够回答你，那些原因不过是他在事后才想到的，而且答案会深深地伤害你——其实，你心里也非常清楚，为何还要自虐？

不爱一个人，并不一定是他有什么不好的地方，或者是对方看你不顺眼，他只是觉得不爱你，就是不爱你。如果他有理由告诉你，那也是用来搪塞你的借口，也是用来说服他自己的理由。

爱上一个不爱自己的人

读者问了我一个很多人都遇到过的问题："爱上了一个不爱自己的人怎么办？"

答案很简单：放手。然后熬过一段时间的悲伤期。

我没有办法告诉你其他一些华而不实的答案。遇到这样的问题，也没有比放手更好的结局。

尽管这说起来容易，做起来很难，但你没得选择。当你在没有选择地做某件事情时，你只有全力以赴，才能有希望摆脱窘境。爱上了一个不爱自己的人，注定受伤的只有自己，这不是自作自受，只是缘分捉弄。面对这样不平等的抉择，你可以跟缘分说"不"。即便是再放不下，你还是别无选择。忘记一个人很难，特别是自己爱的人，但伤心一阵子总比伤心一辈子好吧？

或许有读者会反驳："你是不是没有爱上过一个不爱自己的人？"

是的，我没有，我也不会爱上一个不爱我的人。别问我为什么？不爱就是不爱，就如同我从不抽烟，并不仅仅是因为害怕得上肺癌，归根结底是不喜欢。

不爱一个不爱我的人，并不是因为我很理性，或许是因为我的性格所致。正如我曾经告诉过读者，我不介意卑微，但我要在我认为值得的人面前卑微，至少，我的卑微他会在乎，他会心动，他会理解，他会接受。在一个不爱自己的人面前，卑微的祈求他的施舍，他或许会施舍给你，但绝对不会是爱，或许是伤心的眼泪，或许是对你的怜悯。所以，你的卑微总归是不值得的。

用感动来获取一个不爱你的人给你爱，很难，也不牢靠。或许，也有奇迹的出现，在你的不懈付出中，终于感化了不爱你的人，你的单恋终于见到了曙光。爱上了一个从一开始就不爱自己的人，你花上了大把青春在他的身上，他跟你好了，正如你所愿。只是，被感动的爱总归是情多于爱，他跟你好，是不是仅限于你对他的好？是不是还没有遇到他爱的那个人？你用青春下的赌注，第一局已经赢了，而接下来的，你还同样得花上多年的时间再去赌，赌什么？赌他能爱你多久。是不是在他遇到最爱之后，你又得转身离开他的世界，走出他的生活？

爱上一个不爱我的人，注定是个冒险的赌注，成功的概率很少，所以，我从不会这么傻，除非是非他不活。否则，我不会为这样一个人浪费自己的青春。人生本就短暂，美好的青春更是不长，我宁愿将有限的青春用来等待爱自己的人出现，也不愿将它挥霍在希望渺茫的单恋上。用时间等待爱我的人出现，我挥霍得起，但用青春来愈合情殇，我伤不起。

爱情就是一首动人的情歌对唱，我可以也只能唱好男声部分，但却没办法唱好女声部分。即便我的唱功再好，模仿女音惟妙惟肖，但毕竟是假的，再好听，也是残缺不全的，归根结底还是自己唱着独角戏。更何况在你尴尬的自演自唱时，另一个人却在一旁看着。

我不介意我不爱的人会爱上我，如果我知道是谁，我会告诉她："别爱上我，爱上我，你会受伤的，因为我不爱你。"邂逅一段没有结果的爱情，最好就是放手，早放手早解脱，然后在时间的流逝中慢慢挺过最难熬、最不堪的淡忘时光。

爱上一个不爱自己的人，并不是爱不起，而是伤不起。

物质爱情

几乎所有人都会说：爱情是不能用金钱来衡量的。

但是，我们心里都很清楚，没有经济基础的爱情，始终是没有保障的。

你很爱她，却没有能力送她一枚钻戒；

你很爱她，却只能请她吃路边摊，浪漫的西餐厅，昂贵的食物价格让你们望而却步；

你很爱她，却只能让她为了省点钱，而与菜贩为了几毛钱讨价还价。别告诉我，这是一种生活的乐趣，没有一个女人愿意为了几毛钱与陌生人争辩得面红耳赤。

她的芊芊玉手在嫁给你之后，开始变的粗糙；她结婚前的优雅气质，已经被厨房的油烟熏得所剩无几；娇嫩的脸蛋也被整日的操劳吞噬成典型的黄脸婆。你不是舍不得给她添置昂贵的护肤品，你不是舍不得为她购买时尚潮流服饰，所有的舍不得，你却无能为力，你沉溺于郁闷之中，现实已经开始逐渐吞噬你的自信与感情的地基。

虽然，你不能给她更好的物质生活，但你们总归是幸福的，只不过这种幸福仅限于她不计较，跟着你无怨无悔，你注定是她一辈子的男人。

可是，你是否仍心有酸意？

相爱的时候，什么都可以撇开不谈，只要有爱，什么都显得微不足道。在热恋时谈钱，是伤不起的，那时的两个人，要求的是精神境界碰撞出的火花。只是，当感情走到一定程度时，始终是需要接受现实的洗礼。很多曾经相爱的情侣，在走出精神境界后，感情戛然而止，曾经的鸳鸯已各游东西。

爱她，当然是想给她最好的生活，想要更好的生活，必然要有更好的经济基础，只是每个人的能力不同，状况自然也不尽相同。即便是她已经不在乎你能否满足她的物欲生活，可你仍旧在努力地创造，因为你爱她。

或许，你会觉得将爱情与物质扯上关系，是庸俗的。我们都是凡人，并不是神，在现实的社会里，我们不需要佩戴虚假的面具，你不能给她更好的生活，并不是你不爱她，是因为你能力有限，你在给自己找推卸责任的借口。女人不奢求你能给她富裕生活，但并不代表她不期望。她不说，只是不想给你压力而已，因为，她也深爱着你。

现实就是如此，没有好的经济基础，就没有好的物质享受，爱情需要建立在精神与肉体的层面，但若想长久，物质是必然的支柱。

在我们身边有太多这样的故事，共经风浪的夫妻，却很难扛过富裕的生活，在艰难中能够坚守爱情，却往往在富裕之后错失了方向。分手了，你的就是你的，我的就是我的，共有的，也得各分一半，把所有的物质分得一清二楚。于是，很多人会把责任推卸给物质，其实他们往往把自己的过错推卸得一干二净。富有了，接触的花花世界自然多了，经不起诱惑的人始终会出轨，是你对爱情的不忠，也是你曾经以为坚不可摧的爱情，其实是不堪一击的，这是最可悲的爱情。

物质不是误导爱情的向导，而是给长久的爱情生活提供必要的保障。你能与爱人共扛风雨，却不一定能够有福同享，说到底，物质也是考验爱情的有利方式。

假若你还在对我说："如果你遇到真爱，即便是两个人每天喝粥吃馒头，你都会觉得幸福。"我只能说，你太天真，当你吃 10 天馒头，喝 10 天粥，我想你的观点就会改变了。

物质爱情，很俗，却很现实。如果能够为爱情提供一个保障，即便是俗那也是俗的高雅。

不能说的心事

朋友聚会的时候，酒过三巡，我们玩过一个“说出心事”的游戏，每个人都要说出一件心里想说却又说不出的事情。

轮到了一位女友，她借着酒性晒出了埋在心里多年的心事，年轻的时候爱过不少男人，却等不到自己爱的男人开口，后来，有一个男人了了她的心愿，那男孩子对她说：“其实，我一直都爱着你。”她哭了，这眼泪并不是因为感动使然，而是伤感所致。

她淡定且微笑着说：

“我爱过那么多男人，却只有一个糟糕的男孩对我说爱我。”

听到了她的感叹，我和朋友们都笑了。原来，有些心事可以说出来，有些心事还是埋藏在心里会更适合。

读书的时候，玩伴很多，但那个时候，都不会珍惜彼此的秘密，因为年少，所以轻狂，当你告诉自认为玩得好的同学自己的心事时，有可能明天就是个公开的秘密了。所以，那个时候的心事从不表露，于是，暗恋上哪个女孩，也只能悄悄藏在心底，

年轻的时候，朋友很多，能够倾吐心事的挚友也有几个。那个时候，我们都会相互诉说自己的秘密。后来，我们逐渐地脱离了单身，不知道从什么时候开始，联系少了，聚会少了，能够交流倾吐心声的时间也少得可怜。

随着时间的流逝，可以诉说心事的对象也发生了改变，18 岁的时候，是这几个挚友，20 岁的时候换了两三个，26 岁的时候，只剩下这么一两个了，年纪越大，心里藏着的心事越多，但是，能够倾诉心事的对象却变得越来越少。

直到有一天，丢失了最后剩下的两个倾吐对象，只有把心事通通藏在心底。这个地方，赖得起岁月的变迁，经得住友情的考验，

也熬得住爱情的多变，这个世界上还有什么地方比这里隐藏心事更安全呢？

我是个不喜欢也不习惯倾吐心事的人，并不是我身边没有可以倾吐的对象，只是我不想将自己的心事掏出来，心事本身就是一个人的秘密，说出来了还算是心事吗？

当然，心事装多了会让人受不了的，在我们的生活中，最亲爱的人和最信任的人是永远可以放心倾诉的对象，只是，很多心事，即便是这两个人，我们都无法说出来。很多心事，我们只能是有选择性地倾诉，其余那些不能说的心事，就是自己的秘密。

于是，有读者问我：

“你心里有告诉我们的秘密？”

没有，这个至少现在还不是我想做的事情。况且，告诉了就不是秘密了。试问，哪个有点智慧的人，是没有一点不能与其他人分享的心事呢？

有些心事，就是自己的秘密，无法与人分享，放在心里要比晒出来好得多。这些不能说的心事，是会沉淀的，将它们酝酿心底，时间一久，渐变成红酒，自己干一杯，化为脸上的晕红，或许会有些许傻气的泪水伴随。

为什么会喜欢我?

一个各方面很优秀的女人爱上了一个很普通的男人。

男人很不解，问她："像你这么漂亮、聪明的女人为什么会喜欢我这样一个男人?"

女人反问道："你为什么就不喜欢一个漂亮、聪明又喜欢你的女人呢?"

他们俩最后的结果当然是喜人的。

当我们被人爱着的时候，总在想，他为什么会爱上我？理由是什么？因为我漂亮？还是因为我有气质？还是因为其他？你把各种疑问抛给了他，可是，他也不知道为什么会爱你，哪怕你并不美丽，并不漂亮，并没有气质，甚至没有一点可以让人爱的优势。但他就是爱着你，义无反顾地爱着你，说不出理由地爱着你。

"我不漂亮，也不温柔，你为什么会爱上我?"你问他。

"我承认，你是不漂亮，也不温柔，但我很确定我爱你，因为你给了我别人给不了的感觉，这感觉与外貌无关，与温柔无关。"他告诉你。

有时候，人是很奇怪的，没有爱情的时候，渴望着有。当自己真被某人爱上的时候，又感觉有些不可思议，总想用问题来给潜藏的虚荣心找些许满足，在被爱的包裹下，抬高着自己的姿态。他爱着你，你也爱着他，当他问你"你为什么会爱上我"的时候，你有没有想过你为什么会爱上他呢?

说不清，道不明的，永远都是爱情。我们只要相信与他美丽的邂逅，那就是缘分。这种缘分，在梦里从未消失过，我们无法拒绝，只有乖乖地被俘虏，幸福地接受。有了爱的人，漂泊的心才有了港湾。如果要他说出一个爱你的理由，那就是彼此的感受，那种被你迷惑的爱情感受，深陷其中，无法自拔。

我们一生中，擦肩而过的人无从计算，但在所有人之中，却只有一个你，能够让我找到那份别样的感受。那天的偶然相遇，让我们以后的每天都在改变，曾经空荡的心不再变得孤独，幻想着一直拥有，不会失去，直到天长地久。

有一天，她问我："你有多爱我呢？"

"像我那么懒的人，每天还会主动和你说话，可见我多么的爱你。"我回答。

她不满意，让我回答的有诗意一点。

感谢生灵，因为是上天将你恩赐予我，如果有一天，我老得看不见眼前所有的一切，但我们曾经在一起的美丽画面还会在眼前浮现。即便是在我最无助的时候，我也会很幸福，因为至少还有你在我身边。爱上你，没有任何语言能够表述，我只知道，没有你，我会崩溃，拥有你，我就拥有了整个世界。

"你为什么会爱上我？""你有多爱我？"

当你明明知道他爱着你的时候，就别再问这么傻的问题，你要做的，便是好好享受他给予你的爱。

如果有一天，他不再爱你了，也别问："你为什么不爱我了？为什么曾经那么爱我？"之类的傻问题。

他可能说不出爱你的一条理由，却能说出一箩筐不再爱你的借口。你要做的是学会放手，等待下一个值得你问"你为什么爱我"的那个人出现。

你需要等的那个人

相恋的时候，那种感觉永远都是甜蜜的，可是，并不是每段感情都能将甜蜜持续永久。面对有缘无分的爱情，分手成了必然，在感情的经历中，有几个人没有哭过几次，痛过几次才遇到最后最真的爱呢？如果分手是必经的，那有些问题也是没必要再问的。

有人问：“我跟他分手了，还可以跟他做朋友吗？”

我告诉她：“当然可以，如果你从来就没有爱过他，即便分手，也能坦然地接受角色的瞬间变化。”

有人问：“分手之后，我还可以为她做朋友之间的事情吗？”

我告诉他：“可以，除非你是想让对方记住你的好。”

有人说：“我跟他分手很久了，从来不见他，现在还一直感觉很恨他，这是为什么？”

我告诉她：“那是因为你现在还放不下他，依旧还爱着他，即便是曾经的分手，也是万般不舍。”

有人问：“我和她分手后，一直尝试着让她从我的世界永远消失。”

我告诉他：“那是因为你真的很爱她，即便现在分手许久，依旧还是深爱着她。”

分手是痛苦的，至少那一刻是真的痛苦。只是，在这痛苦的一刻，我们如何保护好自己的尊严？在他提出分手的那一刻，决定放生这段爱情，又该以怎样的姿态，掩饰好自己的悲戚？分手时，沉默是最好的回应，最圆满的答案。把所有的忧伤悲虑暂放心底，在他转身离去后再独自舔愈情殇。

放下一个不爱自己的人，是放生了一段没有好结果的爱情，在我们的一生中，行色匆匆的人不在少数，路过我们生命的人也有很多，有些人只能陪我们看看日出日落，有些人只能陪我们走短暂的一段路程，有些人也只能陪我们享受短暂的幸福快乐。邂逅的缘分多了，却有种茫然的感觉，不知道自己的真缘在哪里，每每经历一段情感，便希望把现在这一瞬间的感觉变成永恒的幸福，不再只是路过的短暂幸福。

缘分就是如此的幽默，总会在我的生命中安排了许多人出现，但他们都不能陪伴我们终身，冥冥之中，命理注定与我们终老的也只有那么一个。一次次的错缘中，我们只能在擦肩而过的人群里，等待那个回眸一笑的人出现。

这个世界，总有那么一个人会看你写过的所有心情日记，会读完你写下的所有微博，会看你从小到大的所有照片，会看完你曾经拍摄过的旅游照片，甚至去别的地方寻找关于你现在的信息，他试着听你听的歌，走你走过的地方，看你喜欢看的书，品尝你总是大呼好吃的东西，甚至会想着去你出生的地方看看……他的出现，是上天缘分的恩赐，他为你所做的，只是想弥补上他错过的关于你的青春时光。

这样一个人，是你在经历无果爱情后的姻缘，还没有出现，只是缘分未到，他已经在向你走来的路上，需要的，是你耐心地等候。

爱情的保质期

一个女孩在与男友相恋十个月后分手了，是男人提出的分手，女孩即使再爱他也已经知道放手是最终的结局。她成全了他，没有哭闹，也没有纠缠，对于闹得不可开交的分手案例来说，他们的分手显得平静许多。

女孩终究是伤心的，在分手后的日子里，她还是哭过，想过他。只是，她不会在男人面前哭。

她说："他已经不爱我，在他面前哭，只能证明我的脆弱，我可以哭，但我不会在不爱我的人面前哭，那眼泪是不值得的，因为他不会心疼。"

女孩说，他们相爱的时候，什么都可以忘记，只想两个人能够天天在一起，只是，爱情来得快，去得也快，难道爱情就没有保质期吗？

爱情没有保质期，不用年审，一次颁发，永久行效。可偏偏这个永久生效的"金饭碗"，却是最经不住摔打的东西。我想，如果爱情有保质期的话，世上也不会有那么多的人受到伤害，也不会有那么多的人备受爱恋的煎熬。

如果说爱情有保质期的话，我想应该是这样的：

两个人热恋的时候，是处于绝对安全期内，当激情退却后，进入平淡的相爱时，也是处在保质期内的，只是热度远不如热恋时期。当两情相悦变成一相情愿的时候，那爱情就已经是进入危险期，甚至是已经过了保质期。

不管你接不接受爱情寿终正寝的现实，终究得面临分手的抉择。

他不再爱你，即便是再爱他也只不过一相情愿，分手，是对他的解脱，也是给你自己重生的机会，不属于你的人，只注定是你生命中的过客。之所以是过客，因为他未曾为你停留。曾经在你人生中撒下欢乐的种子，之所以只是种子而不开花，因为他未曾为它浇水施肥。曾经划下你人生中的一根伤痕，之所以有伤痕，因为他未曾温柔地怜悯过。曾经给你一线的光明而瞬间带来全部的黑暗，之所以黑暗，因为他未曾想过为你照亮。

与过客在一起的日子，只是一段邂逅，或甜蜜，或忧伤。当爱情过了保质期，你问他："你现在还爱我吗?"

他对你说："你给我点时间好好想想吧。"

后来，你守着电话苦苦地等待，一天，两天，一个礼拜，两个礼拜，但终究还是没有等到他的电话，别傻傻安慰自己："他今天太忙应该是忘记了，明天会打过来的。"

爱一个人会有期限吗?在他说出那句话的时候，其实已经告诉了你答案。只是他无法当你的面说出口，而是找个借口，让时间告诉你答案罢了。

当你已经感觉到他不再爱你的时候，你可以问他："你爱不爱我?"

当他告诉你："让我想清楚，过几天我给你电话。"又或者："我一个礼拜后去找你，到时候会告诉你答案。"

足以确定他不再爱你，所以，别让自己再为他饱受等待和煎熬之苦，倒不如大方地告诉他："我不会等你的电话的。"又或者："你不用再来找我了。"果断地结束这段早已过期的爱情。

对床的依恋

我不习惯睡懒觉，但我喜欢赖床。醒来得很早，可我不会那么早起床，特别是大冬天，懒懒地躺在床上，或者蜷缩在被褥里，简直就是一种温暖的享受。

上班的时候，早上起床可真是个大功课，特别是寒冷的天气，更是一种严酷的考验，每天从床上勉强起来都像是打了一番胜战。睁开惺忪的双眼，赖在床上，心里想着再睡 10 分钟，很快过去后，又想着再赖 5 分钟，过去之后，又想着，最后再躺 3 分钟，到最后改为 1 分钟，心里倒数着 60 秒，强迫自己从暖被窝中起来，心里嘀咕着："今天干嘛要上班呢?"

对床的依恋，在天冷的季节，这种感觉显得淋漓尽致。

最喜欢的是礼拜天和休假的日子，早上可以不用想着再赖床倒计时，想赖多久就赖多久，即便是赖到不吃早餐，直接催着起床吃午饭也是种难能可贵的享受。当然，单身的时候总是自由的，一旦有了另一半，总归是要有些束缚，怕你饿着，催促着你赶紧起床吃饭，哪怕是吃过之后再接着睡也可，只是，一旦起床再躺下去可不是"原汁原味"了。

对于床的选择，首先是要大，当然是越大越好，其次是要柔软，这样才能睡得舒服，可以翻来覆去。不管是一个人睡的床也好，两个人共眠的床也罢，在床上能翻来覆去、无拘无束的没有什么不好。

床不仅仅具有睡觉的功能，当然还有其他的用途。

除了卫生间之外，床也是我们最隐私的地方了。在床上，你可以一个人数落着寂寞，也可以两个人诉说着枕边话，放纵缠绵。

如果我不想对着电脑写作，我会拿支笔和本子，躺在床上，放上点音乐，静静地想着下一篇文章的主题和开头语。我是个喜欢发呆的人，心情不好或者郁闷的时候，在能够忍耐的前提下，我大多数时候是不会抱怨的，躺在床上，把灯光开得暗暗的，什么都不想，看着灯光静静地发呆，管它时间流逝，这个时候浪费时间也是值得的，也是应该的。

男人单身的时候，加班太晚回家，太累了，一到家，便丢下文件包，直接奔向那张床，懒懒地躺在床上，即便是袜子都懒得脱，反正就一个人，脏就脏吧，无所谓了，如何让自己舒服才是首要任务。

女孩子心情沮丧的时候，或者跟家里的男人争吵之后，会以极快的速度扑向那张床，猛击着床垫，放纵地释怀。现在的她其实也是在等着男人的道歉，爱他的男人此时也跟她追向那张床，向她致以掏心窝的歉意，说不定还能换回一个争吵过后的激情拥抱，或者是热吻。

失恋的或者苦恋一个人的时候，我们对床总有一种别样的依恋，想在床上能够找到点安慰，于是，瘫在床上昏昏睡去，醒来后发现还是想着他，那就再接着睡，就这样没日没夜地赖在床上不肯起身，害怕醒来的孤寂。从床头睡到了床尾，一会儿侧躺，一会儿平躺，一会儿趴着，想着他的时候，总在不停地改变姿势，换来换去的目的只有一个，不再想他。

当他提出跟你分手的时候，你没有灵魂般的瘫痪在床上。用上仅有的一点力气抱着枕头，蜷缩着，哭个死去活来，泪干之后，迷迷糊糊地睡着了，醒来之后再接着哭，直到眼睛哭肿了，才了悟："他有什么值得我哭的?"

对床的依恋，不仅仅因为它是一个人的小世界，也是两个人的快乐天地。伤心也好，快乐也罢，每天归来，我们都要依赖于它解脱一天的疲惫，抑或不快的心情。

付出的回报

从你爱上一个人的那一刻起，你就已经在为他付出了。最开始的付出，是你的好感，这样的付出，是细小的，也是微不足道的。后来，你发现自己越来越爱他，你的付出也会随着爱的深度加大筹码。

有些付出是有回报的，有些付出毫无回报，却依旧放不下已经付出的心。正如你爱上了一个不属于自己的人，明明知道没有结果，你却依然在为他付出自己的思念与牵挂。这种付出是徒劳的，它只能消耗你的青春和爱的能量。你心里清楚，这种举措是傻的，错的，也想停止付出，可当你有心收回时，你的心随着思念流向了大海，想收回又谈何容易？

为一个不爱自己的人付出，是伟大的，也是愚蠢的。伟大和愚蠢之处，都在于你不求回报，守候着这段无果且苦涩的恋情，不是吗？

都说付出就有回报，但爱情却偏偏不吃这一套。因为他不爱你，甚至根本就不在乎你，所以，他不会在意你的付出。为什么要在意？爱情本身就是你情我愿的事情，他并没有逼迫你为他付出，所以，他享受你给予的爱就好了，爱背后的所有痛苦就交给你背负吧。

当然，有些人尽管不爱你，但看着你为他付出，他会心疼，只是，这种心疼与爱无关，与感激无关。所以，你的付出还是没有回报，徒劳的。他甚至会害怕你的这种付出，躲得远远的，对他来说，这种爱简直就是一种负担，他觉得自己消受不起。

对于一个不爱你，且不懂得珍惜你付出的人来说，他可以因为感动，让你走进他的世界，却始终不能在他心里占有一席之地，永远只是他情感舞台上无足轻重的角色，你的付出和你对他的爱显得如此卑微和廉价。

有读者问过我，是否介意在爱情里扮演一个卑微的角色？我并不是一个介意卑微的人，但我不会随意践踏自己的自尊。我宁可在爱我的人面前放下身段，也绝不会在不爱我，并且不懂得珍惜我的人面前卑微，那是不值得的付出，不值得的事情，我也不会去做。

都说爱情是伟大的，但很多时候它也是卑微的。爱上了一个不该爱的人，注定是段没有结果的爱情。为一段没有结果的爱情付出，自然是没有回报的，即便是有，也是微不足道的。谁不期望自己的付出能够获得相应甚至更好的回报？别对我说你为爱付出不求回报，那是因为你心里很清楚，你的付出根本就得不到回报罢了。

想让你的付出有人珍惜，能得到应有甚至是超值的回报，那就找个爱你的人吧，只有爱上一个爱自己的人，你的付出才是最值得的，你在为爱情付出的过程，也是在储备幸福能量的过程。这能量也将是无限量的。

人这一生会遇到不少自己爱和爱自己的人。在这些人当中，只有一个人能够陪自己终老，其他的，都只是你人生旅程中一道道路过的风景，你付出最值得的，回报最大的，就是能陪自己终老的那个人。这个人，因为爱你，所以疼你，因为在乎你，所以很珍惜你的付出。

爱情里，付出并不是盲目的，你得学会如何去付出。当你的年纪渐长，经历的情感越多，越成熟，就越知道为谁去付出，该如何付出，这是经历过后的觉悟。如果你不懂我所说的，那请你记住：

在爱与被爱之间，为最爱你的那个人付出，回报才是最大的，付出才是最值得的。

明年今日是天涯

当爱情经过的时候，我们总会报以热情来响应，对爱情的一切都抱着美好的期盼。有想过相爱之后分手，那只是瞬间的停留，因为太爱对方，所以，很害怕丢失眼前的幸福。

情人节到了，他微笑着对你说：“亲爱的，今年圣诞节就不送你礼物了，明年的这个时候再送给你一份厚礼吧。”

听到“明年”这个字眼是不是感觉心里有些失落？明年的情人节，他真会送你一份厚礼吗？又或者，明年的今日你们还会在一起吗？

你们讨论结婚，他说：“今年经济紧张，我们明年再考虑结婚的事情吧。”是的，你们经济是陷入了困境，他说的在理，只是，你听到这句话后，心里依旧有些心酸，明年他结婚的对象真的是你吗？又或者，明年你们还在一起相爱吗？

难得的假期，你暗示他去旅行：“今年的这个假期真长，要是能够来次浪漫之旅就好了。”

他说：“听说欧洲很不错，每年的 7 月都是很好的旅游季节，我们明年去吧。”

你只能微笑着点点头，隐藏心里的不快，心想：“明年我们还能在一起吗？”你不知道明年今日的事情，你只知道，现在的他确实是想和你去旅游，你已经很满足了，去不去，已不再重要。更何况是明年的承诺，明年今日即是天涯，谁也不知道今天以后会发生什么事情。

又是一个“明年”，爱情里出现了太多的“明年”。什么事情都推到明年，那今年做什么？好好地爱，小心翼翼地爱，就为了等候明年他许下的承诺。但是，明年今日，也就是 365 天之后，对于等待来说，这是个漫长的时间，谁能说许下的承诺不会变？

明年今日是天涯。

后来，还没有等到明年的圣诞节，还没有等到明年的婚礼那天，还没有等到明年的 7 月，曾经许下的承诺飞灰烟灭。他爱的人不再是你，或者你爱的人已不再是他。曾经对彼此许下的承诺兑现给了另一个人。

他对你说：“对不起，我们再也回不去了。”曾经的承诺回不去，曾经的爱也已无法回头。这是句多么残忍的话，比对不起，我恨你，伤的更彻底。就是这样再简单不过的一句话，生生地将两个原本亲密的人隔为疏离。没有经历过的人，永远都不会明白，那是怎样的一种切肤之痛。

去年的今时今日，他是你的唯一，你也是他的唯一，这是你坚信的。

今年的此时此刻，他不再是你的最爱，你也不再是他的情人，这是你确定的。

明年今日是天涯。

而今，能够相爱，就别想着今天以后的事情，更不要奢望明年今日。当你视对方为唯一的时候，就好好爱，当他走出了你的生命，或者你已不再是对方的唯一时，别问为什么你们的爱情不能长久永恒，有变数就不会有长久，永恒太短暂。

对爱情的付出

一位朋友对我说，爱情应该是你得到的，而不是你付出的，这就是爱情。

这是爱情，只是，如果你爱他，注定是要付出的。如果一味地索取，你一直保留着付出，那付出的一方总归是会受到伤害。热恋的时候，谁也不会在乎谁付出的多，当爱情退却激情，在长时间的相处中，他对你的付出始终得不到应有的回报，他对你的爱也会逐渐淡却。

爱一个人就要付出，只是这种付出应该是相互的，单一付出与索取，将会让你们的爱情逐步陷入情感的泥潭。

付出不是必须的，即便他再爱你也没有义务为你付出，他为你付出，只是为了证明他爱你，他用行动告诉你他爱你的同时，也期待着你能够用同等的方式回应他的付出。如果你一再地以索取来回应，那你是不懂得爱情的，或者是你根本就不爱他。因为不爱，所以对他的付出无动于衷，这是可悲的，也是可怕的。

有读者问过我一连串关于爱情付出的问题：

爱的付出是什么？所付出的代价是什么？

是为对方花钱吗？对方喜欢自己最喜欢的东西，你都会给对方。

是专一吗？你不再想去找别人。你能控制住自己的欲望，哪怕遇到很强烈的诱惑。

是时间和精力的付出吗？你要花大量的心思和时间去经营这段感情。

是牺牲吗？你要牺牲什么呢？

把个人所能给的给予另外一方，精神上的或者物质上的。付出既不是牺牲也不是毁灭，目的只是想给予另一方幸福。如果你和另一方在一起，能让对方得到幸福，那就在一起。如果你离开另一方，对方能获得到幸福，那就离开。

“你不欠我什么，为什么要对我这么好?”她问。

“是的，我不欠你什么，但是谁说不欠就不能对你好呢?”他答。

爱是无偿的付出，是心甘情愿的帮助，是彼此心灵的感应。既然选择了爱，就要真诚地对待它、珍惜它。在他困难时予以支持，失败时予以鼓励；在他开心时一起快乐，悲伤时给他安慰。而不是在拥有时无视它的存在，而在失去后才知道后悔莫及。爱一个人就要让他永远幸福，做他永远的避风港，保护他，不受到哪怕一丁点的伤害。

只是，很多人却不懂得付出，或者不懂得珍惜为他付出的那个人。他们并不是不爱对方，仅仅只是不懂得或还未学会如何去爱。所以，让真爱擦肩而过，错失了足以让自己后悔终身的那个人。后悔又能怎样?时光不会倒流，自己犯下的错，只有自己承担。爱他再去挽回，只是你得要学会如何付出，当他在为你付出时，你应该要付出更多，即便是他不再为你付出，你也得为他付出，不为什么，因为你爱他。

爱情就是这样，当你明白爱情的时候，也就是你受伤害的时候。人只有受伤后才会懂得爱，只有失去之后才会懂得珍惜，只有放弃的时候才会知道无奈。

爱情不一定是公平的，不可能你爱别人，就得要别人爱你。收获与付出不一定成正比，有可能你为他付出很多，他却践踏你的真心，像这种时候，一定要学会及早抽身，免得伤得更深。

没尝到过的滋味

从小玩到大的朋友问我：

“怎么从来没有看到过你长青春痘呢？难道长得帅的人都不长吗？”

我不是医生，没有办法回答这个问题，但我敢肯定的是，这与长得帅不帅并无关系，我身边很多曾经长过青春痘的友人，现在都靓如明星。

不知道这算不算是我的幸运，我自小吃辣，在饮食方面也从不注意，类似我这般大的人都曾经品尝过长青春痘的滋味，而我却是例外。

每个年龄段都会面临不同的问题，青春痘也是青少年时期所要面临的问题。不得不承认脸上长上难看的痘痘，是何等的令人苦恼，特别是在意外貌的年轻人。一张俊俏的瓜子脸，因为长上了貌似夜空繁星般的痘痘，是会想尽一切办法让它们消失，爱美之心，人皆有之，这是再正常不过的事情。

脸上长的青春痘是可怕的，即便是我没有亲身经历过，但看到都感觉有些闹心。只是，因为年轻，大多数人是需要脸上长痘痘来印证这一青春事实。剩下的一小部分人，岁月可能会以其他的方式来告诉你，青春已经来了，或者已经来过。

青春痘是青春的象征，来了，也会走，只是当我们脸上布满痘痘的时候，感觉度日如年，早消失早解脱，于是，会想尽一切办法让其消失，尽管有些方法是不科学的，但他们都宁愿一试，所以，我们后来看到了很多人脸上坑坑洼洼，或者留下了很多痘印，这些都是我们曾经的青春留下的滋味。

后来，朋友问我：

“像你这么说，你还是会因为没有长青春痘而感到遗憾吗?”

遗憾?我为什么要遗憾?我没有长青春痘，但是我同样经历了青春年少，没有长青春痘不代表我没有经历过那段岁月，没长青春痘跟遗憾又有什么关系呢?

人生百味，有些滋味是我们必须得经历的，比如说时间的无情流逝，将我们从少年带到了青年，再由青年带到了中年，这是每个人都必须经历的人生过程，经历不同，留给我们的滋味也自然各不一样。而有些是我们不一定会经历的，就如年少的时候长青春痘，尽管大部分人逃不过这个“厄运”，但还是有少部分人不用经受那段长痘痘时间的痛苦，这些滋味，有些人已经品尝了，有些人却无缘品味。没有品尝并不代表青春没有来过，或者还未路过。

当我们脸上长满痘痘的时候，看到心爱的人，却不敢表白，害怕脸上的“满天星”会吓着心仪的人，于是偷偷地在一旁关注，也在想尽办法让自己恢复青春俊俏的脸。后来，你发现心仪的她，已经跟某个脸上没有痘痘的男孩好上了。对着镜子，你恨上了自己的脸，那时候，你也开始恨自己的青春。美好的年华，却没有美好的记忆。

再后来，我们走过了青春的坎，我们不再年轻，或者说已经不再年少，脸上没有了痘痘，对着镜子的时候，你突然想起当年的那个自己，甚至是怀念当年长满痘痘的自己。如今回想起来，当时竟然是那么的幼稚和青涩，青春即使再不好，也是我们最值得怀念的日子。那个时候，我们感觉滋味是苦的。若干年后，我们在回忆中品味，竟然感觉那个年纪留给我们的滋味，那么的甜，甜到流下的眼泪都感觉不到咸涩。

凭什么对女人要求那么高

一位男读者向我诉苦："一把年纪，还是没有找到合适的女人，难道我要单身一辈子吗？"

我问他有尝试着找过吗？

他说有，但都不合适。于是，我问他对找女朋友的要求是什么。

他说："我希望她是温柔体贴的，漂亮有气质的，身材苗条的，经济能够独立的，要持家贤惠的，对长辈要孝顺，对朋友要客气，对我要顺从，最好要勤快，我不要懒惰的。"

这位读者约莫三十好几，其貌不扬，谈吐举止算不上气派。我问他："你觉得你的要求高吗？"

他说："这算高吗？人之常情嘛。"

我直言不讳地问他："你有什么优势能让这么一个完美的女人喜欢你？"作为男人，我并不是想打击他，只是不知道他有什么优势对女人的要求那么高，只是想让他自己意识到这一点，并无他意。

他哑口无言。

我们一直都是生活在爱情的骗局里，总想着按自己理想中的标准去寻找生命中的另一半，因为理想，所以要求自然是高的，可是我们往往忽略了，既然对她要求那么高，你有什么优势能配得上她吗？你是高富帅吗？你是成功人士吗？你是优雅的男人吗？你是钻石王老五吗？你是温柔稳重又会心疼人的男人吗？什么都没有？或者只是其中一点，你凭什么对女人有那么高的要求？

爱情和婚姻虽然不一定要门当户对，但也不至于相差甚远。纵使哪天你真遇到了那样一个女子，试问，她会喜欢你吗？她为什么要喜欢你？你有什么值得她倾慕的？很多人就是这样，在要求对方的同时，却忽略了自身的现状。癞蛤蟆能够吃上天鹅肉终究只是幻想，白雪公主永远不可能嫁给小矮人的。

在我们没有遇到那个能够让自己心动的人时，我们只是爱上了爱情，而当我们真正携手了那个足以为她抛弃一切的人，蓦然回首，她与我理想中的标准相差太大了，可我还是那么爱着她，以前提出的那些标准，在她身上起不到任何作用。原来，我爱的人应该是这样的。

不得不承认，人性都是贪婪的，只是或多或少而已，都总以为将来会遇到更好的人，所以，对于达不到自己要求的，都会把爱情之门关闭。缘分一次次地擦肩而过，我们却依旧迷茫在爱情的围墙里抱怨，我的缘分在哪里？后来，当我们醒悟了，回头想去珍惜那错过的人时，却发现，那个曾经爱你的人已经不再爱你，那时的幸福已经离你很远了。你抱怨命运的不公，却不肯承认，幸福只属于那些懂得满足的人。

聪明的男人都知道，女人的爱是男人疼出来的，女人的恨是男人骗出来的，女人的怨是男人冷出来的，女人的乐是男人暖出来的，女人的美是男人娇出来的，一个正常理智的女人变成一个神经病式的泼妇也是男人逼出来的。你怎样对待一个女人，她迟早会全部还给你。

正如什么样的男人，背后就有个什么样的女人一样，什么样的女人背后，也有个什么样的男人。在你对她提高要求的时候，你是否自己已经做到了？如果没有，那还是低调点吧。

为自己爱的人付出

当你爱上一个人的时候，你就有了为他付出的动力。这种付出是无私的，因为你不求回报；而这种动力也是自私的，你只是想满足对他好的欲望。

一个男人爱上了一个女人，但女人并不爱他。女人是个物质主义者，而男人在这方面很自然地败给了其他追求她的男人。但是，爱情往往是折磨人的，对方已经告诉你不会爱上你，可你却始终收不回爱她的那颗心，为什么会这样？是因为你心有不舍，放不下；心有不甘，欲望作祟。

男人还是一如既往地为女人付出，时间久了，男人感觉有些累，困惑地问我："为一个并不爱自己，但自己却爱的人付出值得吗？"

爱情里根本就没有值不值得一说，也没有对与错的分别，唯一能区分的是，谁比谁付出的多，但这并不是比较，一旦比较彼此间的付出，那种爱便是缺乏真情的。

爱上一个人也不是你的错，她不爱你，更不是她的错。纯情的爱情只能定格在童话中，现实的爱情已经被太多的物质色欲所诱惑，让情侣间的现实超载了种种欲望负荷。当这种欲望达到一定程度，你满足不了对方时，迟早会面临分手的危险。

物质女人，并不是没有爱，只是她们更愿意选择用物质来包裹爱情。即便你为她付出再多，她再感激你，也不一定会感动得嫁给你。即便是真嫁给你了，今后你能否满足她种种物质欲望？自己没有经济能力，而娶了一个物欲旺盛的女人，也是不切实际的。

校园时代的青春懵懂期，我坚信，爱情的力量可以战胜一切，只要能与所爱的人在一起，我宁愿每天只吃萝卜咸菜；出来社会后，我开始怀疑，贫穷的爱情是否能让女人保持似水柔情，而男人是否能够只满足于今天我请女友吃了一顿快餐？因为你的付出是有限的，付出是在能力范围内的，一旦她的期望值超出了你的能力范围，你又能拿什么付出？

虽说爱情是神圣而纯洁的，有了爱情就有了丰富的精神生活。只是，对于现实的爱情而言，生活品质是爱情的可靠基础，贫穷的爱情会将所有的浪漫与美好的幻想一点点磨灭。这并不是我们太现实，是这世界让我们不得不现实。

没有哪个男人愿意让自己的女人曾经细嫩的手因每天洗洗涮涮而红肿粗糙；没有哪个男人愿意让自己的女人每天在早市上为了一两毛钱而跟菜贩子讨价还价；没有哪个男人愿意让自己的女人想为自己添件新衣时面对日复一日依旧贫穷的他无法开口。但是，当你的付出只能在这些范围之内，你还能说“我能够给她幸福”吗？

你的付出感动了她，不能嫁给你，原因只有两个：一是，她确实不爱你；二是，你的付出始终没有满足于她。

你的付出傻吗？值吗？

你爱她，她也爱你，不论值与不值，这种付出是幸福的。即便以后你们分离了，有过这样一段付出，会是你人生一次宝贵的经历，也会让你成长。

如果你爱她，但是她根本不爱你，你为她的付出，只能换来比现在还痛的感觉。或许转身离开，放开手，自己生活是最好的选择。一个人，可以干净利落，转过身无所谓舍与不舍，对一个不爱自己的人付出，注定是有太多的猜疑，猜疑她是否会回心转意，猜疑她是否在某个不经意的时刻说出：“我爱你！”这种猜疑是对自己的折磨，只是，你怎样努力都是同样结果。

爱情本来就是一种诱惑，也有人说爱情痛并快乐着。故事里角色越来越多，你可以为一个不爱自己的角色付出，但你要知道，这种付出就是一种无果的挥霍。在爱情的世界里，你还有多少感情可以让自己挥霍？

曾经漂亮过的女人

青春易逝，女人的青春更是如此。当青春不再，美貌不再，在时光面前，我们似乎没有了炫耀的资本。岁月的沧桑悄然爬向我们的脸颊，额头开始出现充满惧怕的皱纹。岁月的蹉跎毫不留情地剥夺了我们的大好年华。

风韵犹存的老女人，即便再漂亮也是20年前或者是更长时间的事情了，风韵替代了美貌，虽说别有一番风味，但毕竟不能取代年轻，老了就是老了，即便再花巨资去皱抗衰老，也不过是伪装出的年轻，终究是昙花一现。

朋友叹息着告诉我："我曾经暗恋过的女人，现在已经四十好几，至今还未结婚。今天见她，竟然对我使出浑身解数，她以为自己还是万人迷。并不是我过了心动的年纪，只是觉得现在的她已经不再漂亮，即便再有风韵，也不过是中年女人的魅力，还一直问我，她漂不漂亮。"

"你怎么回答的？"我问他。

"除了敷衍还能怎么回答？现在想想都还在起鸡皮疙瘩，都一把岁数了还这样，难怪还没嫁出去。"他感叹地说道。

如果时光能倒流，他的初恋情人再回到20年前，想必这招绝对能够俘杀他的心。只是，岁月不饶人，40多岁的女人扮嫩20多岁，确实是让人有些难以接受。在时间面前，没有谁能够与之抗衡，年轻的时候，我们可以用自己的俊貌或美颜放荡地施展自己的魅力，那是种令人陶醉的俘虏。只是，当我们到了需要收拾好心情和过度举止的年纪，如果还不知收起来，那可真是悲哀。

再漂亮的女人，再英俊的帅哥，顶多就是二十多年的光景。岁月不饶人，我们能够做的只有好好珍惜那二十年。年轻的时候，因为俊美，我们完全有资本有风使尽帆，凭借出众的外貌兑换利益，青春逝去后，也就是退下来的时候，纵使有万般不舍，华丽的舞台上也不再是你为主角。曾经的风光都只是在过去，还自以为是地以为自己倾国倾城，那可真会沦为笑柄。

有人问我：“你有利用过自己的英俊外貌为自己谋取过利益吗？”或许，这也是很多读者对我私人关心的一个问题。

其实，我很想，只是当我坦然明白这个道理时，我已经进入了青春的尾巴了。明白虽晚，但并不遗憾。如今，靠自己的努力，也没有什么不好，毕竟，我已经习惯了用自己的努力来兑换利益。容貌终有凋谢的一天，当那一天真的来临时，你想收回来又谈何容易？正如朋友的初恋情人，一个四十多岁的女人向一个有妇之夫娇滴滴地撒娇，她已习惯成性。当然，大凡结果都是以失败告终。如果是向自己的老公使用此招数，倒算得上是聪明女人。

容颜变老是岁月的残忍杰作，不仅仅是女人，在大自然面前，谁也摆脱不了这种容颜宿命，拥有美貌的时候，好好珍惜，哪怕是利用也是理所当然。当美貌不再，也证明着我们步入了更成熟的年纪，什么样的年纪做什么样的事，活的率性是根本，只是，这率性并不是让你年近 60 跟一个 40 岁的男人撒娇。

我们在 18 岁的时候，总说 30 多岁的人太老了，我们到了 30 岁的时候，总说 50 多岁的人太老了，我们到了 50 岁的时候，又感慨 80 多岁的人太老了。多大年纪才算老呢？当你失去原有的本色，企图用伪装出的行为，诱惑一个比自己年轻很多的人，那么，他便太老了，老得有些愚蠢。

我的自由是我的

有读者曾经问过我："如果你真的爱一个人，愿意为她失去些自由，去满足她对你的在乎，包括她的小心眼儿吗?"

我可以满足她的小心眼儿，也可以适量满足她的在乎心理，但是这跟我的自由无关，如果要让我舍弃所有或者大多数的自由，满足一个私欲心如此强烈的人，那我宁愿错失这份爱情。

爱情，容易让人迷惑，当你爱上一个人的时候，大多数人都会献出自己的所有，包括自由。难道舍弃自由，才能证明你对爱情的忠贞吗?

爱情中的人也是矛盾的，当我们爱上了一个不自由的人，会觉得有些遗憾，感觉他缺少主见；可是，当我们爱上一个自由的人时，我们又期望他能够为自己放弃自由之身，因为你害怕他从你身边飞走，或者因为他的自由国度，感受不到他在乎你。

爱情就是这样自私，你希望在他眼中就是独裁者，他一切的一切都应该要归属你。

我是个天生的自由派，害怕束缚，害怕拘谨，害怕没有自由。我不会做笼中的金丝雀，也不会成为颈带链的温顺猴。爱上了自己该爱的人，我可以为我爱的人舍弃自由，但不是全部，而是一点点。别小看这一点，再多一点就是要了我的命，爱我的人不会看我痛苦，所以，她会给我自由，因为她在乎我，就如同我爱她一样，深爱着我。

只是，很多人走不出这个框架，特别是热恋中的人，因为爱着对方，所以想付出一切来证明自己的赤红真心。所以，在他的世界里，你甘愿伪装成笼中小鸟，或者被驯服的顽猴。你也希望爱着的他也能如此。后来，我们在笼中囚禁久了，开始怀念空中自由飞翔的日子；颈链套久了，很是怀念丛林中自由跳跃的时光。

为了爱情，为了证明对彼此的爱，我们心甘情愿地舍弃了自由，但是却只能维持一段短暂的时光而已。爱情并非只是一朝一夕，我们在什么时候才能卸下自己伪装的面具？既然是伪装的，就总有一天会识破，撕下伪面具的那一天，难道你们的爱情就意味着结束吗？倘若真是如此，那也不叫爱了。爱他不就是让对方幸福快乐吗？连自由都没有了，谈何幸福？谈何快乐？爱情并不是用失去自由当做誓言换来的，而是建立在信任的基础上给予对方自由。

年少轻狂的时候，我们的自由带点任性。爱上了，我们牺牲自由兑换爱情，我爱你。所以，你是我的，包括你的自由。

突然有一天，我们在压抑中觉醒，爱情里其实都没有完全的自由，爱上了他，你心里就会有他，何时何地你都牵挂着他、思念着他、担心着他。这不就已经足够了吗？我同样可以心安理得去做自己想做的事情，我没有背弃你，也没有背弃我自己。

如果哪一天，一直很爱你的那个人柔情蜜意地对你说：

“我很爱你，所以我给了你足够的自由。”

你应该微笑地提醒他：

“谢谢你爱我，但是，我要告诉你，我的自由是我的。”

尽管你也很爱他。爱他就足够，用自由去兑换爱情，注定是场悲剧。

醉酒后的另一个自己

我从不抽烟，只是会偶尔喝点酒。写文章的时候，我会斟上一杯红酒，或者在工作台上放一罐啤酒；看电视的时候，也可以来一罐啤酒。对于我来说，这是少有的享受之一。曾经因为工作性质，我不得不经常外出应酬，醉酒是常有的事情，后来，不想再那么劳命，只参与朋友间的聚会，工作上的应酬能少则少。

单身的时候，很怕喝醉，并不是担心自己醉酒后会出糗，我心里很清楚，我醉酒之后顶多就是一觉到天亮。只是因为是独身，一旦喝醉唯恐没人照料。我清晰地记得，那次醉酒后，趁着还有点意识，赶紧拨通了我挚友的号码，让他专程驾车从城市的最南端开到最北端来接我，这样的囧事也不止一两次了。

第二天醒来，朋友已经帮我备好了早餐，我竟然还傻乎乎地问他："昨天晚上我是怎么回来的？没有做什么发疯的事情吧？"

朋友说："没有，你醉得一塌糊涂，回到家后倒床就睡了，跟个小猫似的安静。"

后来不再单身，还是害怕喝醉，尽管不用担心自己醉酒后会睡在马路上，但此时的我已经不比当年，与其把健康浪费在酒桌上，倒不如消耗在工作上更好。

当然，还有一个更怕喝醉的原因，我一旦喝醉，至少有三天的难受时间，最少有一个礼拜的厌酒期。

朋友说，想真正了解一个人，就得看他在醉酒后的表现，看样子，我也就只能是这副德行了。但是，在我们认识的所有人当中，你见到清醒时的他是这副模样，有可能在醉酒后就会颠覆你对他的印象。

朋友齐聚酒吧，你一杯我一杯，喝了不少酒，一杯杯酒下肚，脑子已经不再听从你的使唤。

此时，刚刚还笑脸迎人，看起来无忧无虑的朋友，突然间大哭起来，借着酒精的作用，悲戚地告诉大家，就在昨天她失恋了。

另一个一直看起来很乖巧，很安静甚至有些害羞的女朋友，半推半就地将一杯杯酒灌下肚里，这个时候大家才知道，原来她一直是“深藏不露”，竟然喝倒了其他几个男生。借着酒劲，她安慰着失恋的朋友：“别哭了，男人都没有几个好东西，为他们哭，可惜了我们的眼泪。”紧接着，从口袋里掏出一包香烟，抽出一根递给失恋的朋友，自己也点上，故装老成地抽起烟来。

紧接着，那个在我们眼中很少说话的朋友，几乎看不出他有什么心事的人，一边喝酒一边坦然地告诉你他的经历，没想到，平日里面无表情的他，情感故事竟然如此曲折，内容足可以撰写成一部震撼的小说。

平日相处中感觉很谦虚且讲话彬彬有礼的朋友，几杯酒下肚之后，一脚踩在椅子上，拍着桌子大吼：“这种男人不值得你爱，如果我是你，我先甩了他，再找个更好的。”

此时，平日里看起来老实巴交，一副正人君子模样的朋友，同样几杯酒下肚之后，竟然色眯眯地对失恋的朋友说：“亲爱的，我觉得我不错，要不，我们交往吧。”要知道，他可是有妇之夫，而这句话，也并非是玩笑话。

看着这几张熟悉得不能再熟悉的脸，突然间又感觉如此陌生。原来，我们每个人其实都存在着两个自己，一个是戴着面具的脸，展示给外人看的；一个是卸下面具的脸，留给自己的。

最廉价的爱

这个世上，最甜蜜的爱情是两情相悦，最幸福的爱情是携手终老，最苦涩的爱情应该是没结果的暗恋了。人的情感都因爱而起，爱的人不同，结果自然是大不相同的。

于是，有读者问我："这个世上最廉价的爱情是怎样的呢?"

我想，廉价应该是跟尊严有一定关联的。当你把自己的爱奉作高贵的时候，你对爱情的付出，自然也会变得高贵，至少不会做出让人备感低廉的举措；当你对爱情卑微曲躬时，你的尊严已经出卖了最真实的你，所有的付出都变得廉价，爱情自然谈不上高贵。

男人爱上了另一个女人，他的女友知道了，但因为爱的太深，不舍放手，独吞心伤，一如既往地对男人好。脚踏两只船的男人最终还是提出了分手。女友死活不同意，一哭二闹三上吊，几乎所有傻女人所想到的办法都使出来，但还是未能挽留男友的心。

在决定收拾行李的那天晚上，女人使出了最后一个杀手锏，竟然跪在地上，恳请男人的回心转意，哽咽着说："我不在乎你有多少个女人，我只是爱你，因为爱你，我愿意做你其中的一个，只求你不要不爱我。"

男人不但没有安抚，竟然对她更是厌恶至极："我真是没见过你这样的女人!"

没招了，女人放下了尊严，结果还是一文不值。她最终还是哭着收拾行李，搬离了男人的住处。

半年后，她把她的故事说给我听。她说，男人从来不会抽时间陪她，即便是她的生日也是如此。也从不在乎她的想法，他的世界里，只有自己。"他像头残忍的狼，冷冷地看着我的爱一点点没有尊严地被他吞噬。"女人悲戚地说道。

“原来男人可以跟不爱的女人在一起，只要你愿意，只要他无聊。”她对我说。

我问她：“你现在恨他吗?”

她说：“不恨，恨不起来。刚分手的前两个月，他也会偶尔给我电话，每当听到他的声音，我就感觉很开心，之后就一直没有给过我电话了。我去找过他，但是他已经搬走了。”

即便是伤她如此之深，她却恨不起来。她已经爱到没有恨的勇气了。陷得深，伤的也深，只是这痛却与恨无关。

没有尊严的爱情是廉价的，廉价的东西有几个人会珍惜？男人没有错，错只错在女人不该把爱变得廉价，在男人面前没有尊严。当你在对方面前没有尊严时，他回馈给你的爱也自然是廉价的。

为了爱情放下尊严，你的爱情也注定是没有好的结果。没有尊严的爱，要学着努力放开。他说要空间，要自由，其实是他要你离开的借口。话都说出来了，干嘛还死缠着不放？纠缠回来的爱情还算是真爱吗？还会有幸福可言吗?

我对她说：“他已经铁了心不爱你，别再指望他回心转意。因为他不爱，你给他的爱就成了负担，给他的关心就成了唠叨。爱情世界付出和回报不会平衡，还是得努力放开。即便是为了你的尊严，也别再去找他了。”

谁知她说：“在没有爱上他之前，我也觉得尊严很重要，但是自从分手之后，我一直还在等着他，只要他还能爱我，什么尊严我都不在乎了。”

这女人把我说的哑口无言，她的爱已经被她折腾的足够廉价了。

我们只是擦肩而过

不得不承认，有些爱情就是擦肩而过的缘分。只是，我们爱着的时候从未想过会有这么一天。

后来，这一天，经过长时间的潜伏，终于在心已明确的某个时间点爆发。彼此都有种预感，也做好了分手的准备，可是真到那一刻来临的时候，却还是有所不舍。

爱情会变淡，当我们不再被爱情迷惑的时候，经受的考验将变为多方面的。曾经爱着的那个人，好像变了，变得不再是从前的他，你爱着的那个人似乎已经在心中逐渐死去，眼前的这个人变得既熟悉又陌生。相恋时的那种感觉哪里去了？谁也不知道。

不知道两人之间的话题为何会越来越少？不知道为何两人独处时竟然会变得有些尴尬？不知道彼此间的感情为何会变成这样？我们都知道，彼此还恋着对方，只是，这种恋着还与爱有多少关联？当爱情沦为了亲情，我们又将何去何从？

曾几何时，就算是一个吻，我们也能从寂寞中挣脱，就算用泪水换来笑容也觉得值得；而现在，就算我们拥抱着彼此，也感受到不到彼此的温暖，为何两颗心总不知所措？难道我们的感情就注定这样擦肩而过？从来没想到，会有这样的结果，成为了彼此生命中的一个过客。是我们爱的太少，还是对彼此要求的太多？不然，爱情怎么在很久之后，总是会觉得不再快乐？

擦肩而过的爱情，至少在曾经给过我们温暖。是你的到来，让我舍弃了习惯已久的寂寞；是你点燃我内心狂热的激情，让我享受到了由衷的快乐。爱情路过后，你丢给了我无尽的失落，彼此的沉默，让我变得不再洒脱。如果牵手只是一场短暂的浪漫，爱过之后，我们又能否风轻云淡？

缘至而恋，缘终而散。我们一生中或许会邂逅多次感情，却只有一段感情能够陪伴我们终老，其他的情感经历，大都是在没有开放时就已凋零。就这样，那些爱情渐渐改变了自己的初衷，隐去了自己的光亮。就这样，那些爱情因为缘终而散，与我擦肩而过。

如果，我们还能重新来过，不去计较谁对谁错，我们又会如何再继续？如果我们努力了，但最终还是无力回天，那就学会放手。有些事情，是勉强不了的，曾经爱着不代表永远爱着，曾经不爱，也并不意味着永远不会爱上。感情这事，爱着的时候好好珍惜了，珍惜过后，还是不能到最后，这不再是我们的错，是缘分惹的祸。放生彼此的爱情，对彼此付出最后一点爱。曾经拥有过对方的爱，也是祭祀这段爱情最好的礼物。

爱情不再，分手是最好的解脱，这并不是彼此的过错。不管这段情感经历多长多短，至少我们曾经深爱过彼此，在回首中，我们读懂了对方，即便是分手，也是对彼此的一种爱。尽管这爱或多或少有些伤感。

我们都以为爱情其实很简单，两人相爱不就是爱情吗？后来才发现，有些人明明是相爱，但最后还是会分开。我们都迷失在爱情的十字路口，找不到分手的答案。是不是有种分手并不需要答案？在默契中相爱，又在默契中分手？这种分手是否就是擦肩而过的缘分？因为相互的理解而分手，是否可以理解为没有遗憾？

不能永恒的爱情，终有一天你会发现，曾经记忆中的容颜，再也描绘不出轮廓，曾经的诺言也已随风而去，消逝的不留下一点痕迹。从我们转身的那一刻起，这页时光的记载，我们便再无力量去翻阅。

擦肩而过的爱情，是一段没有结果的缘分，只是无意间路过了你的幸福。当爱情流逝，我们终究得学会释怀。放手一段不再是爱情的爱情，是对他的祝福，也是对自己的解脱。

>>> 丢失的不是爱情，是自己 <<<

一个人的寂寞，两颗心的等待。寂寞的美丽，孤独地等待，总有一个天定的人，在某个角落，等待，与你的缘分邂逅。

爱情里的输和赢

任何事情都会有个结果，而这结果只有两种，输和赢。

爱情世界，也不例外。由于爱情牵扯情感，一旦与情感挂钩的事情，简单却变得复杂，所以，这所谓的输和赢，也掺杂了许多不确定性。

没有人喜欢输，只是，有赢的一方自然就有输的一方，这是必然的。我们在做某件事情的时候，都是怀揣对胜利的希望。谁都不希望输，特别是对于感情而言，我们爱上一个人的时候，总相信会有美好的将来，即便那个将来是渺茫的，但至少还有赢的机会。

只是，我们无法主宰爱情里的另一半，很多时候，你看起来是赢了，却是输得一塌糊涂。

当你爱上了一个不爱自己的人时，你用另一种手段，从他爱的另一个女人的手中得到了他，因为得到而得到，你输掉了感情。你可以步入他的生活，却始终走不进他的世界。日复一日，你开始在这段看似赢得的感情中败下阵来，曾经的虚荣，让你最后还是输给了爱情。

一对相恋已久的恋人，在不得已的抉择中，选择了分手，他们在现实面前输给了结果，但他们却拥有着彼此间美好的回忆。即便是多年过去，他们依然能在这段甜蜜的记忆中感受那份纯正的爱。

爱情的输赢并不在于结果，而是过程。纵使你赢得了对方的身体却获得不了对方的心，你还是输的，你赢得的只是虚有的表面，输掉的却是一份真爱。即便是你们分手了，能够拥有一份甜蜜的回忆，你们还是赢家，至少你们赢得了相爱时共有的美好时光。即便是我们的往事不堪回首，但因为我们共同经历过风雨，长大了，以后懂得什么是爱，怎样为爱付出，这也是赢得。

很多时候，生活有时会逼迫你，不得不交出权力，不得不放走机遇，甚至不得不抛下爱情。你不可能什么都得到，生活中你不得不学会舍弃一些东西，但这种舍弃并非就意味着你输了。舍弃能使你显得豁达豪爽，舍弃能使你冷静主动，舍弃能让你变得更睿智和更有勇气。

有时候，你不得已会舍弃一段爱情，这段情感经历会让你自我迷茫，难以迈出情感失败的门槛。在岁月疗伤后，你会在迷茫中明白爱情的真谛，有些爱情注定是不属于自己的，不属于自己的东西，即便是拥有也不是赢得，放手，是最好的选择。人为什么要有爱情?最起码的是让彼此快乐，拥有一段不会让彼此快乐的爱情，表面看起来是赢得了，实际上自己已经输得一败涂地，没有了快乐，爱情也是徒劳。

爱情里，赢的是感情，输的也是感情。不是所有的爱情都需要开始，需要结果的。所以，在爱的时候，不要想着结果，想着结果的爱情注定是一场赌注。当欲望燃身时，你会在爱情中迷失自我，爱情在那时也会变味，不是你喜欢的甜味。

你能学会在爱情中享受过程，这才是赢的法则。爱情的结果是相恋的衍生品，没有过程做铺垫，结果再美好也是个空壳。爱情从来都没有试用期，爱就爱了，不是赌注，在相爱时全力以赴，好好享受过程，你就是最大的赢家。

爱情，不是输与赢能解释的，如果不爱了，赢了这个人又有什么用呢?只有用自己的心去爱某人，那结果不论是输还是赢，都已经变得不再重要。

爱情里，我是一个单纯的人，不会拿爱情当做赌注，所以我不会用骰子来决定我们的输赢，我自愿丢盔卸甲。赢得了一个人，却输掉了一颗心，这样的赢，不要也罢。

等　待

等待，是一个折磨人的过程。无论它的结局多么喜人，等待结果的这个过程是非常虐心的。

你永远也不知道等待的最终结果是怎样的。在成功与失败并重的结果下，你对成功抱有更大一点的希望，所以，才愿意花上长时间来等待。这种等待，在考验你的耐心、恒心，以及对成功的渴望，如果是为爱等，更是考验你对这段好坏未分的爱情的忠诚度。

为什么你愿意等待？你的感觉是成功占了大部分概率，所以，你选择了等待。因为爱他，所以，你愿意等待，他值得你等待。

几乎，我们所有的等待都与自己喜欢的人和事有关。因为爱，我们愿意等待，这或许会赔上你大好的青春年华，这种等待就如同一出赌局，要么赢得满盆金箔，要么输得一无所有。但我们还是愿意为爱一试。

等待的结果是无法预知的，你们约定在西餐厅共进浪漫晚餐，但是，在超出了约定时间许久之后，他依旧未出现，你的手机响了，是他打来的电话，他告诉你，他今晚临时加班，没有办法赴约，丢下了一个你，冷冷地品尝着爱情的寂寞。

对于等待，我们无法预料它的结果，可能是喜，也可能是悲，只是我们对这个等待一如既往地抱着希望，所以，愿意等，愿意拿出自己的时间和忍耐来当赌注。

有些人会用自己的一生去等待一个人，于是很多人会问："为了一段明知没有结果的爱情，这值得吗？"

是的，不值得，但是因为心里无法舍弃他，因为没有他便无法过活，与其行尸走肉的爱恋着，不如空守一份无果的约定。

不是所有的爱情都能有结果，特别是等待中的爱情。等待中的人，永远是被动的，在这种被动中承受着折磨人的孤寂。遥对明月，你在想：“我这么思念他，他能感受到吗？远方的他现在是不是也跟我一样，如想念他一样思念着我？”你的答案不知道，也永远不会知道他此时是在想你，还是在与新欢缠绵。

等待会让人胡思乱想，所以，它需要靠毅力的支撑。时间消耗了情感，距离阻碍了爱情，你不知道现在的他是否依旧爱你，你甚至已经感觉到他早已有了新欢，可是你心里却依旧放不下他，想着他临走时丢给你的承诺：“等我回来。”你一遍遍地告诫自己，他是爱你的，你是他的唯一。等待中的毅力，只能依托着这些假想，是慰藉自己，还是本身如此？你也没有答案。

等待是一种爱的承诺，是一种对爱的付出，也是一种对爱人的奉献，既然是付出和奉献，自然是有回报的。这回报的结果注定只有两种，一种是喜人的收获，另一种是悲催的分手。

许久之后，你的等待有了结果，不过，这结果让你无法接受。他不再爱你，身边有了另一个她，在没有你的这些漫漫长夜，他不能像你一样坚守爱情的承诺，最终还是忍受不了寂寞的折磨，向等待屈服。

你哭了，带着还残留些许年华的青春，在等待中苏醒过来：有些等待是值得的，有些等待永远看不到天际的明月。

没有谁不期望等待能有个好的结果，只是，没有谁能够左右爱情。为爱等待是一相情愿的自愿行为，我们用自己的大好青春去等待，不就是因为爱吗？等待本身就是爱情，既然选择了等待，就不需要任何的结果。终成眷属，当然是最好，缘终人散，也无悔寂寞的守候。

跟着感觉走

应该很多人跟我一样，读书时候，最害怕的便是考试，但又没有办法不面对。在考试的时候，最喜欢做的题目是选择题。答案就藏在 ABCD 中，如果实在是想不出来，或者是不想动脑筋，那就把一张纸撕成四块，分别将 ABCD 写上去，然后将它们叠好，嘴咬着笔，双手合掌握空拳，将纸条在手掌中来回摇晃，再抛向桌面，凭着运气从中选出一个，作为选择题的答案。这种概率虽然只有几分之一，但庆幸的是，让我们不用动脑筋就能够有选对答案的概率。

后来，我们步入了社会，人生或者仕途甚至爱情等各方面都充满了选择，只是，这并不是儿时考试的选择题，我们没有办法用纸张来决定自己的命运。可是，很多事情，我们都没有办法知道结果，想做，又不想做，就这样忧虑着，没有人给你答案，自己的路终究是要自己走，我们该何去何从？头脑一片茫然。

没有办法，我们只有采取最后的一招，凭着感觉走，这是最后的一线希望，也是没有办法的最好选择。特别是我们的情感方面，当自己不知道该如何处理情感上的事时，不如凭感觉来应对。跟着感觉走，因为是自己的抉择，即便是输了也不回头。

我有个朋友是律师，他做任何事情都会用职业角度来衡量，即便是感情也不例外。后来，他与妻子在生活上产生了矛盾，对于两人该何去何从，他还是用职业的角度来考量：离婚与继续婚姻的利与弊。

我曾经告诉过他："你是律师，可以从正反面来辩论，但是在夫妻生活当中，对彼此的感觉是不能用逻辑来分析的，这毕竟是感情，实在做不出答案，倒不如跟着感觉走，凭借自己的感觉作出决定。"

朋友有些疑惑："我都不知道感觉是什么。"

“你不是不知道，只是时机还未到罢了。”我告诉他：“如果你的答案选择‘是’，那你之前的所有逻辑就会抛掷九霄云外。”

在我们的一生中，情感世界永远不会孤独单调，总会有形形色色的人在我们生命中走过，有两种人会是我们必定邂逅的人。

第一种人，你感觉跟他在一起很开心，很快乐，他甚至什么都支持你，好得没话说，就像生死相交的朋友，但是，你跟他就是没有那种心跳，可一旦你见不到他，你就开始很想他，很想知道他现在在干嘛，是不是也跟你想他一样在想你。

第二种人，虽然跟他在一起不算开心快乐，他甚至都不在乎你的感受，但是你还是想对他好，想为他付出。见到他的时候，心跳会加速过快，见不到他的时候，虽然不会很想他，但偶尔还会想知道他现在在干嘛。

大多数人会凭着感觉选择了第二种人，以为自己是爱他的，后来，我们付出了真心，在真正谈婚论嫁时才醒悟，对方根本就不爱自己，而自己对他，也只是喜欢而已。于此，付出之后，收获的却是徒然。

于是，我们的感觉告诉了我们，其实应该跟第一种人相处一下，才知道，原来自己一直爱着第一种人。只是，我们当初并没有带着爱的心情投入进去，所以，总以为对他仅限于喜欢，而并非是爱。经历了才知道，即便是没有心跳加速的快感，也能酝酿出纯纯的爱情，纵使对某个人心跳再加速，可能只是爱情的暂时短路而已。是这个人告诉了我们，人的心跳是保持在70左右的，心跳到120会爆血管的，偶尔跳到80就好。

跟着感觉走，就是这样，是在没有办法做出理智决定的时候最好的抉择，即便是选择错误，也不会后悔，毕竟都是如自己心愿。

爱情疲惫期

很多年轻读者问过我："爱情有疲惫期吗？"答案是肯定的。

爱情并不是我们的兴趣爱好，不能永葆新鲜感，爱一个人从来都是不容易的。

最开始的相爱总是甜蜜的，我们喜欢的都是对方最好的一面，即便是他有再大再多的缺点，我们都能够在爱的面前"转劣为优"。我们用最微弱的心怀容纳了最优秀的那个人。你爱着他，他爱着你，爱情就这样在相互给予的环境下肆意滋长。这是爱情里最美好的感觉，也是最容易迷失自我的时候。

时间久了，发现爱着的他，并不那么优秀，后来直接变得不再优秀，甚至是糟糕。他爱唠叨了，对你不再像以前那般在乎，很多事情对你欲言又止了，他接电话的时候甚至在躲避你了。

某天，你感觉身体不适，在他知道的前提下，只身去医院检查，病情有些出乎意料的小严重，但是你怕他担心，所以回来后没有告诉他，他也没有问询。你原本不想开口的，还是心有不快地忍不住对他说："你怎么不问问我今天检查的结果？"

岂料，他冷冷地回上一句："要是有问题的话，你现在已经在医院了。"

让你顿时哑口无言，但你还是把气憋了回去，自我安慰："他本来就是一个粗心大意的人。"

每月的那几天来了，家中没有卫生棉，你很不舒服，给他电话，让他帮你在药店买回来。在家中忍痛了好几个小时，等他回来后，却是两手空空，你问他："你帮我买的卫生棉呢？"

他有些尴尬地告诉你："我忘记买了。"无奈，你只有想到："他就是个健忘的人。"

后来的某一天，你无意间从别处得知，那次“那几天”来的当日，他正在跟一个女的喝酒畅聊你的种种不是，不解风情，不懂浪漫，他甚至跟那女孩说：“跟她在一起久了，现在已经没有以前那种感觉了，就像妹妹一样。”

你知道了，心伤不已。你问他：“你不知道女人的痛苦。”他说：“你也不知道男人的痛苦。”

好吧，你坚信彼此已经不再有爱了，或许放手是最好的选择。分手很平静，因为这是大家已经深思熟虑之后的决定。

相恋了多年之后，你们分手了，在单独的日子里，夜深人静的时候，他却始终是个挥之不去的梦境，一种莫名的情愫一直牵绕着你。你曾经试想着借助另一个人，或者另一段感情来遗忘，却始终是徒劳无功，你还是归于孤独。孤寂的夜，你将手机放在枕边不关机，生怕错过某个你想听到的那个熟悉声音。

爱情遇到了僵局，总归是有一个人要先服软，这个人往往是男人。某个夜晚，你终于等到了，是他认错的声音，尽管消失了这么长时间，你听到他声音的那一刻，还是感觉甜心版的亲近，你无可救药地再次接纳了他。

其实，你知道，每次大吵之后，他都会找合适的时机和好，而且，这样的日子好像永远不会结束。这次，他再次和好，尽管等的时间较长，但你还是原谅了他，两人在分手后再次相恋，感情蜜意甚浓。经历了，你才了悟，一直以来，你们都是爱着彼此，只是时间久了，你们都忽视了对方对彼此的爱。

爱情久了会归于平淡，平淡久了会变得麻木，麻木久了会忽视对方的感受。如果分手后再在一起怎样？人们说断了的骨头会更强壮，你们会更强吗？你们可能会再次说谎，可能会再次伤害对方，然后，再感到厌烦，最后再次各走东西，但是，你们却忘了有多想念对方，忘了你们对当时分手的决定有多后悔。

丢失的不是爱情，是自己

男孩对女孩说："在哪遇见你，我都喜欢你，就算变成空气，我也爱你，只要在一起，打我都可以，我不会发脾气，任你作弄。"

女孩幸福地听着，甜蜜地沐浴在爱的海洋里。

后来，有一天，女孩开口对男孩说："只是有一天，我发现我并不爱你，以为是错觉，并没告诉你。只是多年后我才发现，那并不是错觉，今天我想告诉你，我并不爱你。"

男孩还是那么爱着她，只是，女孩已经说出了不爱男孩，他最终忍痛收拾着破碎的心情。目送女孩的远去。这些年，男孩为了女孩不要了自己，可是，换来的却是她的不珍惜。

临走前，女孩对男孩说："其实，我们还是可以做朋友的。"

男孩说："分手后还做朋友的，不是没爱过就是还爱着。我曾经深爱着你，现在却不想再爱你，所以，我们分手后不可能再做朋友。"

男孩和女孩分手了，只是，这些年的相处，已经让男孩习惯了有她的生活，临睡前的一句晚安，早起后的一声早安，还有热气腾腾的早餐。偌大的房间，只留下一个孤独的身影。

爱情离开了我们，冬日里那张温暖的床褥，我们丢失一些温度，夏日里，再也感受不到曾经那个用书本带来的凉爽清风。

闲逛超市的时候，面对五颜六色的同款产品，却不知道要选择哪种，曾经习惯性地购买红色，现在你走出了我的生命，我该如何选择？

想丢掉曾经的记忆，却发现越想摆脱，记忆越是深刻。曾经走过的那条熟悉的路，竟然还存留我们散步的足迹，曾经我们最爱听的同一首歌还在轻声扬起，曾经共同挤过的那趟地铁还是那么的拥挤。我在努力地躲开记忆，最终却发现已经无路可走。

什么时候开始恨你，并不是因为你不爱我，并不是因为我为你付出了所有，只是，恨你在我爱你爱到骨髓，以至于把你视为自己的时候，你才告诉我，你不属于我。如果你早早地告诉我，你对我付出的只是虚情，那我收回自己的真情，还给你假意。至少，不会伤得如此之深。

付出的爱，想要收回谈何容易？或者根本就无法收回。

在残留的记忆里，我丢弃了你所有的东西，强迫自己把你遗忘，到最后，还是发现你在我最深的记忆底处。

告别了爱情，告别了你，我们的爱情已经成为了回忆。当我们丢失爱情的时候，是不是都会骗自己爱情没了？其实，我们明明知道爱情依旧在那里，它不会离去，也从未消失过。只要我们都还在，只要我们的记忆没有受到阿尔茨海默病的侵扰，爱情依然会酝酿在我们的记忆里。它会以自己的形式发酵着。

后来，我们走过了那段艰辛的遗忘期。回首曾经的种种，原来，那段已经消逝许久的爱情，已经活跃在我们的记忆里。只是，那种浓浓的感觉，已经变得淡淡了。不再有痛苦，那种余留下的淡淡感伤，让我们了悟，原来，那个时候，我们丢失的并不是爱情，而是丢失了自己。

爱情亚健康

亚健康，大家再熟悉不过。它是无器质性病变，介于非病非健康之间，是一类次等健康状态。处于健康与疾病之间的游离状态。没发现时常被人忽视，但随时都有高致病危险的概率。

人的身体有亚健康，人的情感也是有亚健康的。

现在的爱情，似乎已经变得不再值钱，恍如快餐店的速食面，方便却毫无营养可言。这种奇怪的现状，让每个单身的人都走进了爱情的亚健康时代。

周遭的同龄男女大都还是单身，而且一单身就是好几年，他们并不急着结束自己的单身生活，也不急于寻找恋爱对象。大多数单身人并不爱玩，也不会乱混，他们期待婚姻，也希望有人爱，可就是不愿走出单身生活，不愿去谈恋爱。在这个恋爱自由、性开放的年代，我们却不爱了，或者不相信爱情了。有一位因为一段失恋，至今多年依旧没有谈恋爱的读者对我说，已经走出了心伤，但他现在已经对谁都爱不起来了。

对爱情冷淡的人，共同的特点是受过伤，怕麻烦。共同的认识是觉得认识的异性都不够好，不合心意。逐渐地形成了一个规律，人在爱情里受伤以后反而要求越来越高。为什么会这样？因为我们往往看不到自己的缺点，却不能忽视对方的缺点；我们总会想方设法地缩小自己的缺点，却又绞尽脑汁地放大对方的缺点，这是人的本性，也是让我们受伤的核心原因。如果你是个坏女人，另一半是个好男人，如果你是个好女人，另一半是个坏男人。这往往都受不了什么伤，真正刻骨铭心的伤害多半都是双方都觉得自己受伤了。

我身边的一位朋友，已经与女友相恋多年，早已到了晚婚的年龄，家人着急着每天念叨结婚的事情。朋友告诉我，他曾经冷静地审视起彼此之间的恋情，我们之间是爱情吗？或者说还有爱情吗？类似的问题苦苦迷惑着他。

曾经的过往，他们也像其他的恋人一样，一起吃饭逛街，一起看电影，一起出去旅游……恋人之间的交流方式几乎试遍，但彼此间始终就像两条笔直的平行线，即使相隔近在咫尺，就是无法找到交集的那个点，于是，他们只是在各自的轨道上，努力过，终究还是跨越不过去。

爱情就是这样，走过了炙热期，归于平淡，日子就如同白开水一样，平淡无惊地前行着。

朋友身边的人一个个都结束了单身，有些孩子都会叫他叔叔了，这个世界，好像就剩下他自己一个人在边缘徘徊，却又不知自己在固执地等待着什么。

我说他是一个很悲观的偏执狂，在他眼里，再美的爱情都是不堪一击的脆弱，经得起风雨，却不一定经得起平凡。归根结底是你和女友交往多年，俩人不痛不痒地交往着，平淡的感情，让你觉得相互之间根本就已经没有了爱情。

朋友说我竟然是他肚子里的蛔虫："你怎么能读懂人心？"

这还用去读吗？都已经写在脸上了。

战争年代的情侣爱得死去活来，和平年代的我们死活不爱。他们总是想结婚，却又止步于恋爱。"婚姻怎么选都是错，长久的婚姻就是将错就错。"想到这，你是不是好像有了些许的心动，但只限于那一瞬间的心动，过去那一秒，你又会恢复本样。

亚健康的爱情和婚姻注定是不会长久幸福。这段感情对你来说已经岌岌可危。结束还是继续，归根结底还是要看你爱他有多深，至少你曾经爱他有多真。某部电影里说：梦里出现的人，醒来就应该去见他，幸福就是这么简单。但现实是，抓住幸福其实比忍受痛苦更需要勇气。不管如何抉择，终究要有个决定，定了决心，你的心自然一片释然。

偷情再刺激，终究是幻影

与友人闲聊中，讨论起了“偷情”的话题。

偷情，顾名思义，从不正常的渠道得来的感情。这种感情从古到今一直就存在，鄙视偷情和打击偷情也是从古到今一直存在的现象。

偷情就如同谈恋爱一样，甚至远远超越了恋爱的感觉。恋爱时的感觉永远是美妙的，有研究表明，人在恋爱的时候会产生一种叫做“多酚”的东西，但是随着恋爱时间的久远，“多酚”往往变成了“多愤”。然而偷情时所产生的“多酚”几近恋爱时的三倍。这个“多酚”可以让人心情愉悦，血液循环加快，提高新陈代谢等一系列的优点。

于是，刺激和甜蜜永远是偷情的主角。便有了一批又一批的人衍生了蠢蠢欲动的想法，为此“奋斗终生，死而后已”。

因为是“偷”，所以，彼此间的感情永远不会平淡，对彼此自然充满了足够的吸引力。如果哪一天不想再“偷”了，这段感情也就到了寿终正寝的时候了。

偷情的人，不经常见面，所以，在短暂的相见时间里，彼此都会想尽办法取悦对方，你眼前的他，永远是最富有激情和浪漫的完美情人。你不在乎眼前的他是否伪装，因为深入了解对你来说毫无意义，享受当下的快乐与幸福才是最有价值的。

在所有的婚外情当中，男人偷情，目的大多为性；女人偷情，大多是性情交融。男人偷情，偷的就是偷的，偷到以后便不觉得那么珍惜了。而女人则往往错位，她们往往希望拥有偷的东西。

如果有一天，你在偷他的时候，竟然被他偷走了你的心，退与进已经扰乱了你的心湖，阵阵涟漪让你的情感再次陷入危机。你爱他，并不意味着他爱你，你看到的永远是戴着面具的他，真正了解他的另一个人，只有他的妻子。偷情，最好的方式，就是玩玩。别着迷，对这样的游戏着迷，受伤的永远是不舍得放手的那个人。

他或许能够被自己的妻子原谅，但回报给你的，却是永久性的心伤。放手一段感情不是一件容易的事情，但不属于你的感情，始终都是要学会放手，陷得越深伤得越重，放手是最好的抉择，也是早点脱离苦海的唯一办法。

如果要打个比喻，我觉得偷情就如同吸毒一样，是家庭生活不如意的警报。当家庭和谐了，男人是顾不上偷情的。

不少男人希望有个红粉知己，事实上，红粉知己、情人和妻子的范围，很难判断划分。也没有一种感情关系，可以永不质变。他们也不明白：优质的红粉知己变成情人之后，也不一定是好情人。地位不同，女人对他的要求也大不相同。

家庭绝对不是只能靠责任感来维持的，责任感能拴住男人的灵魂，却阻挡不了偷情的发生。唯一能够从根上预防偷情的，是让婚姻质量提上去，让自己有一个更稳定的家庭。

如何防止偷情？不妨把偷情的动力用在生活上，主动地把偷情人所担负的任务负担过来，生活中故意搞出一点小小的浪漫，维持热恋的关系，保持爱情的鲜活。

“妻不如妾，妾不如偷，偷着不如偷不着。”发乎于情止乎于性，偷得着是草偷不着才是宝，偷不着才是偷情的最高境界。

只是爱上虚荣

正在读大三的学生告诉我，他是个很普通的男孩，爱上了同年级不同班的校花。追她的人很多，但是女孩最终选择了他。他们很自然地走在了一起，女孩相貌出众，在家中也是娇娇女，即便交往了许久，男孩都不知道女孩喜欢他什么。对于有所倾慕的爱情，男孩为女孩付出很多，但是女孩却对他忽近忽远。对女孩的宠爱，他甚至是达到了纵容的地步。女孩却从未想过男孩的感受，在朋友或同学面前，对他指手画脚，趾高气扬，一副天后气派。

男孩太爱她了，一直迁忍着，他始终相信女孩是爱他的。也一直相信，为爱情多付出点，收获也将会增多。后来的一天，在女孩的生日宴会上，性情颇高的她，竟然让男孩学狗叫来取乐同学，这让男孩一下陷入窘境，心中所有委屈一涌而上，平时都能迁就女孩的他，这次拒绝了。他说是为了男人的尊严，也为了爱情的尊严。

翌日，女孩跟他提出了分手，男孩问我："为什么我付出那么多，换来的却是这样的结果，难道就是因为那一次拒绝才跟我分手的吗？她真的没有爱过我吗？"

我回复，你爱上的是一个人气居高不下的天后，而她爱上的只是种虚荣。你爱她是真心，她爱你是假意。对于这样一个女孩，她是不爱你的，她爱的只是一种虚荣，因为你比其他男人更能满足她的虚荣心，所以她选择与你交往，在知道你不能满足她的所有虚荣之后，她自然会跟你分手。她对你，并不是爱，只是纯粹的利用，利用你对她的好，还有对她的宠。你们的分手，是早晚的事情，现在分了，对你来说是件好事，值得庆幸。把用爱她的心思放在学业上，想不成功都难。

爱与被爱都是要付出的，只是，如果被爱的一方不爱付出的那一方，他的付出就是索取。都说付出真心就能有所收获，这得需要看你对谁付出，如果你对一个不爱你的人，并且一直在利用你的人付出，那你的收获必将是难以愈合的伤痛。

爱情里，虽然没有绝对的公平，可我们得努力来维持它的平衡，有爱情的给予，就得有爱情的回馈。一旦一方付出过多，天平发生了严重的倾斜，自然会倒塌。

在爱情面前，我们很难做到理性的控制，爱上了他，你想为他倾其所有，即便是赴汤蹈火也无所畏惧。因为，你想证明你对他的爱，让他知道你是多么的爱他，只是，你在付出的时候，往往忽略了一个最重要的要素：他爱你吗？他在乎你的付出吗？

对于爱与不爱的付出，你的付出有没有衡量过？

我们在爱情里迷失了自我，或者说，我们一直在迁就爱情，迁就我们爱着的那个人。在这段爱情面前，我们是心软的，而心软却又是最致命的脆弱，这脆弱，让我们变得如此的卑微，即便是所有的付出，在他眼中都变得微不足道。

如果有一天，我们的爱不再迷惑，盲目狂恋的宽容也将不复存在，在一次次的心痛中，足够让我们去看清所有的是非对错。那个时候，爱将不再爱也是自然而然的事情。只是，我们很多时候不愿意揭开这段爱情的真面目，宁愿自己受伤，也要保全这段畸形的爱恋。

爱上了一个虚荣的人，她爱虚荣往往要胜过爱你。这不能怪她，因为你不是她的最爱，因为是你心甘情愿成了她的俘虏。如果她邂逅了足以让她心动的男孩，那么她也有可能会变成你。

爱情结束的时候，也是我们醒悟的时候。直到那个时候，她在你心中不再被受宠，把她当做天后的人也不会再是你。

爱情经过以后

爱情经过以后，剩下的只有回忆，这回忆是什么滋味，只有自己最清楚。

曾经爱过的那个人已经不再属于自己，记忆中的他即便再让你心痛，也只能学会放手。不属于你的终究要失去，爱情经过的时候，我们至少曾经拥有。

我们都知道，责任是爱情的另一个代名词，爱情不能因为累了，就说分手，没有什么合适不合适，那只是借口。既然因为相爱在一起了，就要好好牵着对方的手走到最后。只是，当对方真诚地告诉你，我们并不合适的时候，分手也成了注定的结局。

我们的一生中，不断地会有人离开或进入你的爱情。既然能走入你的生命，自然就能有你喜欢的一面，只是，你能拒绝某个你不爱的人进入你的生命，却阻碍不了某个你爱的人会离开你的生命。于是，看见的，看不见了；记住的，遗忘了。生命中，不断地有得到和失落。然而，看不见的，是不是就等于不存在？记住的，是不是永远不会消失？

爱情经过以后，所有的一切都成了过去式，剩下的情感只能依靠回忆来滋养。曾经爱得那么轰轰烈烈，曾经爱得那么死去活来，只是，曾经终究化为过去，过去共同经历过的幸福都已经成了过眼云烟。即便如此，你还不肯罢手，拖延着一段已经不再幸福的关系，自欺欺人地安慰自己："他还是爱我的。"可是，甜蜜的回忆也有耗尽的一天，当回忆耗尽，还有什么能够支撑你不愿放手？爱？那也是你自己感觉出来的幻觉。

爱情经过以后，别再指望他还会给你爱。即便是你再卑微，即便是你在他面前含笑饮毒酒，他也不会回心转意。如果他不再爱你，那就收好自己的心情，拿出自己的尊严，把你的卑微和你的爱贡献给一个值得的人，抛弃你的人永远不值得你为他付出，即便是你再爱他。

既然爱情已经经过，那就没必要哭得死去活来，尽管这不容易，也要想尽办法放开心怀。爱情里，每个人都如此：不是满足就是失望，不是逃避就是期待，不是幸福就是悲伤。于是就有了：爱有多深，情就有多浓；爱之深，伤就痛。所以，放手一段不属于自己的爱情，是庆幸的。至少你可以早点告别悲伤，至少你可以早点愈合伤口，至少你可以早点邂逅真正爱你的人。不是吗？

世间万物都是从初生到繁华再到衰落的过程，爱情也不例外，而且变化更快。也许当我们刚从爱的眩晕中慢慢清醒时，它就会闪身而退，不留一丝痕迹，更使你迷惑：我刚才在爱着吗？可是为什么又都不存在了？爱情有些时候真的就像在梦游，醒来时，只觉得那梦里好美，以至于让你在美梦中不愿醒来。

爱情消失，也是在拥有之后，曾经的曾经有过幸福和欢笑，只是，它已经离去，也许这段感情会使你痛不欲生，会给你无法释怀的相思和等待。但是，这些都不会是永远的。幸福的人善于忘记自己给过别人什么，却永远记得别人给过自己什么。

时间就是最好的良药，爱情经过后，就把记忆交给时间吧。当我们随着时间慢慢老去的时候，拾捡起曾经的记忆，惆怅又迷糊地问自己："我有那样爱过他吗？"然后细细想想，好像是。

蓦然回首，原来自己早就忘记了恨，时间已经淡化了我们的记忆，也淡化了曾经的种种伤痛。

爱情经过以后的日子，我们还是一样地生活，一样地爱着，尽管这花费了我们一定的时间，但总归是值得的。回想起曾经种种，然后明白，原来爱得再痴心也是曾经的事情，一去不复还，没有他的日子，我找到了更爱我的人，我还是能活得很开心。

爱情的反射

朋友略显兴奋地告诉我，他觉得有个女孩喜欢他。

看着他那双快要起舞的双眸，我不仅问他："是不是你也喜欢上人家了？"

他死活不承认："我怎么可能会喜欢上她呢？"

朋友口中的女孩我认识，我故意编造出女孩的种种缺点："她的性格挺暴躁的，做起事来大大咧咧，没有一点淑女风范……"

朋友没听我说完，变得有些激动地为女孩辩护，打断了我的编造："不会啊，我觉得她一直都挺好的，性格直爽，很有气质。"

听着他的辩护，我不由得笑出了声，他恍悟："还是上了你的当了。"随后，脸唰地一下红了。

很明显，他已经陷入了情网。只是不想承认罢了。为什么不想承认？因为他只是认为对方喜欢上他而非肯定，他好面子，一旦猜测失误，唯恐颜面尽失。所以，给自己留条"不喜欢她"的后路，也是保护颜面的唯一方式。

爱情是有反射的，当你感觉对方喜欢你的时候，其实，是你已经对他有好感了。当你认为对方很讨厌你的时候，实则你已经开始厌烦对方了。爱情就像一面镜子，这种反射的作用时常会发生在我们身边。

我们都要经历过懵懂期，那个时候，我们会有些留意身边的异性，谁会对自己有好感，一旦感觉到了，哪怕是对方不经意地多看了自己几眼，都会认为她对我有意思，不经核实、不论真假，都会在同学面前炫耀。那个时候其实不懂什么是喜欢，更别说爱，只是出于面子，有人喜欢我，那是多么值得炫耀的事情。看到同学们艳羡的目光，哪怕是因嫉妒而投来的目光，也觉得是种至高无上的荣誉。

后来，我们的年纪渐长，经历让我们变得越加成熟，开始学会了把情感掩埋心中，我们不停地翻弄回忆，却再也找不回曾经的自己。年少总归是年少，不会顾虑到带来喜悦以外的其他事情。年纪渐长，才发现，原来，爱情是不用表达，不用拿出来晒的，因为她是属于自己的生活，属于自己的私有情感。

在不确定的前提下，我们开始学会保护自己的情感，对于爱情的沉默，让我们学会了善于观察。有时候，我们跟初次见面的人一见如故，相聊甚欢。回到家里之后，脑海中还在回想两人相遇的那一刻，或者重复地回忆着聊天的内容，心中暗喜："他好像很喜欢我。"事实上，是我们自己的春心荡漾，已经喜欢上对方了。

爱情里有爱就有恨，这些都是反射的，当你觉得对方爱你的时候，你已经爱上了对方，当你认为对方恨你的时候，你其实已经在痛恨对方了。

当爱情已经消失，感觉到对方不爱自己的时候，我们会骄傲地告诉他："其实我早就不喜欢你了，你没有什么好的。"我们心里很清楚，这都是违心的说法，这只是我们先下手为强，采取自我保护的一个方法。

我们经常不清楚自己为什么会喜欢或者憎恨一个人，这种没有理由的情愫，让我们在爱情里常常会说一些言不由衷的话。其实，这些爱和恨，很多时候都是爱情的反射作用，是我们主观意识主导罢了。

有物质没爱情的人

有些事情，你以为只能在电视上或者小说上才能看到，其实在我们身边就存在。

收到一个女人的来信，她出生于一个贫困的山村，后来到北京打工，遇到了爱她的一个男人，不过，这个男人年长她整整40岁，吸引女人的并不是男人的爱，而是他的财富。在衡量许久之后，她最终答应了男人的求婚。于是，风华正茂的她力排众议，嫁给一个年逾耳顺的富翁，专候他死。就这样过了20多年，男人过世。但此时的她，皱纹已经爬上了额头，也已经老了。现在的她终于有钱有自由，一种对爱的渴求犹如泛滥的江水破堤而涌。可是，这几年过去了，依旧孑然一身，她说她现在有钱，可以放低要求，能够找到年轻的小伙伺候自己到死。然而，她不想过和他前夫那样的生活，她需要真爱，一个真正爱她的人。只是，这个人很难等，或许，早就已经错过了这个人。

“没有物质的爱情会有幸福吗？”这是一个正在热恋中的大学生提出的问题。

上面所说到的女主角的经历，是不是从某个角度而言，刚好可以回答这个问题呢？

建立在物质基础上的很可能不是爱情。物质的生活，现实的境域左右了人们的思想，把感情和物质结合起来的往往是生活。同时也是生活考验了感情。物质贫瘠的人们更加珍惜感情，因为他们懂得能给予爱人的，是一颗真心。而那些认为能给爱人很好的物质生活却不懂得呵护感情的人，只能徘徊在真爱的门外。

任何人都有爱与被爱的权利，这不是用金钱衡量的。而是由一个人爱的能力所决定的。只有基于尊重、理解、宽容的爱才会让拥有的人幸福，离去的人悔恨。

这个社会，财富毕竟是掌握在少数人手中，现实中的我们可能并不富裕，为了不让我将来的爱人后悔。我对每一个想和我恋爱的女性说的第一句话都是：

“我家经济情况不好。如果你想和我在一起，我不能给你优越的物质生活，而且你还可能和我一起受苦。”

如果有人回答是肯定的，我所做的第二件事，就是把她带到我的家里，让她看看真实的境况。等她看完，我会对她说：“你现在想离开，我不会怪你，我们还是可以做朋友的，毕竟我们认识。”

不否认，有的是转身离去，从此没有消息。但总有一个会是给你全部正确答案的人。这个人就是在你的身边酣睡，要结婚或者已经结婚的那个人。

年轻的时候，我们很容易被花花世界或者物欲享受而迷惑，想要好的物质生活并没有错，只是，将物质生活建立在爱情的基础上确实值得考究。当我们拥有了表面的光鲜时，才知道，我们曾经渴望的一切东西现在都得到了，但在我们得到之后却发现这些都毫无价值。于是，我们仍然觉得肉体和心灵都时刻处于饥渴状态，空寂的夜里天天喊着寂寞。

我们每个人都只是大自然的一颗植物，扎根于物质土壤，追逐着爱情阳光，进行光合作用，制造养分，茁壮成长。而“不要爱情”这件事由不得我们用理智的筛子进行冷酷而精明的选择，这就像饥饿的人必定会爬向面包一样，是一种求生的本能，你不知道他的难受，那是因为你没有经历过。

没有爱情的婚姻生活，那是只有根基和骨架的铁屋子，再怎么牢固也禁不住长时间的风吹雨打，最终生锈断裂。有物质没爱情的人总是贫血，面带菜色，心存病态；正如有土壤没阳光的植株，不管施多少肥，总长得叶黄枝细。

我们曾经都傻过

年轻的时候，人时常会犯傻。做出一些连自己想想都后怕的事情：百般纠缠一个并不爱自己的人；为了爱情可以倾其所有，一相情愿地赴汤蹈火；对着一份明明知道没有结果的爱情发着海誓山盟；为追逐梦想可以伤痕累累。

那个时候，因为有爱，或者有目标，所以从未觉得懊悔，认为自己非如此做不可。一直相信，付出就有收获，哪怕是铁石心肠的人，也会爱上我。

后来，经历过了，付出过了，才知道，铁石心肠可以融化，却不能让一个不爱你的人爱上自己；即便自己为那些远大的梦想付出很多，到最后未必都有收获。“有付出就有收获”只不过是一份自我安慰的美好愿景。注定不能实现的事情，即便是倾其所有，仍然会一无所获。所以，我们开始学会丢弃不实际的梦想，脚踏实地地追逐自己能够有把握的目标。

都说失败乃成功之母，那是因为我们能够在失败中吸取教训，在下次的追逐中，因为跌倒过，所以更能成熟地应对，自然能够离成功更进一步。同样的，如果我们年轻的时候没有傻过，现在的我们又怎会变得聪明呢？

年轻的时候，我们都不会知道这些，或者很少会想到这些。有一天，我们醒悟，才发现，自己已经过了冲动与激情澎湃的年纪。想想曾经做过的事，回想曾经爱过的人，曾经许下的海誓山盟，曾经信誓旦旦的许诺，似乎都已经是很久以前的事情了。

“我当初怎么会做那么不可理喻的事情呢？我怎么会爱上他呢？”

时间的流逝让我们在不知不觉中增长年轮，那份逝去的岁月，已经深埋在我们的记忆中，曾经犯过的傻，竟然也能成为一份温馨难忘的回忆。

曾经因为爱，可以倾其所有，可以为了一个自己爱的人赴汤蹈火。现在，我可以忘我地爱，但不会付出所有，因为我不知道你会不会为我倾其所有，我得保留一点被你爱和索取你的权利；我可以好好地疼你，但不会牺牲自我来证明我的爱。有10分的爱，我会拿出8分给你，剩下的2分留给我自己。只有爱自己才能够更好地爱一个人，不是吗？

曾经会绞尽脑汁地纠缠一个并不爱自己的人，不计回报地付出，现在不会那么傻了。我可以在爱情面前放下身段，不计较卑微，但我不会再在一个不爱我的人面前乞求爱。爱情本身就是两相情愿的事情，一相情愿，吃力不讨好，我害怕与孤寂为伍。我不会再爱上一个不能终成眷属的人，我需要留出足够的时间和空间，等待命中注定的那个人入驻。

曾经以为我们的爱情是如此的完美，后来才知道，那个只不过是美丽而朦胧的梦，慢慢地被严酷的现实剥落了色彩，露出了原本并不和谐的基调，谈论谁是谁非已无必要，或者根本就不存在什么是非。总以为放不开的爱情，现在也能够坦然面对，不属于我的，她就是蒙娜丽莎我也要跟她分手。人不可每天面对一副美艳动人的墙画谈情说爱。

曾经，我是个傻瓜，一个心里只有你的傻瓜。

曾经，你是不是也是个傻瓜？一个不知道我心里想着你的傻瓜？

岁月流迁，曾经的傻，都已经留给了当年的懵懂岁月。而今，我们只能在记忆中回味那些傻傻的点滴温情。

我会给你打电话

世上有令人艳羡的长久爱情，自然就有令人遗憾的短暂爱情。

当你不想继续这段感情的时候，你可以告诉对方："我会给你打电话。"如果对方聪明，是很容易理解这句话隐藏的残忍。你不爱他，这并不是你的错，爱本身就是两个人的事情，勉强不了。只是，不能用这么含糊的话，让对方漫长而毫无结果地等待。

"我会给你打电话"这句话大多数都是由男人开口的，为什么开口？是想结束这段感情，最起码是他不爱你的成分大些，男人碍于颜面，即便是提出分手也会想出一些优雅的办法，这句话貌似是最好的选择。

只是，很多女人太爱说这句话的男人，即便是已经知道结果，却还卑微地问对方："你什么时候能够给我电话呢？"男人想了想，就连他自己都不知道，这次离别之后，会什么时候才给你电话。于是他对你说："放心，我会给你电话的。"你很想再追问，可你还是忍住了，为什么？因为你爱他远远胜过他爱你，你害怕把这最后幻想出来的希望破灭，只能带着他说的"放心"，静静地等待他的来电。

一天，一周，一个月。时间走得很快，却又很慢，你静静地守在电话机旁，走到哪里都会不时地拿出手机，就怕错过他的来电。只是，你的等待换来的都是遗憾，尽管你心里清楚，他转身离去的那一刻，有可能就是最后一别。

等待电话的你，品尝着最难以消受的孤寂，在孤寂中，你还在回想着两人在一起的甜蜜时光。只是，你的孤寂和思念永远都是你自己的，你爱着的他永远也不知道你现在是怎样的心情，或者说，他已经不再在乎你现在的心情。

爱情在的时候，说这句“我会打电话给你”是有时间限制的，说不定，在他离开你不到半小时的时候，你就能在电话的另一头听到最熟悉的声音。爱情不再，这句话已经成了分手的借口。

而说这句“我会打电话给你”的人永远都掌握着主动权，他有权利给你打电话，也可以不给你打电话，他可以在任何的时间段拨通你的电话，这要看他的心情。因为他不再爱你，所以不会关心你会孤寂地等待他的来电。

不管是不是正人君子，他不爱你，而在分别时对你说出：“我会给你打电话”，就注定是在哄你，为什么哄你？因为他害怕在分手之际你纠缠他，害怕你在他面前哭哭凄凄不肯罢手，害怕周遭的人指责他欺负女人，所以他会说出那句酝酿已久，背后隐藏分手真相的话。

男人说“我会给你打电话”是觉得无所谓的，女人却会很在意，她们会用上一天、一周甚至更长的时间来等待。这种等待也算是爱情的等待吧。

只是，爱情的等待是折磨人的，更何况是等待一个不爱自己的人回心转意。别期待有奇迹的出现，这种概率少得可怜，这样的等待注定是让你空等一场，赔上了自己的青春年华。

是他先开口的话，希望他会对我说：“你能打电话给我吗?”如果不是这句话，那我宁愿是我先开口对他说：“我会给你打电话的。”

不信任，干嘛要相爱

朋友聚会，聊起了爱情。

他们问我："在你爱过的人当中，你自始至终都会相信着另一半吗？"

我说："是的，既然不信任，干嘛要相爱？那是何等的辛苦？爱着的时候，我会自始至终地相信她，哪怕明明知道她是在骗我，也宁愿当做不知，全然接受，信任。尽管这说起来是很傻，可是，在自己爱的人面前，又能有几个人没有傻过呢？"

爱本身就是建立在信任的基础上，没有信任，再美的爱也终究会有凋零的一天。

我身边一位朋友，他很爱自己的女友，什么都愿意为女友付出。可美中不足的是，他对女友并不是很信任。为什么？因为他长相平庸，但女友却是男人眼中的美女，即便是两人上街，他都会随时注意周边人，看他们尤其是看女友的眼神。如果女友下班晚回半小时，他铁定电话、短信不停，如果女友要出差几日，男人更是会在深夜或凌晨突然拨个电话过去"查岗"。后果可想而知，女友最终还是与他分手，尽管他再三挽留，但是他的不信任已经深深扎在了女友的心底。

后来，朋友的女友在一次聚会中与我攀谈，她说，其实她一直爱着前男友，但是他对她的怀疑，让她觉得有些过火，男人的占有欲和控制欲在那段相爱的日子里肆意滋长，让她感觉到要窒息，尽管她还是有些不舍，但为了自己的幸福，最终还是选择了分手。

她最后告诉我的理由是："我想找个爱我，在乎我的，但并不是怀疑我，控制我的男人。"

爱情原本真善美，融不进半点怀疑，带着怀疑去爱一个人，注定是爱情的悲剧，怀疑久了、多了，爱会失去原有的本色，最终会变得不再是爱。

男人为什么会不信任女人？因为他平凡，而女人出众，让他感觉到自卑，这种自卑久了，会演变为不自信，因为爱着女友，所以害怕失去，这种害怕，无形中点燃了他强烈的占有欲，只要女友有一点点让他感觉不对劲儿，便会引发他的怀疑。归根结底，这是他的自卑，也是他的不自信导致的。

我从来不建议持着怀疑去爱一个人，带着怀疑能好好地爱吗？爱到最甜蜜的时候，你还把心思放在“他到底是真爱我还是假爱我？”上，你还能爱得倾心吗？你还会全身心地投入到爱他的份上吗？

后来的某一天，他告诉你：“其实我并不爱你。”是不是你又得怀疑他说的是真是假？

他爱你，却怀疑他在骗你，他告诉你不爱你，你却怀疑他在撒谎。

我不会带着怀疑去爱一个人，不想爱得那么辛苦，爱一个人只求简单。我会跟着感觉走，知道她爱我，所以我更爱她，知道她不爱我，所以，纵使我有多恋她也不会纠缠她。爱情世界，爱纯粹才是幸福的根本，哪怕有一天，她走出了我的生命，我们的爱已消逝，曾经相恋过的甜蜜日子，毕竟还是我们人生当中最值得怀念的时光。

如果有一天，我不再信任她了，也证明我已经不再爱她了。

爱一个人的付出

有读者问过我这样一个问题："注定要分手的爱，你还会爱吗？"

我很想不爱，但爱情这事情，谁能说的准？如果那个人值得我爱，即便是注定要分手，我想我也控制不了自己的思想，唯一能够做到的就是不让自己爱的彻底，更不会让自己的爱变得卑微。

我爱她，是因为她有值得我爱的地方，爱的不彻底，是因为知道这场爱本身就是场短暂的停留，纵使爱的再美，终究还是一场骗局，当梦醒时分后，徒留悲伤绕心头。

漫漫人生，在这条由始至终的路上，到处都存在着缘分，好似，这些所有的缘聚缘散都是命中注定的事情，强求不得；有些缘分一开始就注定要失去，有些缘分是永远都不会有好结果；只是，当我们陷入爱情旋涡之后，偏偏渴望着能够创造一种奇迹。即便这段缘分注定要失去，即便注定要与这个人擦肩而过，一旦爱上了，也要好好珍惜。爱一个人不一定要拥有，但拥有一个人就一定要好好地去爱他。

于是，又有人问我一连串的问题：

如果失去是苦，你怕不怕付出？

如果痴迷是苦，你会不会选择结束？

如果追求是苦，你会不会选择执迷不悟？

如果分离是苦，你要向谁倾诉？

一旦爱上了，当然害怕失去。爱情就像毒药，一旦投入了真情，付出了痴迷，选择结束谈何容易？可是，该失去的终究会失去，很多事情都由不得我们把控。正如爱情，即便我们投入再多，付出再多，不属于自己的迟早有一天会离自己远去。我们唯一能够做到的，便是爱着的时候好好爱，即便无缘再爱，也是命中注定，并不是谁的错，衷心祝福对方才是对我们曾经的爱最好的纪念。

如果爱情注定会让人受伤，那么我宁愿永远不想知道结果，爱着的时候好好爱，享受爱情赐予的快乐，放纵自己一次又何妨？纵使这种幸福并不能长久，至少曾经是相爱过。如果这段爱只是一相情愿，那么，我会保留最真的那一部分，在他真正爱上我之后付出，在他离开我之前隐藏，那份最真的爱，只有最爱我的那个人享有。

追求一个不属于自己的人，我宁愿守候这那份孤寂，失恋是苦，可爱上一个不爱自己的人更苦，既然两者都是苦，我宁愿选择自己苦，也不要两人的痛苦。如果追求的是一个爱自己的人，那再苦又算得了什么？纵使最终还是不能在一起，至少我曾经为这份爱努力过，即便是有遗憾，也不再是永生的遗憾。

感情这事情，很多时候是不能与人分享的，即便是闺蜜、知己也不例外。不痛不痒的事情，可以说说，可最真的那些心思却还是隐藏心底深处最安全。并不是不想说，只是，很多事情，想说，却无法开口，无法言明，既然如此，那就让它们酝酿心头，多年后化作酿酒，自己独酌独饮，对往事干杯。

爱上一个人，不管结果如何，终究是要付出，只是看付出多少而已。有些付出，我们是伤不起的，可是，明明知道如此，我们在爱情面前却依旧束手无策。年轻的时候，我们都不明白，好多事情都是后来才看清楚，好多事情当时一点也不觉得苦，然而，我们却已经迷失在人生的旅途，早已找不到来时的路。

为爱付出疯狂，为爱受一点伤

年少时的爱恋总有一些轻狂，总有一些自以为是。那个时候我们知道爱，却不懂得爱。爱什么？总以为喜欢就足够。

不是吗？爱本身是在喜欢的基础上，只是有种好感也叫喜欢，却与爱无关。我们，因为没有经历，所以，经常把喜欢当成爱。

年少的时候，我们一无所有，因为喜欢某人，所以无所谓地付出，不计较回报，这种付出有些像哥们儿的付出，我们总以为那就是爱，因为爱他才会为他付出，书上不都是这样说的吗？

书上是说为爱付出无悔，只是，你弄错的是，你不是爱他，而是喜欢他。不是吗？在你出门的时候习惯地给他一条信息，然后关机，和朋友们疯狂地玩耍，这期间你并未想到过他。

如果你爱他，是希望他能够与你一同出去，跟自己心灵相通，他无意中说出的一个笑话，也能让让你顷刻低落甚至落泪。在某个地方看到浪漫的就餐地点，你第一时间想到的就是，能够与他一同在这里浪漫一餐。

因为年少所以气盛，那个时候，不管是喜欢还是爱，只要在你心中有些位置的，你就会为她付出，看她不平，你就会拔刀相助，这是义气，不是爱情。

家人知道了你的事情，毅然反对你们交往，并让你把心思放在学业上，可是，你已经下定决心与女友私奔。多年以后，你觉得那是多么的可笑，那么疯狂的举动并不是因为爱对方，只是跟父母斗气而已。

进入大学，你知道了什么是喜欢，什么是爱情，能够分辨出，对他是喜欢还是爱恋。你有了足够的主见。

长大了，接触的人也多了，爱的机会也变多。在校园的某个角落，你无意间发现了让你心动的人，你确信，那是一见钟情，爱情的一种。怎么办？你高中的时候已经有了女友，在这个时间遇到了让你心动的女人，是时间的错，还是缘分的错？不管怎样，你感觉自己至少是对她有好感了，这种好感超越了喜欢，比对高中时的女友来得更猛烈。

你想尽办法与她接近，逐渐的与以前的女友减少联系，到最后，为了这个心动的女人与前女友决然分手。这个分手的决定并不是考虑许久，而是内心召唤使然。那一刻，你终于知道你的举动不再疯狂，是自然而然的情愫衍生罢了。

爱上了她，还想为她付出，以此来证明自己的真心。在饭堂，你为她站队；下课后迫不及待地到丛林见她；在她生日的时候，你用生活费给她买了份生日礼物；为了能够跟她看场电影，瞒着家人外出找兼职挣外快，大学三年你似乎就是为她而活的，但是她始终对你忽冷忽热。室友笑你傻，朋友让你放弃，你因此而得罪了他们，一如既往地付出，一如既往地疯狂。

大学毕业，她为了前程选择与你分隔两地，你想追随她到同一座城市，但她拒绝了，这就是你大学三年付出得到的回报。

你把心思放到了事业上，某个契机的时间，你邂逅了另一个生命中的她，这次，你变得很理智。为爱，你不再疯狂，因为你怕再次受伤，小心翼翼地爱着，尽管你很爱她。

后来，她问你为什么对她如此“一般”？你说，我为爱疯狂的年代已经过去了，现在为未知结果的爱，我只能付出一点点，因为，我害怕受伤。

最后，她和你终成眷属。你回想曾经经历过的女人，有过疯狂有过付出，但是，最爱的竟然是这个没有为她付出太多人。你忍不住，某个夜里，在枕边，问她为什么会选择你？

她说：“因为我爱你，我经历过你所经历的。”

你恍悟：真正爱一个人不需要付出疯狂的举动，受一点点伤就好，甚至不用受伤，因为爱你的她，不舍得你为她受伤的。

错过不该错过的那一刻

人这一生会错过很多东西。

恨自己错过了最佳的创业时机；恨自己错过了成功的机遇；恨自己错过了最爱自己的那个人；恨自己错过了终身的幸福……

只有错过了才知道，原来机遇就与自己擦肩而过，原来自己最爱的那个人曾经一直陪伴左右，原来幸福曾经就抓在自己的手中，现在却悄无声息地溜走；只是，有些东西错过了，就永远不可能再重来，留给我们的除了遗憾，就剩下赤裸裸的后悔了。

错过了才知道后悔，悔悟了才知道遗憾的滋味是如此的难以消受。

有些事情错过了，还可以有机会弥补。我们错过了某部精彩的电影，可以在今后补看；今天看到了中意的一款服饰，但忘记买下来了，改天有时间再去买吧；今天晚上忘记健身了，明天再多锻炼一个小时吧。

但有些事情一旦错过了，就意味着永远也追不回来了。我们错过了最爱自己的那个人，拥有的时候不懂得珍惜，失去了才知道原来自己一直深爱着她。她走了，你才知道后悔万分。可是，当你想全身心投入爱她的时候，她已经对你死心了，早已投入了别人的怀抱。就这样，你永远地丢失了自己的最爱，这样的遗憾让你后悔长久，甚至是终身的。

在失去之前不懂得珍惜，失去之后才懂得后悔。这几乎是人的本性。很多人都在说：曾经有一份真挚的感情摆在我的面前我没有去珍惜，直到失去的时候才感到追悔莫及。都在说失去的时候才懂得珍惜，那为什么不反省一下自己为什么会失去呢？人并不是贱，只是失去后感觉到了孤寂。

为什么人会这样？因为我们无法在做一件事之前知道结果是什么；因为我们无法知道自己最初想要的是什么；因为我们对于现实考虑得太多；因为我们的思绪一直在和时间对峙。后悔，这个词说起来有点牵强，遗憾，这个词说起来有点朦胧。但也只有这两个词能够言明错过了不该错过的情愫。

当你拥有的时候，你也许不觉得会是怎么样的，可当你失去了，你就会知道什么叫做心痛了。大多数的人会在这几天里习惯做一件事情或是接受一个人的感情，但有一天当你停止了在你手上做过的事和接受的人时，你就会觉得好像少了些什么。其实什么也没少，只是你已经开始习惯那样的生活，那种感觉。所以，当你失去的他的时候，才会感受到，原来自己一直是爱着他的，当初若是珍惜，现在你们还在一起幸福的在余晖中牵手。

人一生中所经历过的种种遗憾，都是因为没有把握好最佳的时机。

某一天的某一刻，你很想对他说：“我爱你。”

只是，他忙着自己的工作，没有准备好听你这句表白，在话语脱口而出的那一刻，你又使劲把这三个字吞了回去。

从那以后你再也没有说出那三个字的欲望了。

某年的某一天，你很想对她说：“我想要你，你愿意嫁给我吗？”你甚至都已经准备好了结婚戒指。但是，当你看到她从别人的车上走下时，你没有追问那男人是谁，便索性把鲜花丢进了垃圾桶，转身离开。后来的一天，在她嫁为他人妻的时候，你才想起来问当初那人是谁，她告诉你：“他是我刚从美国回来的表哥。”一瞬间，你歇斯底里地在悔恨中独舔心伤。

就这样，错过了不该错过的那一刻，你唯有与遗憾和懊悔相伴。

被感动

被感动是一种幸福，如果没有能够拨动你心弦的事情和人，你是不会感动得落泪的。

我是一个感性的人，这是所有朋友共知的事实，但是，我是一个不会轻易落泪的人，感动不一定落泪，感动也不一定就是因为爱。

收到一份邮件，邮件名称是“送给雷华锋的一份礼物”。打开附件中的文件夹，顿时让我惊得哑口无言。文件夹中所有资料竟然都是关于我的新闻报道。我在2004年拍摄的广告，以及曾经代言过的大部分品牌，甚至这里面的大部分资料都已经无法搜索到了，就连我自己都快要忘记的一些广告图片和片段竟然都有。这些关于我的资料，是这位热心读者从2004年就开始收集的，一直到最近。看着这些文件，一种被感动的幸福感油然而生，我并没有想到自己竟然还有如此一铁杆粉丝，千言万语在当时也无法表达我的情愫。即便事到如今，我也不知道对方是谁，除了感动，我只能说的只有谢谢了。

在邮件的附言中，读者还说：“我好不容易搜集到了你的第一部作品《情愫心迹》，只差你的一个签名了，希望今后能够有机会给我抹上一笔。”《情愫心迹》是我在部队期间出版的第一部文学作品，2002年出版的，至今市面上早已购买不到，即便是我自己也没有存留。

这种感动是无法用语言能够表述，在感动中，我也只有时时鞭策自己，用更多更好的作品回馈给我的读者们。

后来，我又接到了这位读者的邮件，这次，她是跟我倾诉她的情感。她说她不知道有没有爱上那个男孩。但她心里很清楚，那个男孩很爱她，会为她做任何事情，只要她高兴。她也知道，在这个世界上除了父母，只有这个男孩最爱她了，她经常会被男人的付出感动着，也因为这种感动而幸福着。只是，她却不确定自己是不是爱这个男孩，因为，她从来就没有为他付出过，也从来不想男人过度的为自己付出。面对这样一个爱自己的男孩，她取舍难定。

其实她心里很清楚，她的这种感动是与爱无关的，她的这种幸福是与爱无关的，就如同她这些年搜集到了我的大部分新闻报道一样，我所感动的是她为我的付出，只是这种感动却与爱无关，仅仅是因为她的付出而感动。

这个世界，能够感动你的事情和人很多，但是能够让你为感动他而付出的，却并不多。他爱你，你不爱他，他用付出和行动感动你，你接受了他。其实，你只是接受了他给你的好，而他给你的爱，你并没有接受。被感动衍生出来的不是爱情，而是感情。

因为感动而相爱，注定是场悲剧，当有一天，他不再有感动你的资本，你还拿什么来爱他？他还能拿什么感动你的爱？因为相爱而感动，才是最幸福的。因为彼此相爱着对方，为对方着想，在他为你付出的同时，你也在为他付出，这种良性的付出与得到，是酝酿爱情的甜蜜配方，因为爱而相互付出，因为爱而相互感动。

爱情给了我们很多欢声笑语，却也给了我们诸多遗憾，爱上了一个不爱自己的人，付出所有的努力感动他，这是伟大的，却也是自私的。你为自己所爱的人付出，倾其所有。但你却忽视了他害怕你对他付出，因为他不爱你，他害怕接受你对他的好时，也会背上负你的情债。

如果感动是因为爱，那是最完美的幸福。在感动中领悟爱的内涵，在泪水中感受爱的甜蜜，是件多么美妙的事情。只是，我们的爱情爱的太匆匆，没有多余的时间感动或长时间地感动身边的人。爱情归于平淡，真真实实，没有被感动的爱情，也可以变得温馨甜蜜。

快餐爱情

现代人的爱情，大多如同快餐一样。因为是快餐，只能是以“填报肚子”为最终目的，更谈不上营养了。

很多人不相信爱情，却又不得不接受爱情，这种爱情是被动的，是由现实的各方压力所给予的，到了不得不已婚的年龄，或者是家人逼婚，周遭友人一个个结束单身，于是，他们出于结婚而结婚，省略了恋爱。他们不再相信爱情，或者是在静候理想爱情的出现，却不得不挫败于悲催的现实窘境下。

对于一个不再相信爱情的人来说，他们必然是有过甜蜜的记忆，肯定经历过刻骨铭心的一段或多段情感。因为爱得深，所以伤得不轻。在受伤的过程中，他们学会了用“关闭情感”的方式来自我疗伤，保护自己。

他们想拥有爱情，却又恐惧爱情；他们既期待爱情的青睐，又害怕爱情的到来。就这样，在渴望与恐惧之间徘徊。

爱情既然有开始的一天，自然就有结束的一天。只是这一天的来临，谁也不知道是什么时候。最完美的结局，当然是死亡来临的那一刻。

我看到过这样一个镜头：夕阳晚照里，一位老爷爷和一位老太太漫步在血色黄昏下，他们相互搀扶着，不时窃窃私语着，浪漫温馨点亮了整个黄昏……此情此景，让我心有悸动。等我们这一代人老了的时候，还有这番甜蜜爱意吗？

在这个快餐爱情泛滥的年代，能够与另一半携手终老，似乎都成了一种奢求。相恋不到三个月，结婚不到两年便分道扬镳，反目成仇的人比比皆是。爱情没有保险，曾经的海誓山盟在分手的那一刻都已经付诸东流，曾经相爱的情愫，也成了最后分手的理由。

所以，现在很多人都不求天长地久，只要曾经拥有。未来事情谁能知道？

男女相逢是缘，相爱是分，对于同床共枕这么近乎神圣的事情而言，在这个快餐爱情年代，伟大的现代简约主义者已经把这个千古难题迎刃而解。只要你情我愿，只要此刻情欲高涨，那就尽情享乐，放纵疯狂。天亮之后就分手，即便是在路上再次相遇，也未必谁会认得谁。这种潇洒，既享受了情与性的双重快乐，又无分手后的相思之苦，更无家庭琐事的牵连和儿女绕膝的负累，如此爱情，即便是短暂的一时，终究还令众人艳羡不已。

现实面前，我们不得不承认，爱情终将成为人们最后的信念的沦陷。人活一世，生存才是最重要的，没有生命何来爱情可言？只是，很多人为了能够生活得更好，所以，把爱情变成了买卖，神圣也在此刻被亵渎。

有人为了殷实体面的生活，宁愿舍弃自己选择的爱情，如果在以前，这必将是会被人们所唾弃的。做这样选择的人也遮遮掩掩，终究在自己的良心折磨之下，得了一个似乎果真遭了报应的下场。而如今，没车没房没钱的男人，有几个妙龄女子委屈嫁之？高富帅才是最受女人疯抢的，能有几个女人会去爱上一个屌丝呢？

婚姻也如同一场买卖，一个愿出卖，一个愿挨宰，既然都是卖，还不如趁年轻卖个好价钱。这个买和卖的界限是什么时候，似乎没有人能够说清道明。

如果有一天，我爱的人忽然平静地对我说："我不爱你了，我们分手吧。"

我会转身走开。我不想听她任何的解释，不管怎样的解释都是离开背叛的理由。而我能做的只有转身离开。把我们的爱情当做快餐处理，不管它多美味，终究会让我营养不良。

隐藏心底的爱

因为写了很多关于爱情的文章，因为羞愧地长着一张别人看似俊俏的脸蛋，于是，很多读者都会忍不住问我：

“像你长得这么帅，有失恋过吗？有暗恋过别人吗？”

长得帅确实能有一定的优势，至少能够给人好的第一印象。只是，相处一辈子，你总有一天会在爱人面前变老，当你的帅气不再，她还会爱你吗？维持长久爱情，靠脸蛋是不可能的，所以，帅与失恋关系不大。

假如遇到自己心动的女人，我可不会将爱恋隐藏心底，那种见不着阳光的爱情在心底放久了会发霉，味道可不好闻。所以，我不会选择这种自虐。需要说明的是，长得帅，不一定就能让你爱的人接受你，如果真是看你外貌而相处的人，分手的概率还是很大的。

单相思的苦，是浮不上面的爱，这种苦只有隐藏心底，不能说，你也不能怨谁，一切痛苦的根源都是你不敢表白，自找的。

或许，我是个自私的人，我爱的人必须是爱我的。如果不爱我，我可不想用自己的真情真意换来整夜的苦楚相思。因为我一直都没有修炼过，如何爱一个不爱自己的人。所以，我只爱爱我的那个人，也只会为那个人付出真情真意。

或许，有人暗恋过我，我认识的或者我不认识的。只是我不知道还有人会为我把爱深藏心底。爱我就请告诉我，即便我不爱你，我也会告诉你，不再让你被这段隐藏心底的爱折磨。

当你爱上一个不爱你的人时，你是卑微的，一切的举措都显得那么的苍白无力，为他付出再多，也换不回爱你的心，苦了自己。如果对方知道，也会不好受，这又何苦呢？

最好的爱是两相情愿，尽管这得靠缘等来。请相信，始终会有这么一个人，在你暗恋别人的同时，他会在另一个角落暗恋你，只是你不知道而已，就如同你暗恋的人也不知道你的爱。

爱上了一个始终不爱自己的人，你却放不下，那就不要放下了，藏在心里吧。忘记会让你痛苦，那为什么还忘记？倒不如把一切的思念交付给时间。当你遇到的人多了，经历的事情多了，渐渐地你会淡忘那个他，不管他曾经在你心中占有多重要的位置，在时光的消耗中，他始终经不起岁月的蹉跎，淡化相思、淡化心伤。

后来，你会遇到一个爱自己的人，尽管他没有你暗恋中的那个人让你痴迷，但你还是交往了，因为他爱你，你也爱他。尽管爱的还不算多，时间久了，你会发现，他越来越可爱，自己越来越离不开他。

再后来，你在某个不经意的时候遇到了曾经暗恋的那个人，但是你惊讶地发现，他在你的记忆中已经很少出现了。面对他，不再胆怯，不再羞涩，大大方方地问声好，向他介绍你身边的男人。

原来，藏在心底的那个人早已淡出了你的记忆，藏在心里的那段爱情也已经消失。

如果还有读者问我：爱还有什么含义？

爱是幸福，爱也是痛苦。

当两个人在一起开开心心时，它是一种幸福，当两个人吵架分手时，它是一种痛苦。有多少情侣虽然分了手，却依然在心里深爱着对方，这时的爱恋你看不到它的表现，因为它都藏在心底最深处。

依靠男人得有资本

在这个被认为男女平等的年代，不少女人都立志不靠男人，提倡自力更生。这没有什么不好，只是，过于要强的女人是得不到男人宠爱的。

都说女人如水，如水的女人都是柔情的，有哪个男人愿意让如此娇艳的女人累死累活呢？都说男人是刚强的，这只是针对女人而言，刚强的男人呵护着柔情的女子，一刚一柔，谱写出了美丽的爱情乐章。

我不反对女人靠自己，这是女人自立与自信的表现。只是，我见过很多事业上成功的女人，在商场上风光无限，可感情却一片空白。她们要么是过于强硬，即便是在爱人面前也不输领导风采，这往往让男人备感不适；要么专注事业，像男人一样，因为前程而无暇顾及爱情。在事业与爱情面前，她们选择了前者。

年轻的时候永远不知道年龄的恐惧，后来，年纪渐长，身边的闺蜜一个个都已成家，孩子成群，才逐渐感觉到，原来一个人生活，白天再风光，晚上终究是寂寞的。夜深人静的时候，开始盘算着自己的爱情，只是，这个年龄还有恋爱的资本吗？找个男人依靠，却又不能随便，即便是放低了择偶标准，也难以找到那个合适的男人。

于是，她们羡慕起那些成双成对的情侣。年轻时对朋友说："我要靠自己，不靠男人。"现在回想起来是如此好笑，曾经那副强硬的态度也随之败下阵来。

后来，曾经与自己同样提倡靠自己不靠男人的闺蜜对她说："依靠男人其实没有什么不好，有个男人可以依靠，是一件很幸福的事情。"只是，闺蜜醒悟的比她早。

有男人可以依靠，是需要资本的，什么资本？是爱情。如果他喜欢你，他会照顾你一阵子；如果他爱你，他会照顾你一辈子。没有这个喜欢或爱的资本，有哪个男人愿意给你依靠？

女人靠自己求发展，这是好事，我也赞成，可以用自己的钱创业，只是，如果创业失败了，需要身边的男人养你。

女人，可以自己工作，花自己的钱，不用男人来养，如果有一天，不喜欢现在的工作，或者不想再上班了，身边至少还有个男人可以依靠。

女人可以为梦想和目标努力，不需要男人的暗中扶持，如果回家晚了，能有热饭吃，如果累了，可以有个男人的肩膀依靠，如果遇到烦心事了，可以有个男人尽诉心声。

爱女人的男人永远会给女人足够的空间，只要在自己能掌控照顾的范围内，任由她飞翔，累了，还有个温暖的家可以归航，还有个深爱自己的男人可以依靠。

女人，需要的是依靠男人，而非是依赖男人。男人喜欢自己被女人依靠，却害怕成为女人的依赖。依靠男人是全方位的，依赖是心灵上的。可以依靠的男人对于女人来说，那是一辈子的幸福，可是依赖男人的女人将会受到伤害。

年纪太轻的时候，不知道能够有男人依靠是多么幸福的事情，等我们明了的时候，却发现自己已经错失了那么多原本可以依靠的男人。

如果邂逅了命中注定的，那个随时可以依靠的男人，女人可以更努力地依靠自己。累了的时候，或者不想再坚强的时候，何不卸下伪装的坚强，依靠一个爱自己的男人是多么令人艳羡的事情？

他为什么爱你

很多人在很多事情上都想刨根问底，追究其答案。比如他爱你，你会想知道：

他为什么爱你？他爱你哪一点？你有什么值得他爱的？

当你把问题抛给他时，他连自己都说不清道不明，不知道他爱你哪一点。但有一点可以肯定——他确定是爱你的。

只是，你还是不甘心，或者是对当事人抱着“打破沙锅问到底”的追问想法。逼问他的答案。

爱一个人需要理由吗？如果你说需要，那就给你 N 个理由吧：你很漂亮，你用你的美貌敲开了我的心扉；你很善良，你用你的善良激发了我的爱意；你很活泼，你用你的可爱激发了我的爱意；你很优雅，你用你的气质激荡起我尘封已久的涟漪……这些都是爱你的理由，只是爱你的部分理由。

爱一个人需要理由吗？爱一个人不需要理由。这句话绝对是男人的经典。每次你问他为什么爱你，他是不是都这样回答？要让他说出到底爱你哪些方面，哪些方面值得他爱？他是不是就变哑巴了？

他会真诚地告诉你：我不知道我爱你什么，在我眼中，你就是我的唯一，我就是爱你，没有理由地爱你。这种没有理由的爱情，似乎显得更为真实。

男人很多时候自己都不明白为什么爱她，可是男人又是真的很爱她，她喜欢什么，讨厌什么他都知道。不管做什么事他都会考虑到她的感受。

在爱一个人的时候，什么都觉得他好，即便是与生俱来的坏脾气，别人承受不了，但在你看来，依旧能对他包容，这是爱的伟大之处，也是他爱你爱到骨髓的核心原因之一。

他为什么爱你?

你为什么要问这个问题呢?是担心他不爱你吗?还是想满足自己的虚荣心?如果你担心他不爱你,那就不用问了,乖乖地走开吧,因为你自己都不相信,为什么还要强逼自己与一个自己怀疑的人相爱?持着一份怀疑的态度走进爱情,你能享受到爱情的甜蜜吗?

如果只是想确定或者满足自己虚荣心的话,那问一次就够了,不管他的答案是什么,接受就好,因为你心里清楚,他就是那么的爱你,他的理由都是真实的,都是你喜欢听到的,不管是有理由的爱,又还是没理由的爱。

你的爱已经得到了答案,那就放下你的好奇心与虚荣心,好好享受被爱,这才是你要做的事情。

他为什么爱你?

从相爱到携手终老,爱的理由总在我们的心中起起伏伏,而拥有被爱的资本,却在自己的一笑一颦、一言一行里。前者,你没法把握;后者,你可以做得很好。

爱一个人的时候,是迷茫的,在他眼中,你的一切,什么都是最好的。而当他不再不爱你的时候,所有的一切都开始扭曲,要问他为什么爱你?别在他爱你的时候问。当他不再爱你的时候,你再问他:

"你当初为什么会爱上我?"

或许,那时的答案才是最清晰明了的。

事业与爱情

事业与爱情永远是讨论不完的主题，这简单的两个词也让我们为之奋斗大半生。

于是，很多读者问我：

“爱情与事业面前，你会选择哪个？”

如果可以多选，当然是两全其美最好。只是，很多时候，鱼和熊掌不可兼得。人生旅程中，我们不得不面临诸多的单选题。

如果我是女人，我会选择爱情，只可惜我是男人，只能择其一的话，那我先选事业。

很多人听了，会认为我这是大男人的想法，女人为什么不能先选择事业？为什么男人就不能先选择爱情？是的，我不是你，所以我不能决定你们的思维，我只是我，我的抉择与“大男人”毫无干系，我只知道，我是个男人，连最基本的保障都给不了女人，谈何爱情？

女人要先有爱情再有事业，如果只选一样，就选择爱情；男人要先有事业再有爱情，如果只选择一样，就选择事业。都说现在已经是男女平等的社会，但很多事情上，男女还是无法真正平等的，只是，我们一直在向“平等”的方向努力罢了。

女人可以不依靠男人，可以不奢望爱情，在商海中游刃有余。后来，年纪大了，开始感觉到孤独，事业上的成功并不能弥补情感上的空缺。时间越久，就越感觉到夜晚的可怕，外表强大的你，殊不知，内心竟然是如此的脆弱。原来，你需要的并不是事业上的成功，最希望的是在自己悲伤的时候，能够有个肩膀可以依靠。

只是，我们当初都不知道，心高气傲的自己，只想在事业上证明自己的成功。是的，事业成功了，经历成功的这些年里，你却不知道错过了多少缘分。当自己醒悟时，却发现已经晚了，自己青春不再，容颜不再。身边的闺蜜各个沐浴在爱的海洋，对自己倾慕的那些男人，都已经名花有主，曾经可以选择爱情的你，如今沦落到只有爱情来选择你了。

男人也可以先选择爱情，年轻的时候，为一个女人赴汤蹈火，失败一次，再恋一次，错过了她，再追寻另一个缘分。在爱情里，你耗费了所有的大好年华，到头来却发现，什么都没有，已经到了青春的尾巴，你突然感觉到前所未有的恐惧。原来，男人一旦选择爱情，就必然会错失许多东西，我们可以选择爱情，但却要等待时机。你可以在爱情里游刃有余，可是，作为一个为爱牺牲所有的男人而言，有哪个女人愿意选择一个不能给予自己保障的人过一辈子？我一直认为，男人有了事业才有面包，有了面包才能让爱情更绚烂。

爱情虽然不是交易，却实实在在与现实挂钩。有事业心的男人才显得可爱，有事业的男人才富有魅力，男人的青春总要比女人长得多，用多出的那几年时间去创建自己的事业，何尝不是一个明智的选择？如果你光靠享受爱情来滋润自己的生活，你也可以找到生命中的另一半，只是，你是要女人养你呢，还是你养她？如果是她养你，那可以认为是“吃软饭”吗？如果是你养她，可是你又没有资金或者没有更好的条件给她更好的生活。于是，你们每天啃馒头、吃挂面，这样的日子你愿意吗？你愿意看着心爱的女人跟你过这样的日子吗？

不得不承认，女强人和吃软饭的男人一样可怜。女人这辈子最重要的事情就是嫁对人，嫁给一个事业有成的男人，不就已经等于自己事业有成了吗？

人活一世，我们很多时候都感觉自己很累，做女人累，做男人也累。如果这辈子你感觉自己做男人太累，那么约定好下辈子你们互换下角色。让她在来世像今生一样照顾你、呵护你。

你是幸福的

朋友对我说："你是幸福的，有个爱着你的人。"

我对他说："你也是幸福的，因为你是自由的。"

我们都是生活在围墙内的人，并不是在围墙外的世界。我承认我是幸福的，但是我也羡慕没人爱的自由。

被人爱和爱别人都是一种负担，这些都是幸福，只是幸福的味道各有不同。

被人爱是种纯接纳的幸福，即便是你不用付出，也能够获得快乐和幸福，但是你心里却始终有些空荡，你的爱在空中飘曳，你不知道把它交给爱你的人，还是保留住，等待你爱的人出现。爱别人也是种幸福，至少心里有爱，尽管有时候会让自己受伤，可还是义无反顾地为爱着的那个人默默付出。我们都是迷失在爱与被爱的城墙里，享受着自己的幸福，甚至到最后都不知道，自己究竟是不是生活在一种幸福的状态之下。

很多事情都是一种习惯，就如同我们遇到了爱上的那个人，于是，习惯地为他付出着，习惯地为他守候着寂寞，即便你并不知道你的付出有没有结果，你的守候会不会沦落孤独，就这样傻傻地待在围墙里，呵护着那份爱。当有人问你："你这样幸福吗？他都没给过你任何的承诺。"

可你还是会回答："我当然幸福，因为我有个自己爱的人。"

在外人看来你是不幸的，因为你守着一份没有结果或者并不知道有无结果的爱，可是，你自己却感觉是幸福的，因为你找到了自己的爱，尽管这有可能是一相情愿的结果。

在这堵围墙里，他说的每一句话，都会当真，不是你太天真，而是你真的很爱他，很认真地爱着这份爱情。

后来，他突然有一天对你说：“其实我并不爱你。”

是啊，他什么时候说过爱你？你为他付出了那么多，都是自愿的，没有谁会强迫你。于是，你开始感触自己的不幸，羡慕城墙外的人，认为他们才是幸福的，至少他们不会像你这么傻，为个不爱自己的人倾其所有。

于是，你悲戚地告诉朋友：“我今天失恋了。”

朋友反问你：“你爱他吗？”

“是的，我很爱他。”你回答

朋友又接着问你：“那么，他爱你吗？”

你泪眼婆娑地哽咽道：“他爱我就不会失恋了。”

朋友开心地告诉你：“亲爱的，这么来说，你是幸福的。他失去了一个爱他的人，而你只是失去了一个不爱你的人而已。”

爱情不就是这样吗？两相情愿才是真幸福，当那个不爱你的人走出你的生命时，他的离去给你腾出了更多储放幸福的空间。

为自己而活

为自己而活的人是幸运的，幸运的人也是幸福的。

做自己想做的事，而不是需要做的事；爱自己想爱的人，而不是需要爱的人；他是个既幸运又幸福的人。

能够做自己想做的事情，却不能够爱自己想爱的人；或者，能够爱自己想爱的人，却不能够做自己想做的事情，他是个幸运却不幸福的人。

不能做自己想做的事情，不能够爱自己想爱的人，他是个不幸运也不会幸福的人。

幸运而又幸福的人，只为自己而活的；幸运却不幸福的人，有一半是为自己而活，另一半是为家人而活；不幸运又不幸福的人，完全活在别人的眼中，没有自我。

我努力地在做幸运而又幸福的人，只是，很多时候却偏偏不能如人所愿。在这个世界上能够有多少人活得那么洒脱？

想笑的时候就笑，想哭的时候就哭，想闹的时候就闹，随性而活，随心而爱。谁都想这样，只是没有几个人能够做到罢了。并不是我们不能，或者说我们不忍，面对的事情太多太复杂，为自己而活的人，会丢失很多附在的东西，如亲情、友情、事业等等；于是，我们不得不把最真实的一面隐藏。开始了漫无时间限制的面具佩戴。

年幼的时候或许是最快乐的，尽管那时会跟父母家人斗气，但总归是自己想干嘛就干嘛，即便是闯祸也有父母担当；后来，我们不知道从什么时候开始，失去了原有的率性。把所有的心事隐藏心底，逐渐变成了一个五味瓶，味浓味重只有自己才能品味，从五味瓶形成的开始，我们的一生也逐渐失去原有的色彩。再后来，我们想笑的时候不能笑，想哭的时候不能哭，甚至是哭不出来。是不是都快忘记眼泪的滋味了？

我们开始发现自己活得很勉强，勉强地上着班，勉强地恋着爱，因为生存而工作，因为婚姻而结婚。感觉幸运永远不会垂青于自己，认为爱情是遥不可及的。就这样勉强地活着，狼狈地为周边的人活着。

失去了自我，连选择爱的权利都没有，不到三十，家人便催促着结婚。家人说，先婚后爱，勉强的相信了。于是，还没有爱上对方就开始了夫妻生活；后来，家人又说，先成家后立业，你们结婚了，但还不是一个完整的家。于是，又急匆匆地要了孩子。孩子有了，爱人有了，却还没有事业，家人也跟着着急了。于是，托关系，给你安排了一份看似不错的稳定工作，家人们的任务完成了，还有什么比看着孩子成家立业更幸福的事情？

只是，他们从未顾忌到我们的感受，在他们的安排中，我们抛弃了寻找爱情的自由，步入了婚姻的城堡，在这个城堡里，每天要面对自己不爱，也不爱自己的那个人，即便是有感情，也是相处已久衍生出的情感而已，它与爱无关。

时间久了，压抑了，开始了后悔。可此时的你，已经是家人眼中的楷模，是朋友眼中的幸福人士，你还有个妻子，还有个孩子，你想放手？舍还是不舍？

人生短暂得可怜，我们在别人的安排中生活了许久，在自己成熟之后是不是需要自己做主了？与一个自己不爱并且不爱自己的人结婚，我宁愿单身。做一份自己不喜欢并不能给自己带来成就的工作，我宁愿自谋职业。

青春不长，经不起折腾，我可不想在自己年老后遗憾余生，趁自己年轻，爱自己想爱的人，做自己想做的事情。人活一世不就是应该要为自己而活吗？

你未必真了解他

相爱是无意识的，分手却是有意识的。因为无意识地相爱，所以，我们从不计较为自己爱的人付出，只是，时间久了，付出多，却依旧得不到回馈。不知道从什么时候开始，付出也变得有所折扣。

你在用行动告诉他："我爱你，为你付出，你也应该爱我，要为我付出。"

只是，我们忽略了，在我们付出之前，我们未曾知道他是否爱过我。因为爱一个人，所以，你会为他付出，因为不爱他，所以你不会为他付出，尽管他为你付出很多，你扮演的角色，永远是个索取者。即便你有回馈，相对于他的付出而言，显得如此微不足道。

爱情并不是一个人的事情，永远都是来自两个人的情感，一个人的爱恋叫单恋，两个人相爱才能擦出最美的火花。只是，当缘分把一个让你心动的人，安排出现在你的生命中时，你又会迷失其中。他对你爱与不爱已显得不再那么重要，因为你爱他。即便是他不爱你，你也想用自己的付出博得他的好感。

后来，获得了他给你爱的机会，你千方百计地想了解他，并且以为自己很了解他，除了他以外，即便是他家人，也没有你对他了解的更深更彻底。

他手持电视遥控器，眼睛呆呆地看着屏幕，你叫他，他不应，你以为他肯定是看电视太入神了。其实，他根本没有看电视，只是在发呆，而且什么都没有想，只是静静地发呆而已，有些人不就是把发呆当做一种乐趣吗?

他告诉你："今天晚上有应酬，我不回家吃饭了。"回来后，他打包了一些吃的给你，以此证明他没有骗你。只是，你不知道，他其实去泡吧潇洒了，给你打包吃的，也只是路边小吃店里买回来的。

你一直以为他是个温文尔雅的男人，后来在酒吧才发现，原来他还有那么疯狂的一面；你一直以为他是个很粗心的、大大咧咧的男人，可是，在你每月的那几天，他竟然是那么的细心体贴；你一直以为他就是个敢爱敢恨的男人，可是，在你告诉他，你不再爱他的那一刻，一向坚强的他，竟然还会落泪。原来，你曾经一直以为很了解他，现在看来，其实一点都不了解，曾经那么熟悉的一个人，现在竟然变得如此陌生。他还是他吗？还是那个你爱着的他吗？

两个人，两颗心，永远都是两个思想，即便你再了解他，也永远不会完全了解，不管你们有多相像，终归还是两个人。他心里在想什么，有可能你猜到了，你把你猜到的结果告诉了他："你肯定在想今天我们的一百天纪念日该如何庆祝。"

他微笑着点头，不语。其实他心里在想："今天晚上我该怎样跟你提出分手。"

你猜他是爱你的，其实他并不爱你，有可能他早就用行动告诉了你，只是你迷途其中，或者不肯承认罢了。爱一个人就是这样，当你付出的越多，越不可能自拔，即便是伤痕累累也不愿承认，他并不爱你。其实，你心里一直都很清楚，你猜到的未必都是对的。

他不爱你，或者已经不再爱你，不管心不甘还是情不愿，你终究得接受这个现实。当初爱他，是因为你不了解他，如今，放手这段爱情，是因为你已经读透了他不曾爱过你的心。

只有从一相情愿的梦中醒来，你才能理智地去了解曾经爱过的他。他就是他，一直都是原来的那个他，只是，你当初对他了解的还不够深，不够彻底罢了。如果当初已经了解到他永远不会爱上你，你也不会爱上他，至少不会伤得那么深。分手，这个结果虽然有些冷，但冷过之后也能增强你对爱情的耐寒度。

明知故问的问题

很多时候的很多问题，明明自己已经知道结果，却始终不肯承认，面对真实的答案，我们宁愿伪装，希望能给内心减轻点痛苦。

女孩与深爱着的男孩分手了，她为他付出了许多，包括四年的青春。为了能够挽回男友早已不爱她的心，她使出了各种招数，但男友软硬不吃。不爱了，就是不爱了，想挽回，收获的终归只是遗憾。

女孩泣不成声的问我："他还会回来找我吗？我能够忘记他吗？"

有些爱情是可以开花，随后便是结果，但有些爱情在花开之后，便意味着即将凋谢。你们的缘分有没有走到尽头，其实自己心里早已有了答案，只是你不肯面对而已。

他会回来找你，但是，当他再回来找你的时候，或许早已与爱无关，有可能只是来取回他遗漏的物品。他爱你，那已经是曾经的事情，即便有一天他可怜兮兮地回到你的怀抱，那也是因为他在外面找不到比你更好的人，一旦再邂逅一个在他眼里胜过你的女人，他同样会再次弃你而去，这样的人，你还敢再接受吗？

你可以忘记他给过你的伤害，却忘记不了你们曾经在一起的快乐时光。爱情不再，却不意味着感情不在，其实你心里早已清楚，注定一生都忘不了他。毕竟，他曾经在你的内心占据着无可替代的位置，你曾经为他付出所有，爱他胜过爱自己，想忘记他，谈何容易？

没有缘分的爱情，再努力也是徒劳。如果你们两个人注定是要在一起的，即便是爱与不爱都已经成为后话，前者是你们已经离不开谁。

爱上了一个变心的人，已经是你的不幸，为了一个已经不再爱你的人去努力，只能说你太傻了。

能不能离开他，能不能忘记他，我不能给你答案，其实你心中的答案已经是很清晰明了，又何必再问？

不爱了，就放手。如果你不愿意放手，那就拿出一点点努力，但是不要太多，爱是相互的，如果你付出比另一个人多得多，那他也不会珍惜。努力一点点，这种努力，并不是迁就他，而是你对爱情的尊重，如果他爱你，他会尊重你的努力，如果他已经对你死心，你也不会过度伤心，因为只付出了一点点。努力了，付出了，仍然无力回天，也只能说你们的生命比你们的缘分要长。

当他不再爱你的时候，你问你的朋友："你认为他还会爱我吗？"你想得到怎样的答案呢？"他会回心转意的。"这个答案你喜欢听，但你心里很清楚，朋友只是安慰你而已，这注定是一段没有结果的爱情，你最清楚不过。

明知故问的问题有些傻，也有些自欺欺人，因为你还爱着他，心有不舍，不舍他这个人，不舍你们这段有花无果的感情。但是感情终究是勉强不来的，并不是所有的感情都能够有花有果，并不是所有的情侣都能厮守到老，你，只是众多不幸中的一个小沙粒罢了。

芸芸众生，爱你的人不止一个，你爱的人也不只有他。放生一段不再有爱的情感，是最好的解脱，这种失恋是值得庆幸的，你腾出了更多爱别人的空间，也给了别人更多爱你的机会。所以，当他不再爱你的时候，别再问明知故问地问题，放开手，对他说声再见，对那段或喜或忧的情感道声永别。

我选爱情

朋友们说我很会穿衣服，他们把功劳全归功于我的身材。其实我只是会选穿衣服，如何搭配并没有什么依据，随心即可。

我喜欢穿衣服，但不喜欢衣服穿我。所以，我会买自己喜欢的服饰，朋友的建议可以听，但并不一定能左右我。是不是会穿衣服的人都会选衣服呢？这个想必是有根据的。我喜欢韩版衣服，让我挑选过于正统的服饰，我不会；我喜欢穿休闲装，让我穿西装和皮鞋，我会根据场合，配备的还有不同的香水，以及其他配饰。

只是，会选衣服的人，未必能够正确的选择爱情。我身边很多优质男女，长相颇好，模特演员出身，对于装束打扮自然不在话下。只是，他们外在光鲜但感情生活却一片空白，或者一片混乱。在爱情与光鲜的聚光灯下，他们大都会选择后者。或许，这是条件使然，也可能是行业自然驱使。

一个很年轻的模特朋友，长相过人，气质出众，演出不断。如此一优质美男，却向我哭诉，没人爱。他并不是没有去选择爱，只是，没有选择正确。他说，他能够选择最适合自己的服饰，却选择不了最适合自己的女人，所以他可以在聚光灯下施展魅力，却无法获取爱情的正能量。

选衣服能与选女友能相提并论吗？可以，也不可以。因为他们有相似之处，也有大不同之处。最大的相似之处是适合自己，最大的不同，一个是活生生的人，另一个是挂在衣架上供人挑选的服饰。

选择衣服是跟自己的职业和年纪息息相关的。年幼时，我很喜欢看电视里当时最为流行的喇叭裤；比现在年纪再年轻点的时候，很喜欢带点破洞抢镜的乞丐裤。后来，年纪到了青春的尾巴，觉得喇叭裤有些怪了，到了这个年纪的时候，又觉得乞丐裤已经不适合我了。尽管它们曾经是我追逐过的风格，但毕竟已经是过去的历史。

校园时代的时候，很喜欢某个女生，觉得很想看到她，可是，当她站在你面前时，你又故意装出一副无所谓模样，或者不知道如何跟她交流，因为，我们当时不懂得喜欢还是爱，即便当时知道是爱，我们也没有办法做出选择，你的身份和你的年纪不允许。

后来，我们都长大了，成熟了，对任何的事情和人，我们都有了自己的看法，因为工作和行业性质选择适合自己的服饰，因为婚姻而选择自己的伴侣，这就是我们所面临的。只是，这些抉择，并非正如我们所愿，我明明想穿休闲装，却强逼我穿西装；我明明是想与相爱的人交往，但最后的标准却变为，找一个能过终身的人交往。

有些人是幸运的，他们可以选择自己喜欢穿的衣服，可以爱自己想爱的人，尽管他们本身就不优秀；有些人是不幸的，大多数时候不能穿自己喜欢的服饰，不能爱自己梦寐以求的人，尽管他们在外界看来一直都很出众。

人生千转百回，你可以选择自己想要的，但是你得付出些什么。就像我那位模特朋友，他可以抛弃光鲜的虚荣，完全可以找个自己爱而又爱自己的人相爱，但是他舍不得事业，这不能怪他。男人本身就应该以事业为重，没有哪个女人不希望自己的男人事业有成。只是若干年后，他会不会急匆匆地交出自己的婚姻呢？

是选择自己的事业还是选择爱情？如果有选择，我会在年轻的时候先选择我爱的那个人，希望她能成为我幕后事业的推手，即便我不知如何挑选适合自己的服饰，也有她可以为我选择，结果爱情事业双丰收。只是，这样的结局似乎太少了，我们都知道很多事情不能两全其美，可这个简单的道理，总让我们花上很长时间去解读，也只有等到失去后才后悔莫及。

这段感情浪费得起

这个世界，有些东西是我们能够浪费得起的，譬如抽点时间睡个大懒觉；有些东西是浪费不起的，譬如我们大好的年华青春；但还有一些东西，纵使你浪费不起，你也得学着浪费，譬如那些并不是属于自己的爱情或姻缘。

喝下午茶的时候，我和朋友选择了比较安静的一家餐厅谈事情。我点了杯蓝山咖啡，以及小点心。因为害怕咖啡过苦，我特意让服务生帮我加了两袋糖。

我一般会放一袋半的糖，这个口感刚刚适合我。

这次，朋友开口对我说："我留意了你很久了，你每次喝咖啡总是放一包半的糖，剩下的一半不觉得浪费吗？"

我告诉他："第一，我害怕吃糖过多，有糖尿病的危险，虽说我现在年纪不大，但还是防患于未然的好；其二，一包半的糖量，刚刚适合我的口感，这个味道恰到好处；其三，勉强吃的话，不也等于是浪费吗？"

"但你知不知道，你这样浪费对于一些饥民来说会怎样呢？要知道现在还有多少饥民没有吃呢。"朋友说的不无道理。

"这个世界上的资源分配一向都是不均衡的，就算这包糖浪费也好，没有浪费也罢，也不会跑到饥民的手中，你说是吗？"我笑着对朋友说到。

朋友哑口无言，想了想后，说道："你说的也有道理。"

我是个不喜欢浪费的人，但是我也不是一个强迫自己的人，吃东西，我比较简单，吃饱就行，一旦吃饱，纵使再美味的山珍海味也无法挑逗我的味蕾，即便剩下倒掉，我也不会心疼。这不叫浪费，一旦吃饱，还强迫自己再次进食，不也等于是种浪费吗？况且，一旦把控不好，很有可能会把自己的味蕾整坏。

该浪费的，还是得浪费，否则有伤身体。正如我们所经历的一些爱情与缘分。在爱情面前，我们都是弱者，因为我们无法抵抗它带来的诱惑。可是，并不是每段爱情都值得拥有，也并不是每个人都值得我们珍惜。与我们擦肩而过的人很多，却始终只有一个人最适合我们，也只有一段缘分，能够让我们珍惜到老。

有部很出名的电视剧，剧中有个女主角叫甄嬛，初入皇宫，她深爱皇上，可那个时候的她任性自我，最后被皇上发落到甘露寺。在甘露寺那段时光里，皇上夸嬛嬛性格温婉了不少。多么好笑：男人总希望女人既深爱自己又特别懂事。其实，女人在爱中都是任性的。若她十分乖巧、懂事、识大体、顾大局，八成心意已变，至少不再像当初爱得那么坚决。就像甄嬛，在甘露寺变得温婉懂事时，她已不爱皇上了。

最开始是皇上浪费了她对自己的爱，其后，当自己发现爱上甄嬛的时候，她已经心有另属，他浪费了她，最后，她也浪费了他，这段感情没有谁对谁错，归根结底，冥冥之中都是天定缘分，对于不是自己的所爱，浪费，不论对谁而言，都是值得的。

如果我爱上的人，并不爱我，但她还对我说：“让我再考虑一下吧，我会给你电话的。”

那么，我宁愿选择短时间内的难过痛苦，也要结束这段感情，我不会为了一个不爱自己的人傻傻地空守寂寞。纵使我能够卑微，对方也是爱我的那个人。这段不属于我的感情，我浪费得起。

那些让我们后悔的人和事

人都有冲动的时候，冲动地做出某些事，冲动地爱上了某个人，冲动的时候，什么错事都有可能会做出来。只是，伴随冲动而来的，往往就是后悔。所以说“冲动是魔鬼”并不为过。

我会偶尔逛街，在自己偏爱的品牌店，看到喜欢的服饰或物品时，会忍不住购买，如果不买下来，心里一直会不舒服。为了一时的快感，最后还是买了，后来，打开衣柜，前年买的衣服都还安静地躺在衣柜里，未拆包，完整如新。我喜欢穿时尚服饰，也经常买新款服装，但是，幸运的服装我会穿上几次，便丢至一旁，不得宠的服饰，自买回来之后，要么送亲友，要么一直睡在那里，不动弹。浪费是可耻的，我知道，所以每次冲动将衣服买回来之后，都会懊悔万分。后来学乖了，逛街，我不多带现金，这样也大大控制了我的购买欲。

想必很多人跟我有同样的遭遇，这些都只是小事，连做错了小事都会后悔，更何况是大事。

只是，有些人不肯承认自己的错误，总爱说：“我从来不做后悔的事情。”

真是这样吗？想必说得豪气的背后是虚伪的狡辩，不过他们也清晰的意识到，即便是后悔也是于事无补的。

很多人以为后悔是弱者的表现，所以大都会给自己带上虚伪的面具，逞强说自己从没后悔过。其实，后悔并不是弱者所为，而是敢于面对现实的人。我们为什么不能后悔自己曾经犯下的错？后悔没什么不好！至少它让你清晰地意识到今后哪些事情可以做，怎样去做；哪些人值得去爱，如何去爱。

当然，有些后悔是值得的，有些后悔是不值的。值得后悔的后悔，可以花多点时间来疗伤，不值得的后悔，就让它尽快地消失在记忆中。无休止地悔恨和后悔，确实是弱者的体现。强者知道不能让后悔占用自己太多的时间。为一件做错的事情后悔一年，不如用一个礼拜来后悔，用剩下的时间改变；为爱错了一个人后悔十年，不如用一个月的时间来后悔，然后用剩下的时间去寻找新的幸福。别对后悔长时间地执着，要不然，永远都不会邂逅惊喜。

因为后悔过，我们才不会在同一个地方再摔跤，因为醒悟过，我们才不会犯同样的错误。在今后遇到同样的问题时，我们会处理得更好。相对于强迫自己不后悔，从后悔中学习更是值得可取。

后悔爱上了一个不该爱的人，所以我今后不会再这样笨。

后悔做了一些伤害她的傻事，所以我以后不会再这样。

后悔说了一些让她伤心的话，所以我以后会在脑子里过滤一遍再说。

后悔没有珍惜一个爱自己的人，所以我知道了今后如何爱一个爱自己的人。

后悔没有什么不好。后悔一些事情和人，是我们成长道路上必然的经历，也正因为这些经历，让我们在短暂的悔悟中解读了人生与爱情，变得更成熟睿智。那些死活不肯直面后悔的人，或许心里早已后悔，只是口是心非，言不由衷而已。若不然，他会一直错下去，直到有一天再也爬不起来，才后悔当初的不肯后悔。

>>> 失恋是值得庆幸的 <<<

分手，并不意味着失去爱情；失恋，并不一定就是坏事。在他不爱你的时候，放生爱情，是一种豁达的幸福。谢谢他给你腾出了更多幸福的空间。

只不过是个小丑

我曾经说过，爱一个人不需要理由，不爱一个人也不需要理由。很多读者误解了其中的含意。

一见钟情地爱上一个人是不需要理由的，不经意的回眸，刹那间的心动，瞬间的脸红，就是最好的见证。但是，日久生情地爱上一个人还是需要理由的，为什么不是最初的第一眼相爱，而是相处之后，才爱上对方？能回答出这个问题，就是你爱上了他的理由。

当他对你表白，你当面回绝时，是本能的反应，因为你不爱他，也不愿意给彼此机会相处，所以没有理由地拒绝，没有理由地不爱。可是，如果最初你们是相爱的，日子久了，你不再爱他，那必然是有理由的。不管是真实的理由还是一个借口。

茫茫人海，我们在某个不经意的时刻相遇，爱上你，是鬼使神差的约定。或许，是上辈子欠你的情债，沦落今生来偿还。于是，开始了无怨无悔的付出。

爱你爱得越深才越感觉到，爱你是如此辛苦的一件事情。原来，爱一个人当付出到一定程度，还是没有看到半点回馈时，爱情也会减半。我对你的付出，你在半推半就中接纳，在无声无息中吸吮我对你的爱。后来有一天，我的爱被你掏空，只留下一具灵魂的空壳，再没有被你吸吮的地方。最终，你提出了分手。

在这个阴冷的大街，我放开了你的手，放生了我们的爱。你选择了另一个他，在飘散的雨中，我们曾经的誓言消失殆尽。如果开始知道这场爱情这样收尾，我死都不愿理会。哪怕是被你迷惑得神魂颠倒，我也会捍卫住珍贵的爱不会向你泛滥。

最美好的爱情，当然是两情相悦，只是，当我们爱上一个人的时候，往往会忽略，他是爱我的吗？真的爱我吗？因为，我们是爱着他的，所以，一直美好地想着，他应该也是爱着我的，真的爱着我的。你问过他，他或许告诉你，他爱你，你信以为真，他或许已经告诉你："我不爱你"。你以为他是在逗你，不然为什么他会接受你的爱呢？

就这样，你因为爱而付出着，每天的生活变得多彩而忙碌起来，在爱情的陷阱中，你从未想过，如果有一天他会离开我会怎样？因为你一直坚信，他是你的唯一，你也是他的唯一。

后来有一天，你不敢面对的事情终于发生了，直到那一刻你才醒悟，原来，他真的不爱自己，一直以来都是自己的一相情愿，原来自己一直都是这段爱情里的小丑。

恨他吗？恨，但这恨却裹着爱，是一种难以愈合、难以言明的伤痛。

我们曾经追逐的爱情，经常被现实剥光得赤裸裸，后来才了悟，能够在一起的两个人，并不仅仅是依靠感情和付出。彼此间的责任和义务也是必不可少的。我们原本可以相爱相守，可是，我们的感情和付出都找错了对象，所以，当我们的爱情谢幕之后，才知道，自己只是这出戏的小丑，而曾经爱着的那个人却是在一旁嬉笑的观众。

每个人的生命里都有自己无法选择的东西，它属于你，你却无法把握它，换句话说，是它主宰了你，爱情就是这样一个你无法选择、无法把握的东西。相爱的人从来不相信他们的相遇是偶然的，其实，爱与不爱之间有时只是一念之差，一个转身的距离从此成陌路。

你转身离去，走得那么轻松，抛下我在爱情的十字路口，该何去何留？如果当初知道你是虚情，那我会给你假意，也不会对你说："爱你到永久。"

我承认，这场爱不是你的错，而是我一相情愿惹的祸，我错了，也认了。是你让我看透，我只不过是个小丑。哭累以后，我会笑着回头，从此各走天涯路。

为什么要分手

既然分手了，为什么还会问："为什么？"

因为心有不甘，曾经那么爱他，即便现在已经分手，还是想重归于好。

不爱了，分手是最好的结局，为什么还要强调不爱的因果？不管他现在说出来的是何种分手理由，终究是对告别过去相爱的借口罢了。纵使他说得再华丽、再圆满，始终还是会深深地再刺痛你一次。

爱已不在，分手已成定局，没必要再卑微地强调自己还爱着他，学着摆放好爱情的姿态，即便是在转身离去的那一刻，也不要轻易流下眼泪。你的眼泪是为了疼爱你的那个人储备的，对于一个不爱你的人而言，他不配享有你的眼泪。

有些成长，是必须来自承认，当爱情不再的时候，我们都要承认，曾经的爱情已经消逝；那时的海誓山盟已经被击碎得无影无踪。爱情还是顺其自然的好，强求不来。爱上一个人会为他改变自己，但是改变那么一点点就好，在爱情面前还是要做好自己，连自己都不再喜欢自己，还有谁会喜欢你呢？他不爱你，是因为不会欣赏你，这个世界，总有那么几个人会欣赏你，总有那么几个人会被你吸引，总有那么几个人会爱上你。

爱与不爱不是谁的错，谁也做不了爱情的主，时间会走，人也会变，曾经说爱你，并不代表永远爱你，至少当时是真的爱你。人变了，爱走了，剩下的是赤裸裸的情感记忆，当他告诉你，已经不再爱你的时候，也是放手这段爱情的时候，纵使你再爱他，也不能囚禁他的美，勉强相爱，会让人觉得更累。

徘徊在爱与恨的边缘，那种痛直抵心扉，快要让人崩溃。既然爱已经死去，那就给曾经的美好留下一条生路，不让彼此后悔，放手是最好的抉择，也是解脱彼此最好的途径。

爱走了，不要再问他为什么要分手？

无论他告诉你的原因是什么，都会让人难以接受，更何况，分手已成定局。

分手了，不要问他有没有爱过自己。

他已经不再属于你，爱与不爱已经不再重要，纵使曾经他真心爱过你，那也是过去，在这一刻他已经不再爱你。留下美好的记忆，是对彼此共同经历的最好纪念。

他转身离去后，别再哭喊着问他你做错了什么。

爱情里没有对与错，只有包容与不包容，恋爱是谈情而非讲理，当爱的感觉已经不再的时候，那也是缘尽的时候，缘分没了，挽留已成徒然。对或错又可以挽回些什么？

更何况，你本身就很优秀，错的并不是你，而是他不懂得欣赏你，他不是你命中注定的那个人，分手是必然的事情。不是吗？他的离去给你的幸福腾出了更大的空间，你的心里只能放下最爱你的那个人，而他，不是。

在我们的一生中，认识的所有人当中，我们会不由自主地喜欢上很多人，但是，却只会对一个人尤为着迷，这种迷恋，某种程度上可以称之为爱。相信，这个人出现之后，纵使最后不能在一起，我们也不会开口问："为什么要分手。"

为什么？因为我想让她过得幸福。

失恋后的自恋

男人向女人提出了分手，理由是两人性格不合，兴趣不合，无法再继续生活下去。尽管这理由听起来很是牵强，但都已经不重要了，因为爱不再，分手的理由都是成了摆脱另一方的借口。

只是，女人还不肯放手，放下了身段，泪声俱下地祈求男人不要那么快放弃她。她的卑微并没有挽回男人的心，这段感情，还是在男人的坚持下放生了。

男人离开她的时候头也没回，丢下了蜷缩在门口的女人独自垂泪。他不爱你的时候，连一句安慰都成了一种奢求。

女人在分手后的几天，给我来信，讲述了她与他的故事，并在信中问我：

"我该怎样做，该怎么说，他才能回心转意？"

这是一个愚蠢的问题，当他不再爱你的时候，就已经跟你们的爱情永别了。你该做的都已经做了，该说的都已经说了，更何况你还那么卑微地祈求，终究不能挽留他。你也得在沉迷中清醒了，不属于你的东西，永远都不是你的，更何况是爱情。如果是我，我或许会心痛，但我绝对不会卑微地祈求他的施舍。我不介意卑微，但是我得在爱我的人面前卑微，即便是卑微，也要卑微得高贵，绝对不会将自己的卑微给一个不爱自己的人践踏。

爱情走了，剩下不愿放手的另一个人是寂寞的，曾经的回忆是自己放不下的狼狈。只是，你再放不下，也得学着放手。因为你没有选择，生活还得继续，日子总得过。

时间悄无声息地溜走，过了一段日子之后，再次收到了这位女读者的来信，她现在跟另一个男人生活在一起，日子虽平淡，但很安稳。可是，她却经常还会想起那个曾经深深伤害过她的人，她对我说："虽然我和他没有继续下去，分开了。但是，我知道他这一辈子都会想念我。"

为什么男人会一辈子想念她？自己有多好吗？如果是一个足以让她爱的男人俯首称臣，那他也不会离开她。男人走的时候连头也不回，就已经告诉了她答案："我是一个负心的人，负心的人是不会长时间地想念一个被自己抛弃的人。"

只是女人不愿承认，为什么不愿意承认？

那就是每个人都有的，天真而愚蠢的自恋。

即使他会想起你，但那跟思念无关，因为你只是他生活中的一个重要过客。之所以重要，是因为你们曾经共同生活过，之所以过客，是因为你永远成为不了他生活中的主角。他或许会想念你，也有可能这想念只是在为他当年离开你时，没有给你一句安慰的话，不管是怎样，自从跟你分手的那一刻起，他纵使对你有所怀念，也只是停留在过去的岁月，与未来无关，与爱情无关。

说抛弃自己却一辈子会想念自己的人，其实是自己还没有完全放下对方。不管是对他的爱也好，恨也罢，终究还是你对他心有怀念，他在你心中依旧还是占着一个重要的位置。有可能你心里很清楚，其实他并不那么爱你，他离开你也不会再想起你。只是，在失恋之后，你是想靠这点愚蠢而天真的自恋自我安慰，或者对负心人的泄愤。

爱上一个人需要多少缘分

茫茫人海中擦肩而过，多少陌生人，让我爱上你，需要多少缘分呢？

这几乎是所有人都想知道的问题。

我不知道有多少人会相信缘分，但我相信，以后还会相信下去，信奉缘分没有什么不好，至少我们的生活和爱情会舒坦许多。当所有的一切不按我们的心意在发展，至少还可以用“缘分”这两个字来安慰自己，解脱自己。只是，我不会乱用这个词。

很多时候，我们都生活在自欺欺人的状态下，生活的残酷莫过于我们明白了有缘无缘都是缘。当我们想做任何一样事情的时候，命运已经抛弃了所谓的缘，注定了我们的一切。

缘，是不负任何责任的逍遥派，只不过是事物任何表象的一种托词，它可以随风自由来去，也是天空变幻莫测的脸，说下雨就下雨。

等我们年纪再大点的时候，才明白，其实只要把握好了自己，也就把握好了缘分和命运。

我们一生中，总在不断地邂逅一些人，只是，在这些人当中，只有一个能与自己相守终老。这个人是有缘也有分的人。其他人的邂逅，要么有缘无分，要么无缘有分，注定是我们人生中的过客，有的停留时间长点，有的会短些。

有种缘是相识，有种缘是相知，有种缘是相爱。缘来如梦，缘散如风。在对的时间，遇到错的人，我们有缘无分，注定只能相识；在错的时间，遇见对的人，我们无缘有分，注定只能相知；在对的时间，邂逅对的人，我们有缘有分，注定能够相爱。

有缘无分是我们的悲哀，无缘有分是人生的无奈。人生往往会遇到很多悲哀与无奈。春风送你流动的云，流云送你多情的雨，我能送你的是我那颗爱你的心。

可遇不可求的缘分，是一种被动的期待，可遇亦可求的缘分，是一种主动的找寻。期待和找寻，是我们对缘分完整而共同的态度。

于是，我们在期待中努力地找寻真爱，便有了“缘分可遇不可求”的说法；当缘分从我们身边擦肩而过，后来才觉悟时，又有了“缘分可遇亦可求”的感慨。用等待换来的缘分，是缥缈的，用争取得来的缘分是美好的，这种争取并不是刻意的创造。缘是天意，份在人为，相识是天意，相爱是人为。缘分就是缘分，需要天定，更得益于人为。

一分缘分遇佳人，二分缘分相爱，最后七分才能真正得到一个人的心，因为爱情是需要呵护的。正如，江山易打不易守。

都说缘分是前世等待五百年的今生回眸，茫茫人海中，我们在数之不清的陌生人群里，相遇邂逅，在擦肩而过地回眸一笑。一个眼神，一个微笑便能激起我内心的涟漪，我宁愿用一切换取你的一个转身。因为，你就是我等待五百年修来的那份缘。

花了五个世纪，等来的缘分，或许就是一个擦肩而过的回眸，或许就是那一个浅浅的微笑。不管是一个眼神还是一个微笑，它们都已经深深触动了我的心。后来，这份缘分最终兑换了爱情，那以后，为你放弃一切也不是不可能。

曾经爱过，却从未爱得如此之深，邂逅你的那一刻，恍如我就是整个世界最幸运的人，爱上你，我感觉自己是最幸福的人。

当爱情到来的时候，缘分，只需要一个眼神，或者一个擦肩而过的转身。

舍与得的较量

舍得，有舍必有得。是的，懂得舍弃一些事和人的时候，你会得到一些东西。只是，有些舍弃是值得的，有些并不是，有些得到是相等的，有些并不是。舍与得，有时候能够成正比，有时候却远不如人意。如何衡量？看你对付出的底线，对得到的期望值。

你爱一个人，却懂得给他适当的自由，他很自觉地把所有工作以外的时间留给你折腾；在爱你的人面前，你改掉了自大的个性，你发现，他对你的关心竟然比以前多得多；你舍弃了阴郁的心情，你会发现，原来世界还是晴天多。

但是，有些东西是不能够舍弃的，一旦舍弃，你注定会失去更多。譬如我们的尊严，在爱情面前，你一旦丢失自己的自尊，回馈给你的将是卑微的爱情；为了一个不爱你的人用美好的青春等待，你得到的注定是永久的伤痛；为了祭祀一段不再重来的爱情，你用上一年甚至更长的时间来缅怀，在你祭祀的这段日子，你永远见不到明媚的晴天，很有可能爱你的人，能够给你终身幸福的人，就在你封闭自己的这段时间中擦肩而过。这样的舍弃是万万不值的。

男人会因为女人为自己舍弃梦想和目标而感动，可男人一旦为了爱情而舍弃自己的目标和梦想，所收获的，必将是女人无尽的失望，并且后悔当初自己的抉择。都说女人一辈子的事业是嫁对人，如果交给一个连梦想和事业心都没有的男人，那女人的一生是多么的可悲？

我接触过很多没有梦想和事业心的男人，大多数可以归纳为没有责任心的，他们一旦遇到事情或困难，会选择逃避，推卸责任。这样的一个男人，会有几个女人爱呢？没有一个女人愿意看到自己的男人平庸堕落，这样的男人好比一块朽木，不会被他闷死，也会被他闷疯。

有时候人也是很矛盾的，就如女人，她们既期望男人事业有成，也希望男人能够有足够的时间陪她，只是很多时候，鱼和熊掌不可兼得，大多数拼搏事业的男人，能有多少时间陪伴自己的家人？男人如果一旦舍弃了工作时间，来陪伴女人，此时的女人又觉得他没出息；如果男人专注事业而忽略了她，女人又认为男人不够爱她。做人难，做男人更难，是不是就这样来的一句话呢？

这个问题抛给了男人，作为一个顾家而又有梦想的男人，如何调节好这种不平衡的天平，绝对是个高难度的考验。聪明的男人，在保留自己的梦想和事业的同时，可以为女人舍弃一些无谓的交际应酬，舍弃一些自由空间，舍弃一点点颜面，舍弃一些让女人讨厌的坏习惯……似乎有些多，做起来有些累，但想要作为一个好男人，又不得不在这舍与得之间做出努力。

曾经有女读者问我：“在事业有成与对女人呵护备至之间只能选择一个，你会选择哪个？”

这是一个几乎所有男人都要面临的选择题，如果只能择其一的话，我会选择事业有成。相处一世，总归是厮处的时光多。在鱼和熊掌不可兼得的前提下，难免会有疏忽，舍与得之间更是有重次之分。我想，不单单大多数男人的选择与我一样，想必也会有大部分女人支持。

对工作专注的男人是富有责任感与事业心的，也只有这样的男人才能给女人更多的安全感，有哪个女人不想嫁给一个有抱负、有责任感的男人呢？

男人为爱情舍弃梦想，总胜不过为梦想舍弃爱情。这不是残忍的现实，而是在舍与得的较量中，总有一方会胜出。

有花无果的爱情

爱情是需要等待的，只是，我们不知道所等待的爱情能否开花结果。在弥漫致命诱惑的爱情世界里，我们已经被所谓的爱与情侵蚀了理性的自我，为爱无畏地付出，为爱无私地等待。当我们付出了，值不值已经不再重要，而是他爱不爱我才是根本。

小芸与阿志是大学同学，两人互生情愫，却都未曾表白。小芸一直在默默地等着阿志说出那三个字，春去秋来，阿志始终与小芸保持着若即若离，看似与爱情相关，实却无关的暧昧关系。告别了校园生活后，小芸追随阿志南下广州，分别住在这座城市的南北各一边。小芸每周都会去阿志的住处收拾房间，并会亲自下厨烹饪几个家常菜，改善他的伙食。

某次，小芸偶然间发现阿志喜欢听一档夜间情感节目。独守闺房的时光里，每晚九点半，小芸准时打开收音机，守听着让自己昏昏欲睡的节目，小芸想到此刻，聚精会神地听着同样频道的阿志，温暖逐渐弥漫心间，小芸逐渐爱上了这档节目。

某天，阿志告诉她，他已经爱上了公司新入职的女孩，他们的爱情宣告结束，无疾而终。

此后，小芸不再流连阿志的小屋，却仍然在每晚固执地守在收音机前。

男人分手的够潇洒，女人面对的够洒脱。为了爱倾其所有，却换不回属于爱的美好结局。缘来而聚，缘尽而终。缘分经常在跟我们开着玩笑，爱上一个不该爱或者不能爱的人，在不知不觉中付出所有，却在付出之后一无所获，不怨谁，只怪自己爱上了一个不该爱的人。爱情本身就是你情我愿的事情，单一的付出，注定是会让自己承担更多受伤的风险。

爱着的时候，我们只看到花儿的灿烂，却没有想到它会何时凋谢，或者已经想到，只是比预想中要来的快。曾经努力地付出，完美着爱情，哪怕是独守寂寞，也要为爱守候。可对于爱情而言，为一个不爱自己的人付出，终究是最遗憾的牺牲。或许，在付出的过程中已经有预感到，只是不愿承认，总以为自己的行动能够换回他的爱，只有赤裸裸地听到他说出：

“我们不合适，还是做朋友吧。”

你才醒悟，曾经付出的种种全然徒劳。

爱情为什么夭折？必定是有不完美的地方，哪里不完美？你付出的很完美，最大的不完美是你付出的对象错了，对一个不爱自己的人付出，注定是没有收获，注定是一段无疾而终的情感。你可以用自己的付出浇灌出绚烂的花朵，却无法结出果实。你的爱情只能美丽在绚烂时，哪怕多一天，都会凋谢，他是你生命中有缘无分或者无缘有分的那个人，注定只是你生命中的一个过客，他的离去是天择的结果。

我们不回头。爱情不仅让我们痛，它还让我们灿烂，没了爱情的女人那么容易枯萎，有了爱情的女人，再难看也会生动起来。曾经有位19岁的女孩告诉我，她暗恋着一个男生，当她奔跑着去看那个男生上场的足球赛时，那种快乐和喜悦让她觉得，生活原来是这样的美丽。

爱着爱情的时候，一切都是美好，爱着一个人的时候，很容易受伤。我们注定会经历一些感情，在这些感情中只有一个，或者极少数能够开花结果，其他的，都只能昙花一现，有花无果。

当爱着的时候，我们无悔地爱着，当不能再爱的时候，也是你醒悟的时候，其实你爱着的人并不适合你，只是你还不明白，或者不愿承认。

我们的守候

守候，意味着独自的孤独，这种孤独是凄美了，孤独等待的背后，我们并不知道它回馈给的是什么。

很多大学生都有过这样的感受。大学毕业，为了生活和梦想，许多热恋中的情侣都会选择背井离乡外出谋生以求发展，丢下了另一个爱自己的人空守爱情。

于是，有很多大学生问："像我们这样背井离乡，跟心爱的人分手，一别就是好些年，两人一年也就见一两次甚至两年才见一次面，这样的爱情还有必要守候吗？"

这是个我无法回答的问题，我该怎样回答呢？让你等？如果你等到的结果是他已经有了新欢，你会怪我吗？我告诉你这段感情大多会烟消云散，让你别等，你又舍得放下这段感情吗？

守候，就是一种爱情，是一段等待着结果的爱情，如果你不需要任何的结果，那你就等吧；如果你想要个好的结果，那就给彼此一个时间段，青春耗不起，经不起浪掷。在约定的时间，如果能够有缘成眷属，当然是最好的结果，如果在约定的时间，还没有个明确的交代，是不是该为自己的情感腾出点空间了？

孤独的等待最怕节日的到来，各种节日的来临会让幸福的人更幸福，孤独的人更孤独。在孤独中思念一个人，是等待过程中的必修课。

等待一份爱情，从来都是不容易的，更何况能够给你结果的那个人还不在你身边。彼此在分手的那一刻，有着说不尽的缠绵爱语，流不完的酸涩离别泪，彼此约定，说好要守候这份爱情。可是一旦分开，要守住，谈何容易？

因为爱你，所以我选择了等待与守候，只是，我能坚守，你能像我一样吗？青春年少的爱恋，充满太多的变数。守候，是需要靠无尽的思念来支撑的。等有一天，我们的思念耗尽，在千百次的回忆中，重复着有些乏味的寂寞，你的心也会逐渐冷却的。再坚守，已经不再是因为爱，而是那份曾经对爱许下的承诺。

后来，在离别的某一天，你突然接到了熟悉的电话，他告诉你：“不用再等我了，你应该有更好的幸福。”或者：“我现在已经有新欢了，我相信你能够找个比我更爱你的男人。”

你怎么办？还需要等候吗？不等，又舍得放下这段感情吗？

有一方已经不再坚守，意味着爱情的终结，你唯一能做的就是放弃。放弃一个自己深爱着的人，是难以割舍的，但我们还有其他选择吗？明白的人懂得放弃，真情的人懂得牺牲，幸福的人懂得超脱。放弃一个不再爱自己的人，最需要的是理解和祝福。如果再一味地守候，那是你自作多情，是在乞求对方的施舍。爱与被爱，都是让人幸福的事情，不要让这些变成痛苦。

我对读者说过，等待是一种爱情的美，这种美是凄凉的，孤寂的。于是便有读者问我：“你是个感性的人，你会用自己的青春甚至是一生来守候那份不知道有没有结果的爱情吗？”

我虽然感性，但我不傻，我会守候自己的爱情，但是不会守候一份注定或已经消逝了的爱情。痴心地等待一个人，终究是属于青春岁月。如果我爱的人也深爱着我，那她必定不会让我等太长时间。如果时间很长，甚至是遥不可及，我宁可放手。毕竟，彼此还年轻，我或许能用剩下的时间找到更好的，她也会有更好的机会爱上更优秀的男人。

只是，曾经那段为爱的守候是我们对爱无悔的承诺，即便今后不能终成眷属，也无悔那段守候时光。

爱得单纯，伤得很深

爱着的时候，你说对我情有独钟，我信以为真。单纯地爱着你，傻傻地付出，沉溺在爱情的氛围里，我享受着爱与被爱的幸福。

未曾想过爱情会说谎，却不知自己已经在谎言中与你度过了无数日夜，这种谎言是甜蜜的，至少曾经给过我幸福。

那时候，感觉一切都是美好的，即便所有的日子再困苦黑暗，只要有你在身边，恍如每天都是晴天。在爱情中享受着生活给予的一切，只负责陪你骑车，陪你去看电影，陪你逛街，陪你去放风筝。数着快乐度过的时光，纵使再无聊也显得如此珍贵。

后来，你的生活里出现了另一个他。我的爱被剥夺得所剩无几，残留的余温已经无法愈合甜蜜的伤口。你说你爱着他，我只不过是他的替身，爱上我，你只是爱上了爱情而已。

在知道我并不是你的最爱之后，曾经的脸红心跳消失得无影踪。原来，幸福是被谎言包裹的冰糖葫芦，表面是甜的，咬下一口却是酸的。

那个时候，你说我是你爱的最深的人，现在才了悟，我却不是你爱的最真的人。缘分的邂逅，给我们彼此开了个让我受不起的玩笑，你错把喜欢误解为爱，而我，错把施舍当成了爱。你要的不是我，而是爱情中的影子。

如果我们的爱只剩下诱惑，只剩下彼此忍受，终有一天爱情不再迷惑，学会相互放手别再自取折磨，这段爱情我们都有错。推开惨白的手，推开惨白的厮守，失措不再是挽留的借口。爱已不在，在卑微的失落中学会放手，曾经的甜言蜜语任风吹云散，剩下赤裸裸的回忆，定格在曾经的岁月。

曾经以为单纯地爱着某人，只想单纯，没有心计，没有负担地爱与被爱着，即使最后输家依旧是我，我也输得起。可爱情不在时，我却输得如此彻底。未曾料及爱得如此单纯，却还伤得如此之深。为什么会这样？爱得很深，付出太多，而收获却很少，甚至没有，爱被掏空，剩下空壳的心，伤得很重。

后来才知道，那时候的我们只知道什么是爱情，却并不知道怎么去爱。于是，我们开始学着怎样去爱，有保留地去爱，纵使之后邂逅的那个人，你是多么的爱他。

再后来，你进入了新一段恋情，他问你：

“你为什么爱我如此之浅？”

其实，你爱他很深，只是有所保留，所以他以为很浅，只看到了你保留的那一部分。我们不是冷血，更不是慢热。我们只是害怕，投入太多，离开的时候会更难过。有所保留地爱，只是为了更好地保护自己。

哪怕是我说：“我不爱你！”其实也只是在骗你，只是怕打扰你的关系，只要你愿意，什么都可以，即使只打动了我自己。

不知道什么时候，对爱情坦然了很多，爱一个人不求回报，爱到波涛汹涌，已经是很久以前的自己了。不知道从什么时候开始，面对另一段没有结果的爱情，也会坦然地说：

“其实我也不爱你，谢谢你的离开。”

转身过后的心痛，也会在下一轮的爱恋中得到愈合。

分手的话请让给我说

爱着的时候，整天的甜言蜜语听着也不腻耳。那个时候相信，我们就是爱的标本，上天安排等待的几个世纪的缘分，在今世已经兑现。

茫茫人海，我们在不经意的那一刻邂逅，蓦然地回眸一笑，我已陷入爱的陷阱。那一刻，我把爱的话语权交给你，听着你的甜言蜜语，在时间的酝酿中，一点点发酵散香。酒香味浓，即便是杯毒酒，我也会含笑饮下。

相遇是缘，相处是分。如果我们只是有缘无分，是不是曾经的海誓山盟都将化为烟云？如果我们有分无缘，曾经对彼此爱的承诺会不会烟消云散？一起走过的那段风景还有我们快乐的记忆，只是，当爱情的十字路口摆在我们的面前时，我们却不得不各选一道，草草结束我们的爱情。

爱上了你，却不知道是爱上了一段有花无果的爱情，在欲火中烧燃烧，却又在最绚烂、最炙热的时候凋零。泪眼婆娑，我还是我，你还是你，还是同一个人，只是，我还爱着你，而你却心在别处温柔。

相恋的时候，我把爱情的话语权交给了你，分手的时候，别再如此残忍，请把分手的话让给我来说，即便是再爱你恋你，我也会放手让你走，给你腾出幸福的空间，也要给我腾出容纳爱我的人进驻。

爱着的时候，是卑微的幸福，分手的时候，是幸福的卑微。爱情就是这样，快乐的时候不会想到隐藏其后的伤痛，分手的时候，也不会想到痛苦后的解脱。只能在时间的愈合中，一点点让我们懂得关于曾经那段爱的一切，也许我们的相遇早已注定了我们的分别，我们拥有过彼此炙热的眼神，分享过饱含深情的相拥和亲吻就可以了。

分手是一种解脱，也是一种自由，爱你爱到分手未尝不是一种真爱。只是，这种真爱，注定是有一方会伤痕累累。曾经走过的小巷，曾经漫步过的花园，还有我们留下的气息，这气息在时间的流逝下已经转为彼此的记忆，我还记得，不知你是否还能想起？

爱情会让人变傻，那是深爱着的时候，变傻，只为一个你；爱情会让人变成熟，那是分手决裂之后，同样是因为你。既然分手，就由我来开口：

“谢谢你不再爱我，谢谢你给我一条生路。”

即便你看不到我转身之后的泪眼婆娑。说出那句放手爱情的话，从此，我们再无关系，以后真的是两条平行线了，那次道别或许也是我们最后一次见面。

爱情本身就勉强不来的，不是吗？与其苦苦恋着一个不爱自己的人，不如放生这段爱情，给彼此寻找下一段爱情的自由。放手，意味着重生，在爱情中死亡，也在爱情里获得重生。

既然已经放手，我得从爱情中拔出来了，因为永远是一个人在深爱，只会是一个人受伤害。我不想是那个受害者。

爱着的时候好好爱，我可以把爱我的权利交给你，爱我的话由你来说，如果哪一天，你不再爱我，你没有错，请把分手的话交给我来说。

“对不起，我不再爱你。”

即便这句话很难说出口，但在决定不爱我之后，我会把它练习出来，先开口对你说。给你一个完美的解脱，哪怕你转身离去的那一刻我会心如刀割。

等待从来都不易

等待一个人从来都是不容易的。在孤寂中煎熬，在思念中回忆，那种感觉是如此的酸涩。特别是等待一段没有结果的爱情，等待一个不能给出答复的爱人。

最美好的等待，自然是有好结果的守候，尽管同样会付出思念与孤寂，但那是甜蜜的，比起毫无结果或者并不知道结果的等待而言，前者是多么的令人艳羡。

等待是考验一个人的耐心，我偏偏是一个没有耐心的人。我会花一定时间去等待，但这种等待不论得与失，我心里都应该是有数的，我不会花很长的时间，去等待一个毫无定数的结果。可是有些事情，却不由得你选择，即便你不愿意等待，也得要用上很长时间去守候那段分离的思念时光，爱情不就是如此吗？

这种等待，有实际地理距离的，也有心理距离的，还有现实距离的。不论是哪种距离造成的等待，都是不会让人好受，除非这段等待已经开花结果，是有甜蜜的。

爱上一个人的时候，付出所有都心甘情愿，哪怕空守寂寞也为了能够让他知道自己对爱情的忠贞不渝。就这样，他走了，丢下了你，在无数个夜晚中遥对星空，数着星星，想着星空的另一端，他在干吗？也是在像你想他一样想你吗？你明明知道他爱你，自然如此。于是，脸上不由自主地红晕起来，即便是夜晚还是如此陶醉；如果你守候的是一个根本不再爱你的人，除了在过去的记忆中垂泪，还有什么其他的结局呢？

缘至而聚，缘终而散。没有爱情的时候，心里很空虚，于是，喜欢上了一个爱自己的人。以为相处久了，可以将喜欢变为爱，后来才发现，对他，也就是喜欢。外面的世界很诱惑，你开始丢弃原来的爱情寻找新的猎物。你不顾她的苦苦挽留，在她的眼泪中袖手而去，剩下的，只有她为你付出的赤裸裸的爱。

走的那个人是洒脱的，留下的那个不舍放手的人，注定是孤独的。在他走的那一刻，她便已经在守候那份孤独了。

鱼和熊掌几乎不能兼得，很多事情都无法如我们心愿两全其美，获得了自由，终究是要付出被人关怀的代价。年轻的时候，我们没有想过这个问题，当们领悟到时，一切已成回忆，是我们走得太快，当时没有停下来想到这个问题。

经历过了，才恍悟，原来自己爱的人，一直都是自认为只是喜欢的那个人。只是，当时她付出的多，自己一直在爱情里被宠着，所以才为她付出少，以至于误将爱情当喜欢。后悔了，想找回原来的她，但是她已经等不及，那份仅有的等待也在时间里耗尽，她已经有了更爱自己的人。于是，她淡然地对你说："我们已经再也回不去了。"

爱情是经不起长时间等待的，它有生命，会随着时间的流逝老去而消失殆尽。

"我恨你""对不起"并不是这个世界上最残忍的两个抱歉词，而是，我们曾经拥有，现在却再也回不去了。这句简单的话，将曾经相爱的两个人隔为疏离。我希望没有人看得懂这句话，至少你不会感受到那是一种怎样的切肤之痛。

等待的那个人，开始由思念变为恨，再由恨化为记忆，就这样浅浅的，某个不经意的时刻，当他出现在你的视线时，你突然发现，曾经的种种都已经不再重要，没有了爱，也没有了恨。曾经的等待告诉了你，要永远爱一个人或永远恨一个人原来这么难。

既然缘分已尽，就在曾经的等待中将他变为最熟悉的陌生人吧。即便再见面，也只能微笑着问对方：

"好久不见，你还好吗？"

爱情，不能长久等待

这是一个老生常谈的话题，为爱等待，等待爱情。在寂寞中等待，所以你要付出超强的恒心与毅力。

长久分居两地的异地恋人，能够将爱情维持下来并不易，不是所有人的爱情都经得起等待，也不是所有人都能够为等待中的爱情付出青春年华。

等待很少是两个人的事情，大都只是一个人的事。很多人等待爱情，或许是因为深爱着对方，或许是找不到比他更好的，为他等待，是希望能够有朝一日终成眷属。这不过是等待最完美的结局，只是，能有几份爱情能够有如此完美的结局？

年少轻狂，本就向往自由，等待爱情，无非就是一种思念的束缚与爱情的约定，这份约定是双方自愿的，也可能只是一相情愿，不管是两个人的等待抑或一个人的守候，都不会知道等待的结果会是怎样。

多少人在说，我会等你，等你回心转意的那一天；我会等你，等你愿意和我在一起的那一天；我会等你，等你离开那个人来到我身边的那一天；我会等你，等你……然而人们可曾知道，世上的爱情，没有几份真的经得起等待。

等待是爱情的一种，只是，这种爱情是苦涩的，是漫漫长夜无尽思念赋予的。如果你能够为爱长时间的等待，这是对爱的奉献，也是你们最好的证明。但是，爱情奉献是相互的，证明我爱你，难道真的只能通过等待来验证吗？

我付出了苦苦的等待，熬过无数个漫漫长夜，封闭自己的心门，拒绝了一个个为我付出，同样等待我去爱的人，一切的一切都是为了你，为了证明我爱你，为了让你知道我对你的爱牺牲是如此之大。

他知道了，也欣然接受了，只是他还不能给你一个结果。因为，你的等待是你一个人的事情，与他无关。

后来，有一天，他出现在你的面前，身边多了另一个人，原本站在他身边的人本应是你，你静静地看着，已经知道了等待的结果。他告诉你，在他同样等待你的时候，出现了另一个她，在她身上看到了你的影子，后来交往，后来爱上了她。

好美的借口，因为像你才爱上了她。委婉地告诉你，他经不起等待。

等待一份没有保险的爱情，注定是场赌局，如果等待的时间短，你赢的把握很大，可是，如果等待的时间过长，大多数人都会输掉所有。

等待一个人，等待一份爱情，从来都是不容易的，更何况他不在你身边，说好要守候，只是，这种为爱付出的精神也充满了变数。他一旦离开了你的视线，就像一面风筝，飞得很高，很远，你在地面上使劲地拽着那根线，但是因为飞得高，你只能远远地看到它模糊影子了，风再大点，很有可能会刮断那根轻的不能再轻的风筝线。

青春年少的时候，因为考虑的少，还有大把的时间消耗，于是，选择了为爱等待。后来，我们在等待中慢慢消耗完了彼此的思念，还有自己的美好年华，才猛然觉醒："就这样等待一份没有答案的爱情，值得吗？"

爱情会让人变傻，可时间却能让你变得成熟与聪明。爱情可以等，但不能消耗自己的所有时光，爱你的人，也不会让你等太久。年纪渐长，才知道，爱情经不起等待，用自己的青春年华去兑现一个没有结果的承诺，这样的精神也只能留给年少时代了。

后悔药

是不是当我们一时冲动做过某件事情之后，才知道自己当初是错的，后悔莫及？面对一件事情，我们经常会在做之前是一个想法，等到事情过去之后又是一个想法。

一个男人爱上了一个不该爱的女人，结果可想而知，最终还是分手。尽管男人为此付出了许多，但并未打动女人的心，他不得不面对这个分手的现实。其实他知道会是这样的结果，可还是义无反顾地为这个不属于自己的女人倾其所有，女人，只是感动，并非是爱。男人在爱情面前撞得头破血流才知道当初是多么的傻。

于是，他感慨地对我说：

“如果这个世界上有后悔药该有多好。”

是的，这个世上如果有后悔药，就不会有伤心的人。毫无顾忌地爱自己想爱的人，即便在临死的边缘也无所畏惧。怕什么？不是有后悔药吗？服下一粒，一切又回到从前。

世上有后悔药，多好。做自己想做却一直不敢做的事情，不计后果地付出，即便败得一败涂地。怕什么？不是有后悔药吗？服下一粒，从头再来。

世上有后悔药，就没有所谓的后悔与遗憾，我们可以肆无忌惮地挥霍青春，无所顾忌地消耗爱情，不计后果做自己想做的事情，只要留下一点能够服用后悔药的力气，一切都不怕。

总有一些事情，在我们做过之后才会醒悟：

“我怎么能做这样的事情？”

总有那么几个人，在我们爱过之后才明了：

“不属于自己的，再强求也是徒劳。”

只有经历过了，才知道曾经付出值不值，只有爱过了，才知道他是不是就是我生命中的另一半。只是，这些事情都是需要我们亲身经历。于是，“后悔”便成了我们的口头禅。

谁想后悔呢？既然已经经历过了，那就坦然接受自己的过错，在后悔中变得成熟。只是，后悔不能长久，错过的事，已经成了不可更改的历史，把它留给记忆，找回自己的新生活。我们是后悔，而不是忏悔。与其花一个月的时间后悔做错了一件事，还不如改为三天时间在后悔中总结，把剩下的时间投入到新的心情和状态；与其花上一年时间，为爱上了一个不该爱的人后悔，何不改为一个月的时间来自我反省，把剩下的时间腾出来，去找自己更爱，也更爱自己的那个人。

我经常对读者说，既然择了就不要后悔，人生有很多的十字路，每一条都要自己做选择，既然想那样走，就是哭泣也要走下去。只有在哭过了，后悔过了才知道自己的过错，只要过错自己能够承受就好。

这个世界，没有谁没有后悔过，有些人说：“我从来没有后悔过我做过的事情。”只是因为他们不肯承认罢了。后悔没有什么可怕，也没有什么见不得人，懂得后悔的人，至少是能认识到自己失误的人，这是好事，只要善于总结和改进，后悔也能助你更快成功。

在感情的世界里永远都没有后悔药，就算你重新做好了准备想要回头，曾经的那个人早已不在了。人生从来就没有如果，我们经历过的所有事情和不能终成眷属的人，都只是我们生命中的过客，只是我们沿途中的一道风景。在爱情里面错过了就是错过了，没有后悔药可以拯救。

分手之后别再藕断丝连

分手，不管出于何种目的，都标志着你们的爱情已经成为过去，自分手的那一刻起，爱情便定格在了光阴的隧道。

当爱情已经成为往事，不管是你先放手，还是他先放手，过去的终究只是回忆，与其折腾自己，不如好好收拾心情，迎接更美好的未来。

有读者曾经问过我这样一个问题：为什么既然已经分手，说好以后不会再有联系，但最后还会藕断丝连呢？

那是因为心里还爱着，或者是你还爱着他，或者是他依旧爱着你，但是，爱情是双方的，当爱情的一方有一个不再爱对方时，你付出再多的努力都是多余的，你对他的藕断丝连终究会成为他的负担，留给你的也将是更深的伤楚。

一旦分手，就别想着藕断丝连，如果藕断丝连，那只能证明你仍旧是有多余的幻想。既然还有爱，当初为何要分手？既然已经分手，又为何还得藕断丝连？苦了你，也折磨了对方。

爱一个人，不是玩游戏。因为爱是真心的，即便是分手，也难以忘却。但不管是以哪种方式选择了分手，不管我们的解决是否完美，勾勾手指，约定好不再互相伤害。

有一种爱叫做离开，因为爱他，所以得离开他。这样的分手必然是痛彻心扉的，但因为没有更好的选择，所以只能学会承受。有些感情如此直接和残酷。容不下任何迂回曲折的温暖。带着温暖的心情离开，总比苍白的真相要好，纯粹的东西注定是死的太快。

如果说失去会让人痛苦，那么你会不会害怕付出？如果说你的爱情是迷乱的，你会不会选择结束？如果你对爱情的追求依旧是苦，你还会不会执迷不悟？如果分手是苦，你会不会在离开之后依旧藕断丝连？

在爱的时候，很多事情都无法分辨清楚，因为爱情会蒙上你的双眸，只有在分手之后才看清楚曾经的许多事情，这些事情当时并不觉得让你苦，然而，你却找不到了来时的路。

有一种爱，明明是深爱，却说不出来；有一种爱，明明想放弃，却无法鼓足勇气；有一种爱，明知是煎熬，却又躲不开；有一种爱，明知没有结果，心却早已收不回来。这些爱情会让人很苦，或者是你，或者是他，在分手之后依旧会藕断丝连，这算什么？爱不算爱，情不算情。

如果，放弃他的那一刻你哭了，你的眼泪证明了你是真的很爱他。只是，你的眼泪在从一刻起已经不再珍贵。别再让不属于你的爱情折磨你，放手了，就学会给自己腾出点寻找或者等待幸福的空间。别想着分手之后，谁会对谁藕断丝连，即便是藕断丝连再次结合的爱情，也终究会幸福不像从前。毕竟，破碎的花瓶即便粘贴技术再好，还是会有裂痕的。爱情，又何尝不是如此？

分手是痛苦的，但曾经的回忆却始终是甜蜜的，可不管如何甜蜜都已经与爱情无关。既然爱情不再，那就别想着再联系对方，那样的爱，在别人眼中只是一种累。对于分手的那个人，他已经不值得你再爱了，心中再有不舍，也需要一刀两断，不要变仇人，也最好别再成为朋友，就让他成为你生命中“最熟悉的陌生人”吧。

忘记一个人的确很难，即使他曾经伤你很深，你还是会记得他的好。但不管怎样，既然已经选择离开，就不要再回头。就让那段美好的过去尘封在记忆深处，别指望藕断丝连能够让你们重归于好。

藕断丝连就是纠缠，不论是你纠缠他还是他纠缠你，如果不是你情我愿的，纠缠的那个人终究是要付出心痛的代价。

坚强的背后

一个没有失恋过的男孩子问我："失恋是种什么样的感觉？"

我该怎么回答呢？失恋是一种特殊的情绪体验，我想，没有谁能说出来，因为，那种心痛，已经无法让你再去回味那种失恋的感受。每个人的感受往往都是不同的，唯一相同的，便是心里的难受。有人说，失恋，心中就如插上一把刀，一动就痛；也有人说，失恋就像吃酸味冰淇淋，心里酸酸的、凉凉的，让人不能承受；还有人说，感觉像是一个很熟悉的人去世了。

失恋，就像沙漏，而泪水和心痛，是那消流的沙，每一次思念的翻转，就会引起一次决堤，你会不由自主走到约会的老地方，寻觅熟悉的身影；街上某个相似的背影会令你栗然心惊；他的名字一被提及，你的心就会忍不住绞痛起来。面对镜中急遽憔悴的容颜，嘴角的肌肉早已忘了笑的感觉，你陷入哀愁、自卑和仇恨的流沙里，却不知如何挣脱出来。

人已走，爱已逝，想告别那段曾经的往事，却往往无法忘怀，很多事情你还记忆犹新，为什么会这样？因为你还放不下。繁华落尽，徒留悲伤缠绕心头。

你已记不清来时的路，却能清晰地记得离别时的那一幕，那是刻骨铭心的伤痛，纵使你再坚强，满心的悲伤却暴露了你内心的脆弱。至少在那一刻是这样的。

可是，很多人会反驳："我跟他分手的那一刻，并未感到悲伤，我看得很开。"

真是这样吗？要么你从来就没有爱过他，所以他在不在你的生命里，无所谓；若不然，你是在自欺欺人，抑或，故装坚强。不然，有谁会对失恋无动于衷？

人活一世，或多或少还是有些逞强的，哪怕是失恋的时候，我们还会把悲伤藏好，独自一人慢慢消受。晚上，独守孤独的时候，可以拿出来，用眼泪慢慢埋没；白天，站在大千世界里，为了能留给别人坚强的印象，还要假装没有什么大不了。不能让所有的人感受到你的哭泣。以为，失恋是见不得人的事情，孤独还是留在自己的心里。

后来，有人问："失恋后怎样坚强起来?"

别以为坚强有多难，只是看你能不能狠下心，将他赶出你的心底。分手即离别，一旦做出决定，便要分的一干二净，从此，各走天涯路，你的幸福与生活不再与他相关。像往常一样生活，不要因为失恋而打乱自己的生活节奏，那就是坚强。

不属于自己的东西总归是要归还，因为它的主人不是你，不是你的感情，也得要归还，因为你不是这段感情的最好归宿。这并不是谁是谁非，我们一生中会邂逅很多次缘分，在这些缘分中，只有一个才是属于你的，其他的，均为假象。

我常常有如此的感慨，也许爱情只是因为寂寞，需要找一个人来爱，即使没有任何结局。可是爱为什么也如此的脆弱？有时它比玻璃花瓶还易碎。它又如此的坚强，坚强到即便已把自己弄得遍体鳞伤，依然痴心地爱着，从不后悔。

于是，还有人问："如果注定不会在一起，你还会义无反顾地往前冲吗?"

如果我们彼此相爱，我会。如果注定要痛苦，那为什么不等那天到来，再痛哭一场呢？因为我不想现在一个人躲在寂寞的角落里流泪。

有一种爱，明知道要放弃，却不甘心就此离开。有一种爱，明知是煎熬，却又躲不掉。有一种爱，明知无前路，心却早已收不回来。不管是哪种爱，当它降临在我们的生命中时，我们只能乖乖被束缚，爱情面前，所有的坚强都变得脆弱，所有的脆弱又将变得坚强。

我爱你，你也得爱我

我爱你，你也得爱我，这是付出爱多一点的人的诉求。只是，诉求并不一定就能得到回应，你爱他，可他却不爱你，他为什么因为你爱他而必须得爱你呢？

你可以不爱他，可以不为他付出爱，曾经付出的收不回，那就到此结束，我不会再用无限制的付出去兑换你的爱情。明明知道他不爱你，为什么还要傻傻地付出？爱情，似乎容易让人变傻，傻得心甘情愿，傻得无怨无悔。如果人都那么现实，社会就缺少了那么多傻瓜。没有了傻瓜的世界，也将不复那么多的浪漫。只是，这种浪漫大多时候都是属于独自的孤寂。

人与人交往是平等的，爱与爱之间也是平等的。这种平等，无关男女。如果往前一步见不到你，我告诉自己是我步子太小，于是继续。再往前一步见不到你，我告诉自己是你步子太大，于是，再往前一步，仍不见你，然后我回头了。没有任何理由让我无缘无故地去探寻一条陌生而不见终点的路，与其去探索期待，我宁愿原地等待。

爱是一种尊重，是一种情感的相互交换，是一种信任的默契，是在平等的天平上交流，这就像是在拔河，如果单个的一方给予，迟早会迈过那条底线，也许不至于崩溃，但试想一个失去了原则的存在，继续存在着会久远吗？

如果我爱上了你，别让我学着去宠你，因为，当我宠你时是我对这份爱已经不抱信心了，只能通过这种外在的感官来挽留，这份爱里已经没有了我，我会失去自我。为了证明“我爱你”，你眼前的我已经不再是最真实的我。即便是你已经接受，倘若有一天，你认识了最真实的我，还会接受吗？

我爱你，我要告诉你，但是我不想改变我自己，你可以爱我，也可以不爱我，这是你的自由。只是，别把爱情当做玩笑，别谎说爱我却做出不爱我的事情。如果有一天，你告诉我："我已经不爱你了。"我会心痛，但是我不会怪你。爱一个人，表白需要勇气，当你不爱一个人的时候，直接告诉他更是需要勇气。因为你坦诚地说出了你最真实的想法。我会在最短的时间收回我的心情，在你转身离开我的那一刻开始，我不会再傻傻地为你付出。

分手之后，我们不再联系了。感觉这一辈子都不会再见到你了。有些事，不说是个结，说了就是一个疤；那些不能说的秘密，会不会成为我们永不见面的借口。

就这样，一直不再联系，尽管心里偶尔还会想到你，想到我们的曾经，心还是有些痛。如果有那么一天，爱情的百转千回，让我们再次相遇，就这么站在喧嚣的人群里，相互注视着对方，第一句话需要多大的勇气才能说出口？

爱情是一出双人舞，缺少了舞伴，只能变成单人舞。在偌大的舞台上，你一个人翩翩起舞，而另一个人却在一旁观看，那是何等的尴尬，一曲音乐下来，你无法完成轻快的节奏。我们可以很容易地走进一个人的世界，却很难走进一个人的心里。

芸芸众生，我们会邂逅很多自己爱的人，或者爱自己的人。但是，这些人里，我只能与其中一个终成眷属。为了这个人，我放弃了其他更爱我的人，我已经做出了巨大的牺牲。所以，当这个人出现在我们的生命中时，我可以为你付出，但是你也得回应我的付出。我会满心温情地对你说："我爱你。"希望也能听到你发自内心的回应："我也很爱你。"如果你不爱我，我不会强人所难，我会收回我的爱。

仅仅只是怀念

经意或不经意之间，会想起孩提时的嬉戏，会想起在部队期间的那段青葱日子，会想起刚出社会的那段激情岁月，会想起看过的那些风景，会想起曾经做过的那些能记住的事情，会想起在身边走过的那些人。这种想念，忽近忽远，岁月的流沙，将想念最终转化为怀念。而关于曾经的种种怀念，也会随着年龄增长而增多，会随着岁月的溜走渐变渐浓。

怀念是一种什么滋味？或甜或涩，或苦或酸。

曾经那段感情，现在想起来，还是那么的甜蜜，只是，想起分手的那一刻，依然是那么的惆怅和痛涩。曾经走过的那段拚搏岁月，是那么的苦，但走过之后又还是那么的怀念。只是，我们不再是曾经的自己，很多事情，在当时都是迷茫失措的，只有在经历过之后，才能在时间的沉淀中明了是非。流逝的时间总归是要归还历史，我们只能在得到或错失之后，幡然了悟人生的另一层含义。此情可待成追忆，只是当时已惘然。

追忆过去，是年纪渐老的一种情愫，我们只记得那些有影响的人和事，有些记得很清楚，恍如就在昨日，有些已经记不太清，甚至很模糊了，感觉确实是发生在很久以前的事情，很久之前遇到的那个人。为什么还记得？是不是曾经为这件事付出过？对这个人暧昧过？或许是，或许不是，已经记不清了。能记得清晰的那些事情和人，势必是在我们的人生中有过重要的一席之地。那些事情，或许有过让我们后悔，那些人或许至今还让我们怀念，在对与错的交际中，我们有过珍惜，只是，没有珍惜到最后，所以终成遗憾。

幸福与痛苦，都在曾经的岁月中走过，时间将它们酝酿，久了，已经不再是从前的那个味道。淡淡的，回想起来，不再有那时的冲动与悲伤。原来，很多事情，经历过了，都能够坦然面对，只是需要时间罢了。

小时不识月，呼作白玉盘，又疑瑶台镜，飞在青云端。即便是曾经深深爱着的那个人，曾经刻骨铭心的那段情感，也已经随着时间云淡风轻了，我们并不是有意故忘彼此，故忘曾经的一切。时间的淡化，谁也无能为力罢了。我们能够记住最深的，还是曾经相爱过。那一丝的感动，那一个温暖的微笑，那一抹心灵的悸动，那一种动人的眼神，我们都还清晰地记得，记得那一点一滴的温馨，只是我们再也无力回到过去，回到那个天真的岁月。用思念来祭祀过去，只因我们无法返回岁月的年轮，也不想再回到当年，不是吗？岁月匆匆，已经各有各的生活，各有各的幸福。

关于曾经，有些事情，我们依然清晰地记得，有些话，我们依旧铭记于心，有些人，始终还在我们的脑海浮现，有些歌，我们还在重复地听着，有些画面，还会时不时地出现在眼前。可是，这些曾经的记忆都已经是过去式，随风散了，不再那么强烈地激起心中的涟漪，心湖微微地波动，只是因为曾经确实有经历过这些种种。它们，也确实值得我们怀念。

我们曾经唱过的情歌，即便再唱起，也不再是因为彼此，那些曾经走过的岁月，早已不知散落在哪个街头，能够值得我们彼此记住的那些快乐，也只能是深藏心底的记忆，不再与幸福相关。走过的岁月，我们不会再为曾经的那丝感动厮守，那些逝去的岁月，可能还会让我们铭记很久，但我们早已不再执着不休。

在流逝的感动中，我们想着那些看过的风景，经历过的事情，爱过的人，有感动，有感激，有快乐也有泪水。可纵使记忆再深刻，我们也无法回到过去。多年后的今天，我们再想念过去，只是纯粹的怀念，不会，也不想再回到当初。

路过的幸福

读者问我："如果你的女朋友把你甩了，然后又回来找你，而且，你也还爱着她，还会接受她吗？"

我告诉他，我不会再接受，尽管我还爱她，但我不会让自己的爱卑微到再去爱一个抛弃过自己的人。我宁愿让那份爱，溃烂在心底，化作养料，滋润我的下一段真情。她和我，都只不过是彼此生命中路过的幸福而已。

如果我们的爱已被现实腐蚀，再美也只是过去。曾经一起走过的岁月，虽然还徘徊在彼此的心间，终究还是成了残缺不全的爱，甚至算不上爱。爱情曾经温暖过我们的寂寞，你曾经点燃过我的希望与激情。不过，那些都是我们过去的曾经，只是短暂停泊在人生某个港湾的泛舟。错过了，终究是错过了，有些事情无法挽回，一旦失去，也就意味着永远的离别。纵使过去再幸福，也只是曾经，你和我，只是路过彼此的幸福。

一对相恋多年的情侣，分手了。在分手一个礼拜之后，男人有些后悔，可毕竟是自己提出的分手。他们提出分手的原因是，她从不说"我爱你"。后来的一天，男人走在路上，突然撞到一个女孩，他急忙说："抱歉。"女孩一抬头，惊讶地说："是你呀?!"他疑惑："你认识我?"她笑笑："当然了，我们公司谁不认识你啊，你女朋友的手机里、钱包里全是你的照片，上面都写着'我爱你'。"

男人听后，突然蹲在地上难过地哭了。原来，爱情一直就在自己的身边，很近，只是自己从未留意到，忽略了。现在已经知道，只是，已经回不到过去的幸福。

很多时候，幸福并不是必然的。有些幸福注定只是在我们的人生中匆匆路过，那是一种在你还没来得及明白，没来得及珍惜，就已经离开的幸福。原来，幸福是要一点一点地累积并用心珍惜才能永恒。

我们的一生中，擦肩而过的人不计其数，只是，能够记住的却寥寥无几。在这些能记住的人中，擦出爱情火花的，更是凤毛麟角。在得得失失的缘分里，我们交错在爱情的十字路口，遇到了该遇到的人。只是，我们不知道是在对的时间遇到了错的人，还是在对的时间遇到了对的人，我们都不知道答案，只觉得缘分来了，总会鬼使神差地纵身一跃，在这过程中，有多少人能真的懂得，当时遇到的这个人其实就是那个对的人呢？往往都是在错过之后，才明白那就是自己一生的幸福。

爱情来的时候，很突然，在我们不经意的某一刻，缘分成全了彼此，甜蜜的爱情让我沉溺于幸福的围墙。我曾经很天真地以为，你会是我今生的永恒，直到后来才发现，我错了，一切都只不过是我的一相情愿，流连于你的世界，从开始到结束，如烟火般，虽然灿烂，却又如此短暂。消失的幸福，终究只能祭祀在我们过去的岁月。

自己深爱的人，就那样绝情地转身离去，恍若人生的一切都变得毫无意义，暗淡无光，每日每夜在大街上晃荡，无法释怀，但最终我们还是做到了，随着时间的离去，终于释怀了。我们都只不过是彼此的一个过客，纵使我们再想着曾经的那个人，所有的记忆也都只是曾经的幸福而已。是时候把心中的那个人放下了，我们得继续过自己的生活。

放手一段不属于自己的感情，本身就是人生与爱情的常态。或许，会因此经历长时间的痛苦，但它们能够增加我们生命的厚度。当我们有一天释怀了，微笑地转身回眸时，会恍然大悟，那个离开你的人，绝对不会比你的生命更重要。他的到来与离去，只不过是你生命中的一段历程，所有的喜怒哀乐，也只能化作岁月的记忆，永远搁置在曾经的幸福里。

不在期许中出现的那个人

有没有这种经历？每当我们寻找失物的时候，每次都未必能够如愿以偿，但有时候，你不用刻意去找寻，它反倒会自动送上门来。

只是，在自己最需要的时候，没有出现，成为了遗憾，而在自己不需要的时候出现了，又感觉是多余。同样一个人，同样一件事，在不同的时候出现，结果和待遇都是不一样的，或许，这就是我们经常所说的有缘无分，抑或有分无缘。

我们从来都不知道，那份等待了五百年的缘何时降临。寂寞的时候，能有几个人不想让漂泊的自己找到温馨的港湾？在期待中，我们小心翼翼地观察身边的每一个人，看是否错过了那个缘分，就这样，苦苦地等待与傻傻地寻找。你甚至会抱怨，为什么人家都能不劳而获，而我却是劳而无获？

感情这事，并不是努力了就能找到，缘在天定，纵使你再努力地去寻找，时候未到，也终归徒劳。

后来的某一天，在你苦苦地等候中，你邂逅了一个让你心动的那个人。你以为，这就是缘，更何况是自己向上天苦苦祈求了多少个日夜换来的缘分，很是珍惜。只是，他并不喜欢你，在你为此争取过后，还是对你提出了分手，这份你认为来之不易的爱情，在短暂的回旋后，最终还是画上了句号。将心中的承诺踏得粉碎，才明白，自己守望的不过是原本虚无的东西，可你无怨无悔，毕竟，你曾经是为了一份真爱在期许。

这份注定要失去的爱情，你一直都是在一相情愿地饰演着独角戏，却从始至今爱得无怨无悔。在转身告别的那一刻，曾经付出的爱已收不回，只能收回那颗爱他的心，把它留给更值得你爱的人。

期许中，你遇到了另一个人，他很爱你，你并不爱他。但是，情感受挫的时候也是最脆弱的时候，你选择了与他交往，他为你付出了很多，就是这一段感情，他仿佛成了上一个你，而你仿佛成了上一个你爱的那个人。原来跟一个自己不爱的人交往是那么的难，你终于明白上段情感的失败，并不是他的错。感情永远是勉强不了的，为寂寞而爱，注定是场伤害。失落时所寻找的拥有不过是种解脱，只有在拥有中寻找的拥有才算得上完美。

你再次分手，为了不伤害他，更为了不再欺骗自己。孤寂的夜，你静静地梳理自己的心情，却越发凌乱，一种莫名的压抑感，一切已显得凄美而又无奈。那个时候的心是灰色的，整个天空也是灰色的，身边的每个人都在笑，身边的每一个灵魂都在笑，而失去爱情的你却不得不拥抱伤感。

不是两相情愿，曾经的爱，都算不上是真正的爱情。对于爱情，你似乎已经不抱期许，不再奢求，就这样与孤独为伍。后来的某一天，在你不抱任何期许之下，缘分又让你邂逅了另外一个人，或许你对他很着迷，或许只有那么一点点喜欢，想爱又害怕再受伤害，于是，你小心翼翼地付出着，他热烈地回应你，交往越久，你竟然发现自己越来越离不开他，与曾经相恋的感觉完全不同，这个时候，你才知道了，什么才是真正的缘分，什么才是真正的爱情。

我们邂逅的人不计其数，爱过的人也远不止一个，只是，在这些人当中，却只有一个能够与自己携手终老。人这一生不可能只为一个人执着，但是真爱真的一生一次就足够。

缘分是什么？在我们不抱期待中悄然出现，给我们带来了爱情的那个人，就是我们等待五百年的缘分。

输得起的爱情

爱情，原本是一种很公平的情感付出，但很多时候，却偏偏显得不公平，当你还爱着的时候对方已经放手。恋爱的人很多，放手的人也不少。自然，失恋的人也不在少数。

我经常对失恋的人说：如果你失恋了，别那么萎靡不振，大千世界中，至少有成千上万的人跟你一样，也在此刻失恋。

爱情是两个人的游戏，只有共同参与才能享受游戏带来的快感与乐趣。如果有一天，其中一个人先放手，也就意味着游戏的结束，又回到孤寂的单身。

孤寂最喜欢漫漫长夜的到来，在夜幕落下来的那一刻，你只有在黑色中苦苦思念那个不再爱你的人，只是，此时此刻不仅仅是你一个人被思念折磨，独噬涩泪，这个世界上还有数之不清的人跟你一样，承受着你目前承受的痛苦。

很多人即便是失恋了，也不知道错在哪里，或者根本就不愿意承认，于是，他们会理直气壮地问："为什么我会失恋?"

因为你爱上了一个不爱你的人，有缘无分；因为你爱上了一个不该爱的人，有分无缘。

爱情的美丽在于它的过程，执着地追求没有错，只是当你在错误的时间爱上错误的人时，你的爱情注定不会有完美的结局，挣扎至死终究也只是一幕悲剧。虽然说是"真爱无敌"，有时候也只能是"真爱无奈"。

我曾经对读者说过："失恋要趁早。"

这个世界，没有几个人没失恋过，失恋是值得庆幸的事情，至少在自己输得起的前提下，结束了不属于自己的情感，以便将伤害降到最低，至少你可以腾出更多的时间去爱自己所爱，挤出更多的空间，让更合适你的人走进你的生命。

一个人生命的范围，就是他所走过的路，遇到过的人。走过不同的路，看不同的风景，不同的人，不同的事，收获不同的心情。爱情的逝去并不可怕，可怕的是失去了勇敢地去爱的心。

我们总以为单纯地爱着，爱情就能完美长久，后来，爱情还是早夭。这并不是因为你不够好，不是因为你不可爱，也不是你做错了什么。我们见过许多伴侣，争争吵吵，打打闹闹，且爱且恨，最终还是相濡以沫，携手到老。

当我们在人生的某个阶段遇到了一个人，不管你有多少缺陷，他都深爱着你，不论你对他多么刁难，他还是爱你爱到死心塌地，为了你，他愿意舍弃一切；对于他，即便你认为他有多可恨，多可恶，你心里却一直挂念着他，想着他，纵使你们都曾被彼此伤得很深，最后却还是在一起。

当你邂逅了这样一个人，再回想曾经那段流产的爱情，你会感谢那个人的离去，是他的离去，给你腾出了幸福的空间。

对于夭折的爱情，只是证明，他不是你终成眷属的伴侣。为什么要伤痛欲绝？可不可以用一把泪来祭祀，喝点酒来告别，泪过后，酒醒后，跟自己说，他的离去是对你束缚的解脱。没有结果的爱情，我输得起。

失恋是值得庆幸的

就如同成名一样，许多事情都需要趁早，失恋也不例外。

并不是我站着说话不腰疼，也不是我无病呻吟，更不是我给失恋的人找些抚慰。年轻时候，失恋是件值得庆幸的事情，越早失恋越早让自己变得成熟。

人的一生中，很多事情都只有在经历过后才能懂得；许多事情只有在我们失去之后才能知道它的对与错，才懂得如何去珍惜。

恋爱能够让你幸福，或许，没有经历过失恋的人永远也不知道真爱的寓意。失恋虽然让你告别了甜蜜，却能让你变得成熟，待你失恋之后，你会用更成熟、更明智的心态寻找或等待下一段恋情。因为你的成熟和经历，会让你更慎重地抉择爱情，无形中给你的下一段爱情增添一层幸福的保障。

两年前一个读大三的女孩告诉我，她失恋了。因为是初恋，所以，她始终难以放下这段恋情。

我告诉她，既然他都已经不爱你了，你应该是庆幸的，因为你还年轻，失恋是必经的一个过程，越早失恋，越早成熟，越少痛苦。你现在最主要的应该是你的学业。别再想他，把想他的工夫用在学业上，必然会有你意想不到的回报。

两年后的某天，我的邮箱再次出现了这位女孩的邮件。她说，当时她听了我的建议，把心思放在了学业上，不仅拿到了全额奖学金，而且还未毕业便已经与一家知名企业签订了工作合同，毕业后顺利地进入知名企业，工作上做得有声有色，虽然才刚参加工作不足一年，便已经在公司成为中层骨干，收入不菲。

可是女孩还是没有忘记初恋，她以为待自己事业小有所成，男友还会回到她的身边，可是男人已经很幸福地跟另外一个女人在一起了。她的希望破灭，却没有再像以前一样沮丧，这次，她彻底地醒悟，男人是真的不爱她，不管她有多优秀。

女孩问我当初为什么会那么懂她?

我并不是懂得比别人多，只是比你早走了几步而已。试问，谁没有过失恋的经历呢?

只是，女孩花了两年时间才彻底醒悟，未免还是有些长久。庆幸的是，她还年轻，至少还经历得起，用两年时间换来的醒悟是宝贵的，对她今后的人生与抉择必然会起到很大的帮助。

失恋，是你爱情成熟的必经阶段，也是你人生完美的一段历程。

失恋，并没有什么可怕，可怕的是失恋之后失去了再爱的勇气。让你带着仇视的目光去审视每一个爱你的人。

很多人害怕失恋，是因为他们恐惧爱情。对于一个既渴望爱情又害怕失恋的人来说，永远也读不懂真爱。如果你害怕失恋，那就不要恋爱，远离爱情。

每一次恋爱的成败比例都是对等的，没有谁会给你们的爱情担保，即便是你们今后会领取婚姻的红色本本，它也不可能会为你的终身幸福作保证。

失恋过的人都会比上一次更珍惜爱情，因为他在失恋中一点点地读懂，原来缘分也会消耗殆尽的。当他再邂逅另一个人时，他会更珍惜这份缘分，从而懂得如何去迁就与包容一个爱你的人，再也不像曾经一样，挥霍对方赐予的真情爱意。

当我们对爱情至真至诚地对待，当我们已经过了失恋的年龄和身份，却终归还是孤单一人，那就不再算是失恋了，而是我们注定的人生。

那颗孤寂的心灵

繁忙的都市，在某个不经意的角落，一定会有一个独守寂寞的心灵。他们在等待什么？日出抑或日落？又还是天亮后的缘分降临？

人的一生总会经历许多不同的际遇，而失恋也是其中的一种。很多读者对我说，失恋真的很可怕。其实，失去爱情并不可怕，可怕的是，相恋时的点滴温馨记忆侵蚀着你的心，这种感觉是难受的，也是折磨人的，这种感觉让你在孤寂的夜里心碎到伤痕累累。

失恋后，心变得孤独，灵魂变得无处安身，那种孤独，难受到让人难以承受。每至黑夜，总与泪为伴。彻夜无眠，是失恋让我们喜欢上了一个人的安静，静静地坐在窗前，看着外面的景象闷闷地发呆，最好的感觉是什么都不想，眼观一处，直至忘却泪水已在眼中翻滚。

爱情可以让人变得强大，也同样可以使一个人变得脆弱，只是，很多人的失恋最终会让自己变的孤寂。面对爱情，是什么让我们变得如此脆弱？冥思苦想，始终找不到答案。没有答案的问题就这样困扰心头，不清楚如何缓解失恋后的孤独。从转身放手爱情的那一刻起，我们依然要承受这孤独的煎熬，直到我们找到解救的方法。

于是，很多没有恋爱过的读者问我：“失恋真的有那么痛苦吗？”

当然有，除非你根本就没有爱过。

然后，又有失恋的读者问我：“如何才能减轻失恋所带来的痛苦？”

最好的办法就是忘记他。可是怎样忘却呢？

爱一个人不容易，想忘记一个人却更难。更何况是曾经深爱过的人。

并不是没有方法，需要时间，还有你新的情人。如果还是不能减少对逝去那段感情的眷恋，那只能说明，时间还不够长，你的新情人还不够好。

我们爱上一个人的时候，会不由自主地爱上他的一切，一旦爱上，便很难从心中磨灭，即便到最后缘尽分手，依然对他充满了恨意，那也是因爱而起。

没有遇到爱情的时候，我们习惯了一个人的生活，一个人的孤独。后来，我们爱上了命运安排的那个人，从那以后，我们不再习惯一个人的孤独，已经习惯了身边有一个人，无论是好是坏，不论是吵是笑，痛苦过后依然有好多美好的回忆。

可如今丢失了爱情，人生又转回了原地，没有什么可以诉说。只是一个人默默地回忆。孤独经常会出现问题，因为没有人能给你信息，没有人能了解你的心扉，没有人能听你说心里话，也没有人能真正明白你心中的痛。曾经所有的曲折，都在分手的那一刻，沦为了寂寞。爱情已走，在一起的好与坏都不再重要，时间洗涮着寂寞，却洗尽不了曾经的种种回忆。回想曾经，眼眶湿润，有些滚烫。

爱情，是人一生中所经历的最美妙的东西，但它也是最难通融的东西。面对我们争取不到的爱情，我会当做它不存在，当它没发生，不去重视它，尽量摆脱它，纵使我不愿意，我也只能如此。因为，我不想在热恋之后，再回到孤寂的原点，热恋后的孤独，会让那个曾经炙热的心灵变得更孤寂。

最后的餐宴

爱情从一顿饭开始，那是开启爱情的第一顿饭；爱情也在一顿饭后结束，那是结束彼此爱情的最后一顿饭。

第一次约会你是选择的什么时候？晚上还是礼拜天或者节日？正常工作日应该是很少人会选择的，除非是办公室情侣。晚上可以享受夜的浪漫，节假日有足够的时间跟爱人消耗，即便是做一些无聊的事情，都可以不吝啬的牺牲宝贵的时间。

不管是什么时候约会，总得要吃饭吧。恋爱的时候，总会挤出时间陪他一块儿吃一顿饭，这顿饭最好是安排在晚上，抛开工作上的烦闷，与桌对面的人，边吃边聊。当然，有条件的话，可以去西餐厅，再喝喝咖啡，看看电影，如果是爱玩的人，那就去喧闹的酒吧，喝上一杯鸡尾酒，在这些或静或闹的环境里，相互倾诉衷肠。

第一次的约会总是那么让人难忘，即便是多年之后，依旧清晰地记得，我们第一次约会的地点，第一次吃饭的餐厅，第一次点过的菜肴，第一次喝过的酒。许多的第一次组成了我对你的第一印象，是那么的恬静、知书达理。这样的第一次，我们看到的总是对方最好的一面。甚至是好到无可挑剔。

从第一次的餐宴之后，我们开始了长途跋涉的爱情之旅。在无数个日夜下，我们享受着不同心情带来的晚餐。

爱情久了会否疲惫？我想会的，不然，为何每次品尝你做的菜味道不一样？有时候偏咸，有时候过淡，当然，大多数时候是恰到好处。品到你做的菜过咸或过淡的时候，我想我必然是惹你生气了，若不然，也不会如此折磨我的胃。我还是强忍着吃下去，笑嘻嘻地对你说：

“亲爱的，这菜味道不错，哪里学来的？”

你听后，脸色由阴转晴，阴云散去后，看到了隐藏已久的微笑。我再趁势而入：

“如果这菜再少放点盐就更好吃了。”

你终于忍不住笑出声来。

爱上后，我们在餐桌上度过无数时光，有快乐的时候，也有争吵的时候，但不管怎样的心情，我们都会坐在一起，好好把饭吃完，尽管有时候会鼓着气，一句话也不说。甚至有时候会在餐桌上流泪，但是，泪干之后，我们还是在一起吃饭，忘记了我们上一次争吵发生在何时。

不知道什么时候，我们在餐桌上的话变得越来越少，留给餐桌的快乐也越来越罕见，后来才发现，原来，我们已经不再相爱。要是在努力之后，仍然无力回天，我们无可避免地要放手这段感情，那么，我们会选择哪里吃上最后一顿饭？喝什么酒？吃什么菜？还是第一次约会的地方吗？

爱情很多时候就在这样的问号中一点点死去。

爱着的时候，我们永远不会想到彼此间会有最后的晚餐，就希望这样一直吃下去，直到我们慢慢变老，哪怕是眼睛花了，胃口小了，牙齿脱落光，都是一种幸福。

只是，当爱不在的时候，能够快乐地吃上一顿饭都成了一种奢求。在这顿最后的晚餐中，如果面前摆着的是杯毒酒，如果能换回我们曾经的爱，我也会含笑饮下。

至少曾经相爱过

有很多读者问过我：“你曾经深深爱过的人，最后因为物欲而选择分手，你会恨她吗？”

当然恨，自己很珍贵的东西被人抢走了，能不恨吗？可是，即便是恨又能改变什么呢？不属于自己的东西始终是要离开自己，只是时间早一步还是晚一步而已。

于是，又有人追问：“恨多久？一年？十年？一辈子？”

最开始我心有不甘，会恨，但是，我不会傻到对一个不爱自己的人怀恨一辈子。她选择离开我，必然是我有些地方不适合她，这并不是她的错，恨只恨当初用情太深。但我不会用悔恨来惩罚自己，如果用一年的时间来遗忘，那我宁愿选择用一个月的时间遗忘过去，用剩下的 11 个月去寻找属于自己新的幸福。

为一个不爱自己的人悔恨一辈子，或者长时间地沉溺于伤痛之中是愚蠢的，也是对自己幸福的不负责，他的离去并没有错，这个世界不会因为少了谁会停滞不前，我们无法从悲戚中苏醒过来，那是因为我们曾经用情太深地相爱过。

爱上一个人不就是希望他能够过得幸福快乐吗？如果他的离去，能够找到更好的归属，那也是他的幸福。他的离去，对你来说也是一种幸福，他失去了一个最爱他的人，而你只是丢失了一个不爱你的人。是他的离去给你腾出了更多幸福的空间。

如果有一天，我爱的人离我而去，我会在悲戚中唤醒另一个自己，那个我，应该是更成熟的象征。对于爱情，将会有个更成熟的审视标准。对于爱情抱有幻想，是初恋人的心态，这个世界是现实的，童话只能存在幻想中。曾经爱过就已足够，不爱放手，自然是越早越好，以免沉溺太深，伤得太重。早分手早解脱，分手得干脆，也是值得庆幸的，不用拖延，即便是造成了伤痛，也比拖拖拉拉的分手强得多。

时间一直都是把无情的杀猪刀，分手之后，它可以将一切的伤消弭于无形。却又不得不承认，时间还是个多情种，即便是已经忘却了伤痛，但曾经在一起的时光，总会隐藏在某个时间的角落，偶尔还会光临你的记忆。不过，这种记忆会随着时间的流逝，变成一杯纯酿的美酒，很诱人，喝上一杯会醉，可即便再醉，也不再与爱有关。

曾经以为，分手很难，其实，当我们真正面临那一刻的时候，也不过如此，分手的一句话，一个转身，即便我们不愿接受也不得不承认，他已经走出了我的生命。从那一刻起，他的一切不再与我有关，从此，结束彼此的感情，各走天涯路。

放手一段不属于自己的感情有何不好？为什么放不开？因为我们总感觉失去的，永远都显得弥足珍贵，这些珍贵的东西从那一刻起不再属于自己。但其实，多少年后，我们年逾古稀或者即将入土的时候再问问自己，真爱的那个人到底是谁，是曾经的那个他还是自己。

后来的某一天，我们终于了悟，放生一段不属于自己的感情是幸福的，分手是解脱彼此，至少曾经相爱过。

不管怎样，他曾经路过我的生命，给过我幸福，现在不爱是真，曾经相爱也是真，那些曾经在一起的幸福时光不会撒谎，给过我们的快乐是永远磨灭不了的。

如果爱已经不再，分手已成定局，记住，我们路过彼此的幸福，曾经相爱过，便是最好的纪念。

再次尝到眼泪的滋味

已经忘记了最后一次流下眼泪是什么时候，好像是很多年以前的事情了。也不知道从什么时候开始，已经不再习惯温习眼泪。即便心再苦，现实再残忍，也已经习惯用沉默来独舔伤口。

很多朋友问过我："你对幸福的理解是怎样的？"

我曾经觉得，幸福是一种精神跟物质相结合的自我满足感觉，满足于现状，满足于你爱的人，满足于生活带给你的任何感觉，每天也是安定从容，即使悲伤或快乐，都会平和的用微笑面对生活。

现在，我会告诉他们，真正的幸福是能够想哭就哭，想笑就笑，就这么简单的事情，可我们很多人却做不到。

不论发生了什么事情，都需要用笑脸来对待，只是，这笑容的背后隐藏着多少辛酸，却从未有人知晓，人到底有几张脸？白天的笑脸，晚上独处时的呆木，每天都在重复着这样多变的表情，很多事情，一旦久了，也就习惯了，最终变成了自然而然的事情。正如同我们的笑容背后的忧伤，即便很多事情再让我们难受，我们也已经不会用眼泪来祭祀这些痛苦了。

压抑的时候，很想痛哭一场，但奇怪的是，眼泪已经不会随便地来了；难受的时候，很想痛快地飙一次眼泪，但始终还是徒劳；压力大的时候，很想在涩泪下寻求点抚慰，可即便心情再沮丧，它还是对我置之不理。

这是怎么了？即便是想要来一次眼泪都成了奢侈。明明心里有苦，即便是想哭，但还是流不下泪。

原来，是我们早已长大，已经离开眼泪的年纪很远了。

就这样，在没有眼泪的日子里，我们拼搏在现实之中，再多的困难险阻，再多的荆棘坎坷，也会包容在笑容之中。

在自己都不知道的时间里，数落着思念，带着那份期许的心情，静静等待某个人的出现。我相信，生命中始终会有这样一个人知道我的等候，始终有个人不会让我的等待变为失落。我们的人生，始终会有那么一个人，能够让我们尝到眼泪的滋味。

后来，我们的生命里出现了一个人，这个人的出现决定了我们的快乐与悲伤，我们会因为他的快乐而幸福，会因为他的悲伤而沮丧，即便是分隔两地，即便是不知道他的爱最终归向何方，却还是一如既往地希望他能感受到我的爱，感受到我追寻的脚步。哪怕是只言片语，只要是他的表述，也是一种幸福，一种温暖，是彼此间的别样美丽。

只是，有些美丽是短暂的，就如同没有结果的爱情，有些爱情注定只是我们生命中的一道风景，即使再美，也只是路过。有些人也只能是匆匆路过我们的生命，即使爱再真，情再真，也只能化作寥寥记忆。只有在拥有中寻找的拥有才完美，失落时所寻找的拥有不过是种解脱，只是幻影。

有些爱情从拥有开始就注定失去，就像人一生下来就开始走向死亡。只是在死亡之前，我们却偏偏喜欢在情爱的世界追逐，哪怕是遍体鳞伤，依然在追逐。只有将心中的承诺踏得粉碎之后才了悟，我们守望的不过是原本虚无的东西。

明知那个人已走远，明知那份爱已逝，明知今生永不可能，可我还是那样的期盼，那样刻骨铭心的痛。这种痛，是彻心彻底的，已经久违的眼泪竟然会因此而夺眶而出，再次让我们尝到了它的滋味。只是，这个泪水会因为下段爱情的到来而干枯，现实的泪水，我已经忘记是什么滋味。

不再是曾经的自己

不知道从什么时候开始，喜欢上了宅在家里的生活。礼拜天，节假日，除了热衷的外出度假旅游，一般都会窝在家里看看电影，看看书，听听音乐，写写文章，喝喝茶，享受一份难能可贵的清净。从未想过会是这样，曾经的不耐寂寞，曾经的疯狂聚会，好像都成了很久以前的事情。

那个时候，是不是因为很年轻，所以一直都感觉无所谓，即便是自己为爱伤痕累累。

曾经的直言直语，是不是得罪了不少人？曾经的敢作敢为，是不是已经成为了过去的历史？曾经的为梦痴狂，曾经的无所畏惧，曾经的种种，现在还剩下多少？

现在，好像做事情没有以前那么冲动了，好像做很多事情前会考虑到后果了，好像会在不同的人面前展示不一样的微笑，说着不一样的话了，好像曾经的梦想，已经不是现在的目标了。人变了，想法变了，梦想也跟着变了。突然发现，自己越来越不像自己，至少不再是曾经的自己。告别曾经的自己，挥之不去的可惜都是过去，怕痛不完的伤口也只能自合自愈。

改变不知道从什么时候开始的，也不知道从什么时候开始小心翼翼地过着日子。害怕丢失什么东西，但是害怕什么呢？自己也说不清楚，这还是最真的我吗？是环境改变了一个人，还是随着时间转变，心态也会发生天与地的蜕变？

曾经的自己和现在的自己，我更爱哪个？从未想过。或许都喜欢，或许都不喜欢，喜欢曾经的激情，但讨厌那个时候的幼稚；喜欢现在的成熟，却厌倦而今的迷茫。曾经想过要坚持原来的自己，后来才发现，原来坚持也需要很大的勇气和毅力，只是，很多时候，我们不得不顺应环境，改变着大家都觉得不好的一切。

穿行在人生的旅程，跌宕起伏的这些年，形形色色的人在身边穿过，太多的第一次，太多的最后一次。哭过，笑过，恨过，爱过。做了太多的抉择，现在也搞不清失去和得到的是不是一样多。错过了太多人，又走进来了更多人。

就这样，生活在悄无声息地改变，我们也在无声无息中改变了最初的自己。改变，我们在不停地改变着，时间越久会发现自己越来越不像从前的自己。孤独、寂寞、伤感、敏感。然后觉得周围的人都变了。自私、贪婪、极端、愤恨，总是这几个词在叫嚣。我们曾经离这些词很远，却不知什么时候开始与它们越来越近，当我们离最初的自己越来越远，离这些词越来越近的时候，逐渐地感觉到，我们竟然活得如此辛苦。

那个时候，我们可以对不爱自己的人倾其所有，因为我爱他；后来，即便是我们再爱他，也会有选择性地付出，因为，我不知道他是否爱我。

那个时候，我们只想好好地爱着某个人，没有束缚，没有心计，没有负担地谈好一次恋爱，即使最后缘尽而终，我也能输得无怨无悔。

想单纯地爱着，想要一场回忆起来依旧美丽的感情。可是，在生命中走过的那些人，却始终没有一个能够给予让我们觉得爱过以后无怨无悔的爱情。现在，我们已经学会了合理的付出与必要的索取。现在的自己，已经吞没了曾经的自己。

每个人都是生活的导演，我们都在假装尽力演好生活中的每一天，可是，我们的假装在夜里却输得如此彻底。是不是自己在与孤寂独处时，才是真正的自己？

我们都不再像曾经的自己，而我们却搞不懂这是为什么。

曾经已是曾经，即是过去，便已过去，何必念记，应该忘记。

见不得阳光的爱恋

有一种爱是两情相悦，却注定不能在一起。

这种爱不求天长地久，只愿在有限的时间里共度独属两人的难忘时光。

说它是偷情，未免有些俗气，那就称它为“见不得阳光的爱恋”吧。

收到一个女人的来信，她拥有财富，尽管早已过了青春岁月，却依旧美艳动人。她经历过几次爱恋，却终未修成正果。尽管如此，身边依旧不缺乏优秀的追求者。只是她却偏偏爱上了一个有妇之夫。并不是因为这个男人有多帅气英俊。爱情就是这样毫无厘头，爱上就爱上了，说不出原因，也没有原因。

她心里很清楚，这样的爱情是见不得阳光的。她并不想破坏男人的家庭，却依旧想与他在一起。她说，只要曾经拥有，又何须在乎天长地久？

看得出，她是个很睿智的女人，一个睿智的女人做着连自己都感觉愚蠢的事情，却不肯罢休与放弃，这是件很恐怖的事情。他们两情相悦地走在了一起，偷偷地。只有在没有阳光的夜空下，享受夜色带来的浪漫与温情。天一亮，两人将爱收藏心底，大家又回到各自生活的角色，即便是路上偶然相约，也要装作互不相识。

女人问我，她是不是很愚蠢很不道德？

我并不觉得她是愚蠢和不道德的。至少她并没有惊扰男人的家庭，不会让另一个女人受伤。爱情本身就是你情我愿的事情，没有道德可言。只是，我并不赞同以这种方式去寻求爱情。

婚后偷吃型的男人，邂逅了缺乏爱情的饥渴女人，结局往往是残缺的。如果他为你抛弃了幸福的家庭和你在一起，假如有一天，再出现一个比你更优秀的女人，他会不会再像抛弃前妻一样抛弃你？这样的男人是没有责任心的，跟一个没有责任感的男人生活，你有跟他相处一辈子的勇气吗？如果他有责任心，不会抛妻别子跟你在一起，那么你们注定只是玩玩。感情不是游戏，不能随便玩的，到最后，受伤最深的还是女人，这是毫无疑问的。

很多时候，很多爱情注定是只有付出而没有回报。见不得阳光的爱恋，只能让你享受短暂的刺激，这刺激有多深，最后伤你就有多深。没有结果的爱情，即使你付出再多，哪怕是用一生来当赌注，注定还是以悲剧收场，为了一段没有结果的爱情苦了自己，又何必呢？

既然已经错了一次，就别再错下去，再爱他也别说出口，放在心里就好了。曾经有过的美好记忆，就是对这段无果爱情最好的纪念。

爱上一个人没有错，只是，爱上了一个不该爱的人，这或许是世上最无奈的爱情了。邂逅了一段见不得阳光的爱情，会误导你爱的方向，只有结束这段阴暗的爱情，你的心扉才能敞亮，才会有更多的机会享受爱情的沐浴。

不属于你的男人，永远都成不了你的真命天子。只是在你感情落空的时候充当了一个角色。在这个世界上，那个真正爱你，会给予你幸福的男人，就在阳光沐浴下的某个地方等待缘分的降临，等待与你的邂逅。

别抱怨等得太久，好的结果，好的爱情都是要经历长时间的追寻和等待的。不然，也不叫幸福的真爱了。

爱有多深，痛有多深

不敢说你的付出终有回报，但这个世界上，很多东西都是对等的。

比如说爱情，你爱他多深他就会爱你有多深。爱上不爱自己的人终究还是少数，他不爱你，你却仍然还在为他付出爱，可以说是傻，也可以说伟大，你付出有多少就有多傻，对等的，也有多伟大。

讨厌一个人的时候，鸡毛蒜皮的小事都能够争吵起来，这并不是已经不爱对方，而是爱情到了停滞期。爱情就是这样，不进则退，它不会在原地踏步久久等候。当爱情停滞不前，找个彼此相爱下去的理由，还能好好生活。如果有一天，缘分耗尽，不得不分手，伤的最痛的人是不愿放手的人。

这种痛，是因为你已经爱到了一定程度。他不爱你而放手，你心痛，是因为你心有不舍、心有不甘。这种痛，说不出，道不明。只能自己忍着，直到能够淡忘；这种爱，不能坚持，只能放弃，纵使再有不舍，也只能放弃。

爱有多深，痛就有多深。大家都知道这个道理，只是，感情就如汹涌的潮水，到来时任谁也挡不住。没有谁愿意自作多情，没有谁愿自寻烦恼，只是你爱的他，就是如此令你难忘，无法让你割舍，你害怕错过了今生恐怕再也难遇到。

爱情永远是人世间永恒的话题，它把两个陌生人变成了最亲密的人，却还能将最熟悉的人变成陌生人。在这其中，没有谁对谁错，谁对不起谁，谁欠了谁……

我们身边常常有一些美好走过，但却无力挽留。凋谢的花，美丽不再，只能待下一个今时今日待放它的艳丽，很多事情，看不到结果，却已经有了定局，即便是再加油，也无法提供动力了。

爱情很多时候都会让时间与记忆背道而驰，很多年以前，我们开始相信，所谓爱情，都是因为寂寞，在那个瞬间。很多年以后，我们又开始相信，有些事物或者有些人，仅仅是我们的纪念，这个世界，没有人必须为我们停留。我们也不会为任何人停留，除非你愿意经受寂寞的折磨。

爱情就是生命的火焰，很多人愿意为爱人甘当那扑火的飞蛾。只是，当自己被烧尽，也赢不回他爱你的心。并不是你对他的情不够，也不是你对他的爱不够真，他不爱你，所以，你对他的爱付出越多，心伤也会更深。你永远不懂为什么他要伤害爱他的人，为什么要让你流泪。这场爱情就像是一次沦陷，爱你，却不得不离开你，枯萎的玫瑰始终会被风吹落。

好吧，你走，不要回头地走，在我崩溃之前……我想，这是我最后爱你的方式。

放弃，有时候也是一种拥有，一些伤感，一种领悟。更多的是一种洒脱。这也许是一个不情愿的选择，但也可能是一个最好的解脱方式。

我尊重你的选择，把手放开，把爱放开，就让我彻底地伤再彻底地醒悟。曾经的深爱和无言的憎恨，刻骨铭心的爱恨纠缠，在生命的尽头，是一片平静。即使在深切的热爱里面，我们也是孤独，繁华落尽，如梦无痕。

缘来，爱至；缘尽，爱灭

爱情来的时候，我们会跟着感觉走，这种感觉是美妙的，只是，我们不知道这种感觉能够持续多久？

很多时候，当我们还沉迷在美梦中时，自己早已迷失了方向，还未醒来的时候，爱情就已经转身离去了。在我们回首的那一刻，所有的美景顷刻间变成了荒芜。风干了眼泪，心却还在半空中摇摆。不是谁的错，缘分来了，爱情就来了，缘分尽了，爱情也就灭了，美梦终归是场梦，醒来后发现，泪已湿透睡枕。

爱情来了的时候，我们会变得迷茫，在这个唯美的世界里，我们看到的只是对方的好。他的爱，让你陷入泥潭，即便你知道是深渊，还是会纵身一跃，你只想表达你对他的爱，只想证明你比他爱你更爱他。

但你跳下去后，他丢下了一杯毒酒，转身离去。你醒悟了，其实，你爱上了一个并不爱自己的人。你们的爱情自始至终都是一场计划，你只是他的一个猎物，只是，你已经困在其中，被爱情剥削得只剩下爱他的灵魂。醒悟了，为时已晚，你在深渊中已经无法解脱出来。

爱上一个不爱自己的人，是很卑微的，因为陷得太深，即便是他给你杯毒酒，你都会含笑饮下。值不值在你看来已经不再重要，付出的所有也在饮下毒酒的那一刻烟消云散。从此各走其路，互不相干。

毒酒并没有要你的命，并且淡化了你回忆中的怨恨。经历过后，你不再是个爱情笨蛋。不会再为谁纵身跳跃深渊，不会再为谁含笑饮毒酒。在那次缘尽的一刻，你把自己的爱情变得高贵。后来再遇到爱情时，你会审视它的真诚度与含金量。在审视中选择你的爱情，决定是找个你爱的人，还是爱你的人。

后来，于千万人之中遇见曾经的那个人，于千万年之中，在时间无涯的荒野里，没有早一步，也没有晚一步，刚巧赶上了，那也没有别的话可说，唯有轻轻地问候这次艳遇的另一位主角一声："噢，你也在这里吗?"

经历过了，你才知道，原来爱情里没有对与错，也没有先去后到，只有爱或没有爱，只有谁爱谁多一点，没有要等到错过了，再后悔当初自己为什么没有夺取，夺取过才没有悔怨。于是，关于那段曾经的恋情，你变得豁达，不会再用悔恨来惩罚自己曾经的付出。爱过，活过，不管曾经受过的心伤有多深，至少还有那么点值得回忆的曾经。

我们知道曾经爱过多少人，却不知道将来会爱上多少人？丘比特给我们的缘分很多，我们却只能在这些缘分中，把握一个五百年前的那个守候。他是谁？何时出现？我们无从得知，当缘分来的时候，我们只能去接受缘分，你可以拒绝，但在你拒绝缘分的同时，也可能是拒绝了一生的幸福。

缘来，爱情来；缘尽，爱情走，有些人只会经历一两次，有些人却要经历几次。但不论经历多少次，每次或来或走的缘分，都孕育着新的希望。失去后才能知道拥有的可贵，幸福的两个人不都是在经历过一次或多次的失去后，才更懂得珍惜现有的幸福的吗?

在缘分中寻找那个人，在缘分中等待真爱，这是需要时间的。在对的时间对的地方，遇到对的那个人，或许只能在你经历过多次的缘来缘尽之后才能邂逅。

把爱留给值得的人

一个女孩告诉我说，她男友去法国留学后，音讯渐少，每次她打跨洋电话给他时，要不因时间差而挂断，要不就说他在图书馆看书或者正和同学复习而简聊几句匆匆挂断电话。

我不想打击她，但是，不得不告诉她我认为的事实，男孩已经不再爱她了。

半个月后，她再次跟我联系，她说我猜对了，男孩在留学后不久便爱上了当地的一个女孩，诉说着，女孩禁不住泪流满面。

爱情很美好，却在很多时候经不起现实的考验，提干了，就要跟曾经是同学的女友分手，选上司的女儿；升官了，就觉得老婆太难看了，换老婆；出国了，就踢了国内的老婆，找个洋老婆；爱人有病，就一脚踢开，找个没负担的；女人，看见个又帅又有钱的，就直接跟着私奔。现实的面前，我们所见到这样的案例已经不在少数。

我告诉女孩，她是庆幸的，至少在没有与这个男人更进一步的时候发生这样的状况，对于一个不爱自己的人而言，早分手早好，对自己是一种解脱，离开他，是为了你的幸福，也是为了把自己的爱留给值得的人。

爱情有时候会让人变得盲目，最开始以为是爱你，因为接触的人少，没有办法衡量爱的分量。后来，见识广了，接触的人多了，经历的事情也增多了，明白了什么是爱，什么是喜欢，或者知道了爱你的分量是多少，如果他邂逅了一个比你能够更让他心动的人，他会选择更好的。但他的离开，并不是因为你不优秀，而是他配不上你的爱，懂得欣赏你的那个人还没有出现而已。

一个有才华，有能力，有涵养的人，定然不会久居人下。人的机遇会变，许多重大转折常有出其不意之处。这意味着阶层有流动的可能性。而人性中的丑陋、龌龊、阴暗，却是深入骨髓，永远也难以清除的。狗改不了吃屎，屎壳螂爬的都是粪堆。天上的云和土里的泥怎可同日而语？把爱给配得上、值得的人。爱除了爱、理想主义，还有品质、忠诚、责任。否则，只是迷恋罢了，终是脆弱虚无，昙花一现。火红的罂粟美艳无比，但致人死命的正是它。理性和判断，将拯救所有深陷泥潭的人。

爱情包含多重因素，钱绝不是唯一。爱是双向选择，你衡量别人的时候，别人也在考量你。物质和品质都是硬伤，没有哪个更不重要。人只能看到别人的缺点，却看不到别人的优点。对自己则相反，这往往成为惹祸的根源。人眼光都朝上，你看上的人，很可能眼光还在上。就是正合适，可能还有你不了解的很多缺点和问题。

十全十美的男人和十全十美女人的组合，注定是肥皂泡。何况，这世上没有这样的人。幸福与一定的条件相关，但并不绝对，一千个人有一千种选择。

我们的一生中会邂逅很多的人，有些人只能陪伴我们度过一阵子，有些人只能陪我们看几次日升夕落，这些人都只是我们生命中的一个过客，只是我们人生中的一道风景。在我们邂逅的所有人中，也只有一个陪伴终老。这一个人需要等，需要缘分的恩赐，也需要自己的争取。

这个世界最宝贵的东西并不是我们现在所拥有的物质，而是陪伴在我们身边的那个人。只是，我们不能强求任何一个人来爱我们，同样的，我们也不能强迫自己去爱任何一个不爱的人。

爱情本身就是两相情愿的事情，急不得，只能等，他还没有出现，只是我们的缘分还未到，努力还不够。在等待这份缘的时候，我们也在沉淀自己，让自己变得更有魅力，努力让自己成为值得爱的人。这一切，只为那个人的出现，如果这个人最后还未出现，那不能怪自己，只怨缘分弄人。

感谢你说不爱我

当你不再爱我的时候，请提前告诉我，我不想让自己的付出不明不白。

我知道爱情不能强求，但我能够在强求之前收回对你的付出。爱你，已经倾其所有，我不想连最后的自尊都丢失。

为爱，我能够付出疯狂，却只能受一点伤，我不想爱你之后，留给自己的全是心伤。爱情不能勉强，更不能假装，所以，很感谢你说："我不再爱你。"不然，我还不知会被爱情迷惑多久。

不用对我说："你一定会找到一个比我更好的人。"

在你离开我心里的那一刻，我已经开始学会腾出空间容纳那个更爱我的人。爱你的时候，我会封闭心灵，因为里面只能也只会容纳你。在我付出了真情实意，你的绝情却在某个不经意的时刻告诉我，你已经心有所属。

放手让你走，离开我的世界，孤独才是我最好的朋友。不用怜悯地说：

"其实我还爱着你。"

在我肯定你心不在我身上的时候，这句话已经成为笑话。我们之间的海誓山盟，曾经的甜言蜜语只能定格在过去，今后，我的生命里不再有你，就像你的生命中不再有我一样。各自潇洒的解脱，不要"再见"，如果是"永别"最好不过。

分手，意味着结束，意味着一段感情的终结。只是，终结之后，剩下的便是长久的回忆。其实，很想念过去，关于你，关于彼此间的那些事，只能是淡忘，却忘不了。我们曾经肆无忌惮地笑。怀念我们曾经的喜怒哀乐；怀念我们曾经天真的誓言；怀念我们曾经一切的一切。只是，如今我已释怀。爱情在的时候，你是我的我，我是你的你，爱情不在的时候，谁也不再是谁的谁。没有谁会一辈子陪在谁的身边，即便是再好的结局总有一个人会先走。既然爱已不在，我只希望我们都好好的。好好地笑，好好地过，好好的一辈子。

后来才知道，感情终结并不意味着结束，终结之后的回忆，最初的时候有些伤感，随后，变得有些感触，最后又变得那么的甜蜜，尽管曾经感觉如此之伤。时间的酝酿已经将爱情发酵，这种味道是特别的，只有经历过的人才能真实感受。

年轻的时候，对于爱情总有些疏忽，只是，疏忽的那一点或许就是我们今后回忆的伤口。没有把握住，所以丢失了爱情，总以为最好的还在后面，岂不知，现在拥有的就是最好的；总以为还年轻，可以晚些结婚，年纪大点后才知道，原来爱情是不等年龄的；总以为距离太远，等待也是无果，其实爱情是可以和你一起坐火车的；总认为自己家境不好，配不上对方，丢失后才明了，我其实是个可以给她更好生活的人；总认为家人的建议就是圣旨，违背意愿娶了一个不是她的她时，才恍悟，爱情原来是不能勉强也不能放弃的，不要因为外人反对而放弃，幸福是靠自己争取的。

爱着你，如果只是我的一相情愿，是不是分手才是对你的解脱？如果是，那我宁愿先开口违心地对你说：“我不再爱你。”

然后，你再坦诚地告诉我：“你一定会找到一个比我更好的人。”

我不想看着你痛苦，因为我还爱着你，或许有一天，我在邂逅比你更好的人之后，再次遇到你，我也会坦然地对你说：“当初谢谢你说不爱我。”

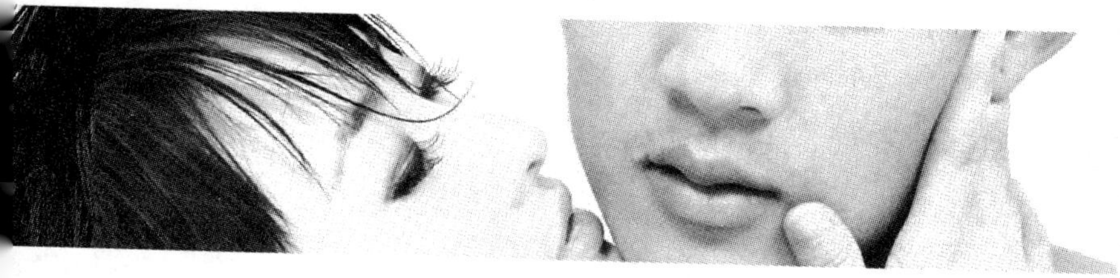

>>>其实我们都很幸运<<<

活着，就是幸运的。爱自己想爱的人，被自己爱的人所爱，都是一种幸福。我们幸运地享受着爱与被爱的幸福。

记忆最深的那个人

很多读者都会问我同样一个问题：能记得自己写过的所有文章吗？

有些我会记得很清楚，但有些我已经记不太清了。时间会走，人会变老，我们的记忆也会随之衰弱。对于一些并非重要的事情，我们都会逐渐淡忘，或者说记忆变得不再深刻。就如同在我们生命中走过了许多的人，经历过了许多事，有些能让人终身铭记，有些只能记住一段时间，有些则并不能走进我们记忆的大门。

你能记住的人有几个呢？在路上遇到一个似曾相识的人，你总觉得在某个地方见过，肯定有过交流，可记不起他的名字，模糊的记忆中只留下残留的余味。因为他对你并不重要，只是匆匆的一个过客。所以，你没有把他放在心中，记忆中没有他的一席之地。但人的一生中，总有那么几个人，纵使几年、几十年不再见面，他在你的记忆中仍然栩栩如生。

多年之后，你与记忆中的他偶然相遇，那一刻，以往在一起的岁月仍然恍如昨昔，因为你曾经深爱过他。唯一不同的是，你对他的记忆只停留在离别之前。不管是两情相悦还是一相情愿，纵使再甜蜜抑或无奈，都已冰冻在过去。

有爱的记忆，才会有生命，有生命的记忆，才能让人终生不忘。尽管岁月会削弱曾经五颜六色的色彩，但终究不影响他在你记忆中的位置，因为有爱路过，路过的这个过程最让人难忘。

忘记一个人，并非不再想起。多年以后偶尔想起，才发现，心中已不再有波澜。真正忘记，是不需要努力的。每个人的电话本里，都会有那么一个你永远不会打，也永远不会删的号码；每个人的心里，都会有那么一个你永远不会提，也永远不会忘的人。这个人在你的记忆中占据着难以抹去的位置。

有些人，有些事，你并不想记住，因为他伤害过你。你铭记的这个人，在你的记忆中肆意地划着伤口。你想忘记，也尝试着用各种手段将他和与他曾经的种种清除记忆，可还是徒劳。因为，他在经过你生命的时候，已刻下了深深的烙印。很多事情，很多人，你越以为可以忘记，却越显得记忆深刻。

既然想忘又忘不了，那就放在心底吧。一切交给时间和新的恋人。如果这样还是忘不了，那只能证明，时间还不够长，恋人还不够好。时间需要多长？当恋人不够好时，时间会相应的拉长，当恋人足够好时，足以替代他在你心中的位置，曾经的那个人，纵使忘不了，也不会再把伤害带进你的记忆。

不属于你的人，即便在你的记忆中再深刻，也只不过是你人生中的一个过客，匆匆地经过也好，停留过一段时间也罢，结果都是一样，离开了你的世界。所以，他们只是一个过客，只是人生中的一道风景罢了。

记忆中的某些人，某些事，纵使让你记忆再深，在冻结过去的那一刻，也就意味着你要学会淡忘。时光流逝，我们蓦然回首，都已经变得不再重要。过去式的人和事，终究只能停留过去，化为未来的记忆。

夫妻间的争吵

两个人在一起久了，吵架是在所难免的吧？

每对夫妻都希望能相敬如宾，举案齐眉。可面对生活中大大小小的琐事，再和睦的夫妻也难免意见不一，出现争执。或许是因为性格不合，或是因为鸡毛蒜皮的小事，不管是出于何因的争吵，当时的心情是在所难免的难过与气愤。

我曾经写过关于争吵与恩爱的文章，吵架能够怡情，能够促进夫妻间的情感交流，在发泄中寻回丢失的激情，气愤也好，责怪也罢，吵架也是一种交流与沟通的方式，当然，我倡导的是小吵。

没有恋爱的时候，我们独守寂寞，漫漫长夜在无聊与无声中消失。已经习惯了一个人的生活，一个人的寂寞。后来，我们邂逅了缘分在冥冥之中安排的那个人，甜蜜中，我们感受着爱情的神奇与伟大。再后来，那个人成了我们一生的伴侣。

爱情在生活的吞噬中丢失了激情，理想中的生活不能在现实中演绎，我们开始伴随着日常的琐碎事宜，悄无声息地发生了变化。交流变得越来越少，各忙各的，似乎，就像两个最熟悉的陌生人合住一起。这种变化从什么时候开始的？谁也说不清楚。

日复一日地数着时间度日。心中积累的话如山丘，却无法与这个终身相伴的人倾吐。后来，因为对方某个不经意的失误，让你爆发雷霆，如机关枪的数落噼里啪啦地脱口而出，也只有这个时候，你才觉得原来自己还是有这么多话对他说。只是，在争吵中，你吐出来的都是伤人的话，既然伤人自然是伤感情的。

不知道怎样结束的争吵，原本以为会快感连连，岂料，你在短暂的快感之后迅速转为自责：

“我怎么能对他说那些混账话？”

他不开口就回绝，一味地忍受你的责备，世界上也只有他才能如此容忍你。在那瞬间，你才知道，原来你们的爱还在，一直都在，只是疏忽了沟通，才误以为彼此间的爱已经丢失。

争吵过后，大部分都是男的先嬉皮笑脸认错，逗你开心。后来，你发现，原来吵架也能有促进感情的特别功效，于是，经常小吵随之演发，有事没事来点小吵给生活调调味，未尝不是好事。

每一段爱情都是不可避免的有碰撞，有争吵，有那么一段时间，像是厌倦期。我这么称它的。每天都会吵架，会流泪，会闹得不可开交，可是后来你发现你们不吵了，或者吵得次数少了，因为你发现变了，你还是那个蛮横的你，可是他变得忍让、退步，并疼爱你了。

夫妻之间的许多争吵都是因为小事而起。同样的一件事，因为来自两个不同的家庭，个人的经历、所受的教育、价值观念等等的不同，所以意见不同甚至是相悖，完全可以理解。

我身边有不少表面恩爱有加的夫妻，平日生活中，他们相敬如宾，但实际上在家里却鲜有沟通，彼此间恍如合租者而已。我并不提倡夫妻一定要相敬如宾，我曾经写过一篇《相敬如宾未必是真相爱》的文章，引起了很多读者的共鸣。两人既然在一起，便已经是融为一体。彼此间必须是真实的自我。我见过很多经常争吵的夫妻，但他们依旧恩爱有加。

我经常跟她吵架，不过都是小吵，当我们吵架吵到一半时，我们都会不约而同地笑出声来。爱情里总得有人让步，总得有人珍惜，或者更珍惜，我们约定吵架的时间不超过一个小时，吵着吵着你说："亲爱的，一个小时到了，歇一会儿吧。"

这种情感的交流已经演变成了一种默契，夫妻间别有的一番"调趣品"。

言不由衷的爱情

说爱你的人未必真的爱你，说不爱你的人，不一定就真的不爱你。爱情里，很多人都会用言不由衷来伪装自己，不爱你的人说爱你，大都是出于某种目的，爱你的人说不爱你，大都是出于某些无奈。

读懂一个人的心很难，即便你认为他爱你或者他不爱你，都是一相情愿的想法。对于一个自己爱的人，你不敢表白，只因害怕受伤。于是，悄悄地关注着他，浅浅地交往着。说着一些与爱无关的话，却做着一些爱他的事情。只是，青春懵懂的我们很难理解这是爱还是喜欢。她对你有好感，却跟你一样，做着同样的事情，说着同样的话，即便是水到渠成的那一刻，彼此还在伪装自己的心思。因为年少，因为没有经历过，所以，我们很迷茫，不知道如何表白，尽管那只有三个字的勇气，却还是如此虐心。爱情就需要那么点勇气，但这点勇气却偏偏难倒了大片人。

后来，我们在一次聚会上，当年你深爱着的那个人，在你耳边轻轻地对你说道："那个时候我是爱你的，但是我不确定你爱不爱我，所以，我一直不敢说出那三个字。"你又何尝不是？举着酒杯看着曾经爱过的那个人，曾经的事情依旧历历在目。只是，今非昔比，你们已经各有家室，对于这番酒后真言，你唯有苦笑地伪装成惊讶的模样："哦，我知道了。"其实你心里在想："如果那个时候我告诉你我爱你，该多好。"因为知道时光不复返，于是，你还是说着言不由衷的话，把最真实的那句话依旧深藏心底，回忆在瞬间充斥了无奈，连一丝后悔都提不起来。

我们去过很多地方，看过很多风景，我们经历过很多，遇到过很多人，也弄丢了很多人。旅行中，我们拍下了很多美景照片，却很少再翻开过，我们曾经写的日记也再没有看过，爱上一个人的时候，手机编辑了很多条信息，却始终没有按下发送那个键，我们曾经疯狂地爱上一个人，却说不出喜欢他哪一点，也不敢开口说出关于爱情的只言片语，只能让它在心里疯狂滋长。面对他，你依旧能跟他说着言不由衷的话，却在静静地等待他的表达。只是，他没有说出来，或许他并不爱你，或许他爱你但也跟你一样，也是说着一些言不由衷的话。这样，爱情慢慢地变淡，后来变成了喜欢，再后来变成了好感，后来的后来，干脆化为了回忆，爱情不再是爱情，只是人生中的一道美景了。

岁月将我们慢慢催老，经历的事情也随之增多，年纪大点再回首过去，发现，我们慢慢地丢失了很多东西，曾经的那次甚至是好几次的言不由衷的爱情，让我们对爱的理解有所转变。

不知道从什么时候开始，我们已经不能那么轻易地去爱，发现不能那么轻易地被爱了，发现不能那么轻易地开始爱情，发现不能那么轻易地放开一个人的手，发现不能那么轻易地牵起一个人的手，发现不能那么轻易地就让那个人走进自己的心，发现不再是那个轻易伤害别人也被别人伤害的自己，发现不再是那个对爱情说着言不由衷的话的自己。

岁月这把无情的杀猪刀，在无情的岁月里，我们努力地活着，戴着面具生活，说着言不由衷的话，做着身不由己的事，甚至是爱着不爱的人。就这样虚伪地活着，为了某种目的而爱着。

有些记忆已经淡化，但有些人却依旧在你情海中活跃。或许你还单身，等待着曾经那个对他说着言不由衷的话的某人。只是他早已离开了你所能关注到的范围。夜深人静的某一刻，你终于明白，感情是冷暖自知的东西，不再去跟别人解释自己；你终于明白，从当初离开他的那一刻起就注定了你无法回头的青春。

某次聚会，你见到了曾经的那个他，你轻轻地在他耳边轻语：“那个时候我是言不由衷，我是深爱着你的。”你很想听到他的回答，尽管答案已经不再重要，你只不过是想弥补曾经的遗憾。

爱上另一个我

朋友曾经问过我："怎样才能更好地认识自己爱的那个人？"

我告诉他，最好的办法就是不抱任何希望地去爱她。

我们能够有办法认识自己爱的人，却很少有人能够真正地了解自己。于是，又有读者问："如何才能最好地认识自己呢？"

我想，最好的办法应该是不抱任何希望地，去爱一个人，包括你自己。去爱的那个人，必定是自己所爱的，也值得自己去爱的。

爱上一个人的时候，你会惊讶地发现自己变得不再是曾经的自己，是他在无形中改变了你，你在爱与被爱中幸福的蜕变。

爱上了自己爱的人，但是，我们为什么会爱上他？我们只不过是在某天不经意的时刻，乍然相逢，他的性格与我迥然不同，他的爱好与兴趣与我格格不入，明明知道他没有什么值得我去爱的，但我还是那么如痴如醉地爱着他。后来，相处的时间久了，你终于发现，原来，不善表达的你，曾经就想变成他这样的直爽性格，你在他的身上看到了另一个你，一个你未曾拥有却又想拥有的另一个自己。

你从未想过自己不喜欢看的书，喜欢看了；曾经很反感喝咖啡，现在喜欢了；曾经总会莫名其妙地发脾气，在他面前你却变得温顺大度；曾经害怕看恐怖片，现在竟然爱上了。一切都在无形中转变，就连你自己也察觉不到。

爱上一个人，就如同爱上了一面镜子，在长久的相处中，他的身上有你喜欢的，也一直是想拥有的，所以你爱上了他。他的出现，他身上的种种，都反映了你的某些特质，就像荷尔蒙散发的奇特味道，深深地吸引着你。后来你才感觉到，原来，你爱着的他，就是世界上的另一个自己。

曾经藏得很深的东西，甚至是自己从未想到过的东西，原来是这样的神奇。身边的他，竟然能够让你看到自己的另一面，重新认识自己。你爱上的他，是向往的另一个自己，他拥有你没有的缺点，也有你想拥有却一直无法获得的优点。

如果不是他的出现，你永远不知道，自己原来还想变成另一个人，自己心里原来还隐藏着一个未曾发现的另一个我。曾经你以为很了解自己，但他的出现让你深刻地知道，即便是自己对自己的了解，也只是片刻的。想完全的了解自己，需要爱的那个人来帮你挖掘。

你想成为一个怎样的人，你便会爱上一个怎样的人，他是你的一面镜子，照出了你真实的一面，对着这面镜子，你在逐渐地蜕变，这种蜕变，是为他，也是为自己。

后来，在相爱的这段日子里，你变成熟了，蜕变了，但是他却没有。你突然觉得自己已经不再像从前那样痴迷于他了，他已经成了你的过去，过去的你。

在某个不经意的时刻，你邂逅了另一个人，相处之后，你有种似曾相识的感觉，为什么他的某些地方那么像你？后来，你爱上了他，又爱上了另一个自己。这个世上像你的人不仅仅是一个，只是，终成眷属的却只能是一个。他或许不一定是最像你的，但一定是在最好的时机出现的。

老了就是老了

一个人是有三个年龄的，心理年龄、外在年龄、实际年龄。在这三个年龄中，唯有实际年龄最让人惶恐。

朋友说我有着 70 后的心理，90 后的外貌，80 后的年龄。岁月不饶人，即便看起来再年轻，我毕竟到了青春的尾巴。我不是故装成熟，并非故扮年轻，大家看到的就是一个真实的自我。

人们总用“心境年轻人就年轻”来自欺欺人。一个人年轻就是年轻，老了就是老了。这是改变不了的事实。一个年纪花甲的老人，心境再如何年轻，打扮得再花枝招展，终究逃不过岁月的残忍；一个年轻人即便说话再成熟，内心再早熟，终究还是个年轻人，这是改变不了的。

年轻的时候，我们总会忽略青春的可爱，因为不能用成熟的眼光去看待。青春还在的时候，我们总想在他人面前变得成熟而老练，于是，在装扮上打扮的老成，举止故装成熟，改用大人的口吻说话，就这样，在伪装下开始了“老人”的生活。

后来，我们真的送走青春，或者即将送走青春时，又是如此万般不舍，死死地抓住青春尾巴。不知从何时开始，羡慕比我们年轻的人，羡慕他们有青春可以浪掷。感叹岁月的无情，面对岁月催老的残忍，我们只能用心理年龄和外在年龄来替补实际年龄的衰老。我们学着青春的打扮，注重保养护肤，展现给人的是一种青春的形象，年轻人的朝气，外貌比实际年龄年轻得多。只是，这青春包裹下隐藏的始终是自己不再年轻的岁数。

年轻的时候，时常会有抱怨，那个时候，我们总会容易悲伤忧虑；那个时候，总觉得自己做事过于忽略后果；那个时候，总是那么的愤青，看不惯一切自己不喜欢的事与人；那个时候，总觉得自己是孤寂的，没有人能够读懂我；那个时候，总认为别人对自己的关心简直就是束缚，没有自由可言；那个时候，为梦想和和目标付出诸多努力，但都以失败收尾，于是，开始变得烦躁，感觉世界的不公；那个时候，因为一事无成，总感觉周边的人在嘲笑自己；那个时候，就是不明白，自己喜欢的人为什么不喜欢你，而你又是如此的优秀，更糟糕的事，他竟然喜欢上了一个你根本就看不起的人；那个时候，我们为什么会死死地爱上一个，现在看来根本就不值得爱和珍惜的人？

那个时候没有经历过，所以不懂，一切都是在当下的心境中做着自己认为对的事情，即便是满腔抱怨，都是对的。年轻的时候，感觉青春没有那么的好。

后来，在岁月这把“杀猪刀”面前，我们已经不再年轻，青春逐渐地离我们远去，以前过生日都说：“恭喜你又长大一岁。”而今，都会开玩笑地说：“恭喜你，又成熟了一岁。”是不是成熟就意味年老？至少实际年龄不再年轻的话，可以如此认为。

人就是这样的执迷不悟，只有当我们手上已经没有青春了，肉体也不再青春了，才了悟青春是那么的可爱与美好，尽管那时年少错过了种种，但始终是人生中最绚烂的年纪。而今，青春一去不复返，一步步迈向了成熟的年老门槛，我们又不得不以真正成熟的心态来面对。

年轻的时候，很单纯的爱情，恋爱着，幸福着，希望时间能够永远停留在浪漫激情的那一刻；老了以后才感觉，原来爱上一个人的时候，可以不去计较爱情的浪漫和很多种的爱情方式，每个人的爱恋方式都不同，知足就好，平淡才是幸福的根本。太贪心了会失去难得的真爱。年轻的时候总以为爱情是不会长久，年龄渐长才知道，那是错误的爱情观。爱情没有长久，因为你没有做到保护真爱，才会导致它的短暂，才会不长久。

花开花落，有灿烂时也有凋零时，当年轻不再，我们必然要面临年老，这是人生的一个过程。

陪你吃鱼的人

我是个无肉不欢的人，对于吃鱼却不怎么热衷。单身的时候，很少会吃鱼，并不是害怕弄不掉的鱼腥味，主要是害怕鱼刺。

小时候吃鱼经常会被鱼刺卡住。所以，每次吃鱼，妈妈都会帮我把鱼刺挑净。自当兵到退役工作至今，一直改不了吃饭快的习惯，所以，对于吃鱼我是没有耐心挑刺的。与其让我花上几分钟挑鱼刺，不如让我多吃几块红烧排骨更来劲。

后来，遇到了生命中的她，我的饮食习惯也有了很大的改变，不管是否自愿，终究是改变了，以前不爱吃红萝卜，现在也能吃上一些；以前从不吃苦瓜，现在也不讨厌了，饭桌上不再是永远的肉，还有相等配量的青菜。当然，鱼成了我们饭桌上的“常客”。按她的营养食谱来说，每周我至少得吃两次鱼。

“为什么?”我曾经问过她，因为我对饮食营养纯属白痴。她说，因为我的工作性质，我是经常用脑过度的人，而多吃鱼是有效补脑。她的用心良苦，最终说服了我。

但她知道我吃饭快的毛病，所以在吃鱼的时候，会再三提醒我小心鱼刺，或者，干脆把鱼刺挑出来后放到我的碗里，有她在，我从不担心会被鱼刺卡住。

吃鱼，最好吃的当然是鱼头，还有便是鱼肚周边那块。这两个地方的鱼肉是最美味的。这一点儿当然不够我吃了。于是，在我先把这两块地方的鱼肉吃尽时，她已经将鱼的其他部位的鱼刺挑出来了，不会耽误我吃鱼的最佳时机。

她是喜欢吃鱼的，但是却总会将最好的部位留给我，最初的时候，我是想将鱼头留给她，自己吃鱼尾即可，鱼尾都是鱼骨，我也只是用嘴吸吮一番，所以不用担心会被鱼刺卡住。但是，她不让。

爱你的人总想将最好吃的留给你，不是吗？她就是这样。看着我吃鱼她很高兴，我当然是会选择多吃点。

无聊的时候，来点恶作剧：

“哎呀，不好，我……我被卡住了！”

装出一副眼泪都要流出来的模样，看着她为你着急，急忙给你倒水，逼着你喝下时，心里头有种难以言喻的幸福感。

不知道从什么时候开始，我已经开始不排斥吃鱼了，一周两次必不可少。平时吃其他肉的时候，因为不用担心被卡住，所以一直“享受”不到吃鱼时的待遇。在吃鱼的那顿晚饭里，我喜欢看着她给我细心挑出鱼刺，然后，再看着我狼吞虎咽地消灭。快吃完了，再看着她给我盛饭，吃清蒸鱼的时候，再细心地在我的饭里头倒点鱼汁。那时候吃饭吃的可真是一种心情，不，应该是说一种甜蜜。

饭桌上，陪你吃饭的人或许无数，但是能够强迫你吃鱼，最重要的是，会细心地给你把鱼刺挑出来的人却不多，在这些不多的人当中，能幸福地看着你把鱼肉吃尽的那个人，无疑就是陪你走尽人生的最佳人选了。

爱一个人久了，你就是他了

“爱一个人久了，你就是他了。”看到这个标题时，或许有些读者会备感诧异。

为什么会变成他呢？两个人本身就有不同的思想，不同的兴趣爱好，不同的行为举止，怎么可能会变成另外一个人呢？

有这样的疑问，想必你还没有恋爱？或者爱你的人并不是你的真爱？又或者你是还不知该如何去爱你爱的人？当你爱上他的时候，他便不再是你的“另外一个人”了。你会感觉他就是你，你就是他，有时候你甚至觉得爱他比爱自己还要深。

爱情就像磁铁，在一定距离的时候，心心相印，异性相吸，当距离越来越近时，吸引力也随之强大。两人最终抵不过磁性的诱惑，最终紧紧黏在一起，难以分离，由两块分离的磁铁变成了一块。当然，这是最美好的爱情。但爱情有时并不能如我们所想，当你爱上他的时候，他可能早已心有所属。在你一相情愿地放出诱惑时，他的爱情在磁铁的反面，你们永远也无法黏在一起，一相情愿的你，一直在苦苦追寻着永远也追捕不到的爱情。

有人会说：“江山易改本性难移。”即便是再爱一个人也不至于会改变自己的性格吧？

是的，江山易改本性难移，只是“难移”而不是“不能移”。改变一个人的性格，最有效的办法就是让他爱上你。就如同你爱上他一样。

当你爱上他的时候，你会揣摩他的兴趣爱好，他的性格，他的优点，他的缺点，他喜欢吃的菜，他喜欢去旅游的城市，关于他的种种你都感兴趣，这种兴趣是自然而然的，你会因为懂得了他的种种而开心。爱得越深，了解的也就越多。后来，你感觉自己已经离不开他了，公主脾气的你，在他面前竟然不敢生气；原本不吃辣的你，会尝试着陪同他去吃湘菜；原本爱看喜剧的你，竟然会跟他一样迷上了科幻大片，种种的转变，就连你自己都感觉到惊讶。

爱情也会传染吗？

这叫做耳濡目染，因为你爱他，甚至比他爱你要深得多，所以，你会学着走进他的世界。后来，就连你自己都不知道，自己的言行举止，包括所有的种种都在逐渐转变。某一天，你去参加聚会，你的朋友惊讶："天啊，你怎么喜欢上绿色的衣服了？"是啊，你一向很讨厌绿色的服饰，怎么不知不觉喜欢上绿色了？后来一想，原来他是喜欢绿色的。

"你以前不是不喜欢吃红烧肉的吗？现在怎么喜欢上这道菜了。"是啊，怎么回事？你仔细想想，陪他一起吃多了，自然而然就喜欢上了。

很长一段时间，没有见到父母了，抽个时间回家，父母惊讶道："我们家的宝贝，现在竟然没有公主脾气了，不挑三拣四了？"跟着随意的男人，你也已经变得不再挑剔了。

该正式介绍自己男友的时候，你把他带给所有亲友看，大家都会感叹："你俩真有夫妻相。"你心里美的脸都泛起红晕了。

爱情就是这样，当你爱上他的那一刻起，你就已经在不知不觉中受他传染，也许他也会不知不觉中受到你的传染，这叫做彼此已经习惯对方。爱情能够让你不知不觉中，因为某个人改变了许多，甚至已经慢慢地变成了他，但自己却浑然不觉，也许这就是爱的力量。

说爱情伟大一点不为过，爱能改变一个人，这种改变是情不自禁的，连自己都左右不了。当你遇到了一个想为他改变自己的人，那就是爱情来到的信号。这样一个人可遇不可求，所以，一定要珍惜自己所爱的人，不要等失去了才发现，原来爱情已经来过。

那个时候的我们

那个时候的我们只有十八岁，正值青春期的花季，还未完全脱去孩提时的稚气，对一切事物都充满了好奇与激情，甚至是幻想。感觉世间一切都是如此美好，肯定自己终有一日能成大器，不远，就在之后的几年。

后来，我们迈过了 28 岁的门槛，时间飞快，曾经从未恐惧时间的无情，转眼间却走到了青春的尾巴。我们用逐渐地成熟兑换了曾经的稚气，曾经满腔的热血激情已经所剩无几，掰着时间努力在前进的道路，十年过去了，依旧还在徘徊于奋进的旅程。

那个时候的我们单纯得像个孩子，情感就像一页白纸，爱上了一个人后，任由他在白净的纸张上涂鸦，以为这个世界只有他才能帮你丰富情感。为爱情做出牺牲，不计较回报，天真地想着，我这么爱着你，你也会这样爱着我；你就是我的唯一，我也是你的唯一。

后来，记录我们情感的那页白纸全是黑笔印记，记录的不再是与一个人的情感，在这些涂鸦中，我们终将变得成熟。爱一个人可以无谓地付出，只是，不能再为一个不爱自己的人倾其所有。爱不求回报，但是，我今后只为爱我的人付出。爱情不能勉强，如果不爱我，请提前告诉我，我会转身离去，即便心再碎，也只会在转身后才落泪，不想让自己的卑微被你发现，时间是最好的良药，我会在光阴的流逝中慢慢修复心伤。

那个时候的我们爱上了就以为可以终身，天真得无可挑剔。你不在身边的日子，每天都可以对着电话，横跨千山万水诉说衷肠，时间再久，也不舍得挂下电话。即便是在等待电话的时候，心还会不由自主地乱跳，脸还是会在不经意间变红，接通电话的那一刻，又将早已练习好的开头语忘得一干二净，那个时候，真好，因为有你，也一直感恩着缘分将你送到我的生命里。

后来，你不再爱我，让我收回我的爱。付出了，如何收回？在情感的决裂中，我们结束了爱情长跑，按心里想好的那样，转身前，我会笑着看你离开我的生命。曾经，只懂得为爱情付出，总以为付出终有回报。只有在受伤之后才能明了，并不是所有事情，付出了就有收获，爱情更是如此。一直蒙在鼓里，原来自始至终都是一个人在唱独角戏，曾经的海誓山盟也烟灰云灭。

那个时候的我们会大胆地谈一段没有结果的恋爱，爱一个今后才能知道不该爱的人。总以为坚持就是胜利，总以为用心付出就能换回一个人的心。即便是受伤了，也还有青春可以浪掷。因为年少，所以轻狂，因为轻狂，所以无所畏惧。

后来，我们都老了，蓦然回首，曾经是那么的幼稚。爱情不求回报，但是没有回报的爱情，注定是一段会让自己受伤的情感。如今的我们，已经没有浪掷的青春，感情的门不知何时已经关闭，想爱却又害怕再受伤，于是，我们小心翼翼地等着，等着爱自己的那个人出现，多少年后才知道，爱一个爱自己的人才是最好的情感归宿。

那个时候的我们总以为自己很年轻，在别人眼中也确实很年轻。于是，总会骄傲地认为，30 岁年龄太大了，40 岁就感觉已经老了，处于青春期的我们都是有大把优势，吹弹可破的美肌和完美性感的身材。凭借这些优势，天真地想着能够邂逅一个白马王子，再用自己的美貌和身体换回金钱和权利。于是，你会残忍地对追求你的人说："我这么年轻怎么能嫁给你这么老的人？"

走过了青春期，才知道，原来自己也会如此快的变老。曾经邂逅了白马王子，但他并不是你的真命天子，你用美貌和身材换来了金钱和权利的物欲享受，却发现已经丢失了路过的真爱。

爱情不分贫贱，真爱不分年龄。很简单的一个道理，只是，那个时候的我们从未懂得。

还没做的那些想做的事

人活一世，总感觉有些事情想去做，但一直没有时间，或来不及去做，又或者没有办法去做，我们不免会有一些遗憾，这种遗憾每个人都会有，或多或少罢了。

年轻的时候，是没有遗憾，而是满怀憧憬，因为自己还年轻，有大把的时间去做自己想做的事情。后来，我们在不知不觉中浑浑噩噩地度过了青春年华，回头看来，自己曾经想做的事情，好像还没有做多少，每天的忙碌已经没有机会，让我们腾出时间去做自己想做的事情。想做又没有时间去做的事情，慢慢地积累成山，由曾经的憧憬演变成了现在的遗憾。

为什么会是遗憾？

因为曾经想着20岁时去法国兜一圈的，尝试一趟年轻的浪漫之旅，现在早已走过了20岁的年纪；曾经想在24岁与生命中的另一半去欧洲的某个小岛度假一个月，只是那个时候还没有邂逅那个人。时间沦落到现在，已经过了曾经的那个年纪，没有了当时的冲动与憧憬。即便现在还有机会去弥补，也不再是最本质的原味，只是弥补曾经的遗憾而已。

在行色匆匆的步履下，我们都在与时间竞赛，面对工作，面对生存的种种压力，我们不知从何时起，已经不再对美好的事物憧憬，似乎，已经过了憧憬的年纪。曾经想做而又没有去做的事情最终悲戚的化为遗憾，等待着机会再去一一实现。

好几年前，我辞去了杂志社主编一职，那个时候是我最放松的一段时间，在辞去所有职务之后，我享受了接近一个月不用为工作愁苦的悠闲生活。我选择了一个很远却又很美丽的地方度假，过着与世无争的优哉日子，不用与时间赛跑。我曾经跟自己说，度假完之后，我不会再像以前那么忙忙碌碌了，要过些优哉的日子。可是，我重回职场后，却又不得不像从前一样忙碌。那悠闲度假的一个月时间，是我自上班以来最轻松的一段时光。

有读者问过我：“现在还有什么想做却又还没有去做的事情?”

我有很多，从入社会到现在，几乎每年都有想做的事情，但是都没有实现。如今，我最想做的事情是，背着一个行李包，一部相机，一张卡，一部 MP4，再带些散钱，不带手机，然后，徒步旅行。我不怕迷路，也不需要有目的地的旅行，随心所欲，跟着感觉走，拍下一路风景，感受一路风情，给自己的期限是 3 个月或者半年。期间，我要完成一部旅行纪实作品。

我还想去巴厘岛过上一个悠闲的假期，一同随行的还有我的爱人，什么都不用想，什么都不用做，当然，要有个很会做饭菜的厨娘。我们只负责吃饭、睡觉、看书、听音乐，或者对着夕阳静静地发呆，或者在海边捡拾贝壳，懒懒散散地做一些无聊的事情。

那样的时光多美好。只是我一直没有时间去做，或者说还没有机会去做，手头上还有忙不完的工作让我放不下。

我们曾经对自己许诺很多，但并不一定都能做到。很多时候，我们并不是真的想过那些悠闲自在的日子，只是我们想逃避现实的繁杂生活，潇洒的生活很多人想拥有，却没有多少人能够真正拥有。

又有读者问我：“这些还没有去做的事情，你还会去做吗？即便过了相应的时光。”

有机会当然会去做。毕竟那是自己曾经的一个承诺。如果实在做不了，那也只能将这些遗憾在时间的酝酿中，渐变成酒，跟那些无法实现的事情干一杯。

红颜知己

在爱情与友情之间，有一条路，这条路上有个冥冥之中注定有缘无分的人会与你邂逅，这个人不是爱人，也不是情人，她是你的知己。红颜知己是一种在精神上高于妻子的爱情形式，一种不能生活在一起的思想情人，一种灵魂交流胜于肉体交流的精神伴侣。

当一个男人对一个女人表现出喜欢而又仰慕，但不会有过多的非分之想时，这个出现在你生命中的女人就是你的红颜知己。

并不是所有男人都有如此好的佳运，能够邂逅这样一位女友。

如果你是个女人，如果你是某个男人的红颜知己，那是庆幸的，至少证明你的样貌和智慧都不算差。男人都是好色的，让一个男人与一个长相欠佳的女人交往，他甘愿与一个丑男做朋友。如果没有独有的魅力与智慧，也没有哪个男人愿意跟她分享自己的困难与心事。

长相出众的女人大多数会遭同性妒忌甚至排斥，在男人面前，她可以发挥出独有的女性魅力与温柔，这份温柔，即便是她的男友也未必能够经常享用。她们比男人更了解女人，这是她们独有的优势。

于是，很多男人都会在知己面前袒露出与妻子的不欢，红颜知己会站在女人与男人之间的立场给足你充分的建议。很多男人会向知己倾吐工作上的种种不顺心，这种倾吐，证明她有智慧，可以替他们分清形势，也可以替他们提出解决方法，即便是不能给出好的建议，至少也是个很忠实的聆听者。她对你的关心，就像工作到午夜喝一杯咖啡，越喝越提神，尽管她是一个注定不会和你扯上犹如夫妻与情人之间亲密关系的女人，却能分担你的快乐和忧愁。

有了这样一个女人，你能把有些不能说给妻子听的秘密说给她听；与她的倾诉，不仅仅是一种精神寄托，很多时候，她还能给你一种点拨，点拨你心中的迷津；这样一个女人，就是一个与你在精神上独立、灵魂上平等，并能够达成深刻共鸣的女性朋友。而不单单是让你一味倾诉烦恼的情绪垃圾桶，或者在外面的世界受了伤害才倦鸟望归的巢穴。

于是，很多人会问，为什么男人都想拥有一个红颜知己呢？我的妻子善解人意，既像情人又像知己，我还需要找个知己吗？

就如同每个女人骨子都想邂逅一个蓝颜知己一样，每个人都有这样一个情节，这并不是出轨的事情，如果能够邂逅如此知己，是你一生的庆幸。与我们相伴一生的人，是终成眷属的那一个，只是，很多时候，太过于亲密的两个人，往往会有一些无法言及的精神隔阂，而知己的出现，恰恰让你的这些隔阂有个安放之地。对于妻子，你是爱，对于知己，你是敬仰。

你的爱情里没有知己的位置，但你的精神领域里，却有她很重要的一席之地。她的出现，让你的心里话有处安放，让你的秘密有地方藏身，压抑的时候，有她为你开导。

如果你的妻子既像情人又像知己，那你是幸运中的幸运，这种概率很低，一旦你生命中的另一半是这样一个人，她把三个人的爱无私地给了你，你也应该要为她付出三份爱。

因为真爱，男女携手进入了神圣的婚姻殿堂，终成夫妻；因为知心两者结合，成为了知己。如果注意维护、创新、营造的话，一生永为知己应该不是难事。如果拥有的知己就是自己的妻子，一生温馨、愉悦，何必再多求其他红颜，能做到的自然是上品男人了。

红颜知己，是那个可以和她说心里话，但又只能是用心灵取暖而不能用身体取暖的女人。在你受伤委屈的时候，第一时间想起的人。是你的一本心灵日记，也是你生命中一个最长久的秘密。

蓝颜知己

有一种男人，很受女人的欢迎，他不是丈夫，也不是情人，但他却有丈夫的关心呵护，又有情人的温柔体贴。这个男人就是女人的蓝颜知己，他居住在女人精神领域的最深处。

他不一定是英俊的，但一定是非常了解她的；他不一定很有才，但他肯定是女人最忠实的听众。在女人眼中，他永远是自己最好的挚友。关系超过了一般的友情，却永远不是爱情。彼此之间的距离不会太近，太近了，知根知底，反倒会做不成知己；但是也不会太远，远了，失去了彼此的吸引，只能沦为普通朋友。

这样一个人，或许是你在出差时的偶遇，也可能是某个意外的相识，他有可能是你在错的时间遇到了对的那个人。这个男人或许已经有了他的爱人和家庭，但这并不妨碍你们的交往。与丈夫争吵之后，你第一个想到的人就是他，想在他面前尽情倾诉，然后，有他的开导；在工作上遇到困难之后，丈夫帮不上忙，你第一时间想到的还是他，一块儿喝喝酒，聚聚餐，将自己的困难向他诉说，即便是他不能帮上你的忙，你也已经心境敞亮。

有用的抑或没用的，以前发生的，或者即将发生的事情，你都很乐意跟他分享，他知道的甚至比你的丈夫还要多。他很认真地聆听你的倾诉，但他不会刨根问底去探寻你哭的缘由，更不会嘲笑你的孩子气。在他的眼中能够发现你有很多连丈夫甚至是自己，都未曾发现过的优点。对你的体贴就像冬夜里一杯暖茶，但只是体贴而已，他不会像丈夫那样霸道，更不会像情人那样贪婪。这样的一个男人是冰雪着的，他一旦被你引为蓝颜知己，那他绝对会把距离拿捏得很准，让自己永远一棵树似的，在你的想像里繁盛，总也开不尽。

在你需要他的时候，会出现，这种及时，让你备感欣慰和感动。你的人生因为有这样一个蓝颜知己的出现而变得春意盎然，他就像一株“勿忘我”，在你的生命中，散发着淡雅的幽香，一点点入了你的心里。在你哭完的时候，他会沉默半晌，而后很轻很柔地说一句：

“别难过了，明天太阳同样会升起，一切都会好起来的。”

你陡地觉得全身心都放松了，那种卸下千斤重担的轻松。

与他在一起的时光，你永远不感觉时间流逝的缓慢，甚至就想这样两个人好好地聊下去，这种情愫，让你很痴迷。他对你的奉献都是无私的，因为他觉得你是值得他为你这样付出的，尽管毫无回报可言。

你很享受与他在一起的时光，尽管只是随便聊聊，却不知已经一下午。你发现，你们的话题是那么的多，他是那么的懂你，聊得那么的投机而又兴趣盎然。一种莫名的感动油然而生，你已经许久没有过这种感动了。日复一日机械的日常生活，已汰洗掉你所有的激情，在不知不觉中学会麻木。而他的出现，却似一抹春天的绿色，阳光般的灿烂擦亮你生锈的双眸。原来，你对生活还是有如此大的激情，只是之前没人能够把它们激出来罢了。

蓝颜知己，这种很微妙的情感，介于亲情、友情、爱情之外，这种比朋友多一点又比情人少一点的微妙关系，让他与你的关系显得比一般的朋友关系更亲近。在这样一个男人面前，你可以将所有的心事都向他掏空，但你们的关系只能维持在这样的区间，如果越雷池一步，那他也绝对不是你的蓝颜知己了。

没有一个女人不期望能与这样的男子相遇，一旦遇上，她们的柔弱和孤寂以及心事，便都有了寄存的地方。女人因为能够拥有这样一个蓝颜知己而自豪，这样的男人可遇不可求，是除了丈夫之外，你生命中最重要的异性之一。能够拥有一位“蓝颜知己”，几乎是女人们不息的一个梦，如果你已经拥有了，那是值得庆幸的。

老婆，情人，知己

担任记者期间，采访过不少名人上流，印象最深的一次，是采访某集团董事长，他在商界赫赫有名。采访期间相聊甚欢，任务采访结束后，我们又闲聊了起来，已经记不起当时聊的主题了，只记得他当时对我说过这样一句话：

“一个成功的男人背后肯定是有三个女人，一个是老婆，一个是情人，一个是知己。”

后来，他补充道：“华锋，千万别把这句话写进稿子里。”我明白他的意思，当然不会写，这本身就是私下朋友间闲聊的话题，与任务采访无关。

他在商界是一个叱咤风云的人物，经历的风雨自然不在话下。想必他的情感经历也是颇为丰富，若不然，怎会语出惊人？我没反驳他的言论，如此有内涵的人既然说出此话，当然是有他的道理，只是当时我还理解不透罢了。

在我接触的众多成功人士当中，拥有“3 个女人”的男人并不在少数，当然，也有中规守矩的成功男人，确实独有家中爱妻。虽然只有一个女人相伴终身，但他们也是成功人士。多年之后，我依旧记得那位董事长说的那句话，还是不反驳，只是想补充一句：成功男人并不是“肯定”有 3 个女人，那只是一部分，或者说是大部分，至少还有一小部分不是。或许他们有知己却没情人，有情人却没知己。

并不是每个男人都如此幸运，爱着自己的老婆，想着自己的情人，恋着自己的知己。这三个人的邂逅，除了情人不需要缘分外，妻子和知己都是缘分注定。所以，并不是每个人都如此幸运。

我们一生中邂逅过很多自己爱或者爱自己的人，陪伴自己终身的，唯有妻子，或许，她并不是你最爱的，但这一定是最好的天定良缘；只是，妻子不是全能的人，有你满意的地方，自然有存在的缺陷，时间久了，你感觉到了不满足，于是，开始寻求其他的“解救”途径。

后来，你事业有成，有钱了，可以随时拥有情人，用钱换取在妻子身上缺失的快感；只是，事业上的事情和难以言喻的心理，似乎永远得不到爱人与情人的理解，于是，缘分的安排，让你在人生中的某一刻邂逅了让你心动的有智慧的女人，她是介于妻子与情人之间，这种感情显得非常微妙。你可以对她好，但不能过度，她就是你的红颜知己，可以爱，这种程度可以比朋友多一些，但不能超越对妻子的爱。这个女人，不仅是你的知己，也能成为你妻子的闺蜜，妻子放心你跟她交往，不会将她与情人混为一谈，除非你妻子心胸极度狭隘。

年轻的时候，我们对爱人、情人与知己可以正确定位，只是了解得不够透彻，等我们年纪增长了，才悟出，不管是爱人还是情人又还是知己，都是有感情的，只是感情程度的深浅而已，最浅的应该就是情人吧。一旦与金钱挂钩，你可以付出一点点情感就好，所以情人注定只是短暂的情感寄托。唯独妻子和知己才是终身值得珍惜的。

结婚后，你会发现老婆是一种约束，这种约束即便不是她的施压，也是你的责任施压，所以，你不能随便和别的女人交往；后来，你邂逅了情人，你觉得她是你生活特别是生理上的一种补偿，补偿你想从老婆身上得到却无法得到的激情；当缘分让你邂逅一位红颜知己后，你发现，自己的生活并不枯燥，在你困难的时候，至少还有一位充满智慧的女人给你点拨，点拨你心中的迷津。

一生当中只有一个女人的成功男人，是不是这个女人同时拥有三个女人的风情与智慧呢？这样的女人不多，但确实存在。

那段甜蜜或酸涩的记忆

很多事情，只有在经历过了，才知道它的好；很多人，只有在失去之后，才觉得万般不舍。大部分的事和人，拥有的时候并不知得到的宝贵，只有在即将失去或者已经失去的时候，我们才后悔当初没有好好珍惜，谁没有过这样的感触呢？

拥有时，总认为一切都是理所当然。他对你的好，就如同上辈子欠你，这辈子来给你卑微地偿还，你接纳得问心无愧。最在乎你的人却最容易被自己忽视，我们在亲友面前从不发脾气，却在最爱的人面前撒气，为什么会这样？拥有的时候，是不是很少会想这个问题，即便是想了，你的答案也只有一个：“他是你最爱的人。”为什么要把气撒给最爱你的人？人就是这样，一旦最爱你的人对你好时，你接受的心安理得，忽视了必要的尊重与回馈。

他爱你时，会馈赠给你他的爱，想让这份爱长久地维系下去，而吝啬你的付出，只会让这份爱退却原有的光环，当光环消失殆尽时，剩下的，也只有赤裸裸的或甜蜜或酸涩的回忆了。

认识一个很成功的男人，他与妻子相濡以沫走过了多年的风风雨雨，只是，天性大男子主义的他，并没有过多地顾及妻子的感受，在事业上春风得意、游刃有余，情感事宜却处理不当。女人实在忍受不了他成功后的转变，对她置之不理，日常琐碎的争吵，不愿认个错，女人对他逐渐地失望，她开始收回对他的付出和爱，直到有一天，男人已经意识到自己的过错，不过为时已晚，他们最终还是分手了。

男人现在回想起来一直很懊悔，那些曾经在一起的日子，那些或甜蜜或酸涩的时光，那些有过的欢笑和泪水，那些在一起吃馒头喝粥的日子，那些为了省点路费，牵手走半小时路回家的岁月，那些贫穷前的缠绵情话，那些富裕后的争吵，那些种种的种种，一幕幕在眼前晃过。女人走了，丢给男人的是无尽的懊悔，这也是男人自找的，不是吗?

东边日出西边雨，道是无晴却有晴。爱情能够让一个人低声下气，爱情能够让一个人失去自己。爱情里就是一场博弈，谁爱得多，谁就输得多。但爱情不是战争，爱不是用来制约对方，也不是用来打败对方的。爱情是一种力量，是一种宏博、柔韧、持久、坚强的力量。

男女之间，并无高下可分，谁更优秀过谁，谁更爱谁，谁更付出多一些。这些都无关紧要。在此之前，你爱过多少人，在此之后，你还将爱多少人?过去的无从计较，未来的无从预知，唯有今朝，你是否一心一意，相守着这份在世俗中毫无功利的感情。如果把对方深重的爱，作为制约的要害，想必对于双方都是一件极为可悲的事。爱的人，得不到尊重和珍惜。被爱的人，在骄纵的背后得到的是虚荣。终有一日，当爱情因为你不懂得珍惜而褪色，你的虚荣亦将化为乌有，留给你的将是无尽的情殇。

然而，很多人的爱情，并不是因为珍惜就不会失去。爱情不是交易，不是你的终究是换不回来的，即便你再爱他，为他付出再多，两人在一起有多么的快乐，在分手的那一刻，这些都会化作回忆，换做一串串泪，告别后，告诉自己，已经回不了头，只有向前走。

逝去的爱情总值得我们缅怀，不论是什么滋味，它终究是在我们能够享受爱情的那一刻经历过。当我们年老一点的时候，回首那段曾经刻骨铭心的情感经历，你会恍然了悟，那些曾经的经历，在我们的心中永远占有一席之地，那个曾经陪你走过一段生命历程的人，还是值得怀念，不管他曾经伤你有多深。毕竟，他曾给过你爱或被爱的经历。

回眸往事，有欢笑，也有泪水，有过心痛，也有过欢愉。那段甜蜜或酸涩的记忆，是生活馈赠给我们的美好祝福。

简单爱情

唯有背负着重物的人才知晓有多沉；只有经历过“爱”的人才懂得“情”的简单与复杂。爱情里，我们经常纠结于它的简单抑或复杂，剥开爱情的表壳，总觉得两情相悦的爱情是简单与甜蜜的，一相情愿的爱情是复杂而伤感的。

于是，有人会问：

“我是那么的爱他，为什么他就不爱我？是我长得不够漂亮还是没有韵味？是我没有气质还是我哪里不够好？”

你哪里都好，唯一的遗憾是，他就是不爱你。

不要因为他不爱你而把原因想得那么复杂。

不爱你的原因，很简单，因为你激不起他爱你的冲动，所以他不爱你。不要去追究根源，即便再打破沙锅问到底，结果还是已成定局。

爱情，即便是再复杂也只不过是两个人的事情。

爱与不爱；你爱他，他爱你；你爱他，他不爱你；或者，他爱你，你却不爱他；或者你爱他多一点，又或者是他爱你多一点。爱情不就是这样简单吗？

爱他，直接告诉他。考虑太多也改变不了真实的答案。一味地羞涩害怕他的拒绝，只是个受折磨的过程，爱情没有那么复杂，只是问他爱或不爱。

不爱他，直接拒绝他。不要拐弯抹角地让他乱猜疑，这是对你爱情的捍卫，也是对他的负责，尽管有些难以启齿，但也就是一句话的时间。

我们的人生，说到底，活的是心情。人活得累，是因为能左右你心情的东西太多。看通了，天，无非阴晴；人，不过聚散；地，只是高低。沧海桑田，我心不惊，自然安稳；随缘自在，不悲不喜，便是晴天。爱情，亦是如此。

简单的爱情，是只要两个人在一起就会感受到幸福。手拉手压马路，他送给你一个棒棒糖，他对你的傻笑，或者一句“我爱你”，都能让你很甜蜜。

简单的爱情，也是最美的爱情，两个相爱的人最单纯地爱着，感觉就像全世界只剩彼此，这样的爱情不受外界影响，因为心里只有对方，于是，有人说：“现在已经没有人能拥有这么纯情的爱情了。”有的，只要你在爱情面前单纯点，就容易拥有这份爱。

爱情简单，所以没负担，你不再需要猜测他的心意，也不用担心他的行踪，不必害怕也许会在无意之间激怒他，不会怀疑他做任何事情的动机。你们之间，有一点牵挂，却不会到纠缠的程度；你们之间，有一点想念，却不会到伤心的地步。这种简单的爱情让人在长期相濡以沫、水乳交融的生活中，已经形成了心有灵犀的默契。在这种心灵感应下，尽管他们或许在空间距离上天涯海角，各处一方，但在心灵距离上却更加靠近，心心相印；尽管不能直接了解对方的信息，却能凭借相通的心意间接感受、触摸到对方的变化。

一碗汤，一本书，一杯水，一床被，一间房，一个男人，一个女人，就这么简单，彼此守望，在烟火缭绕的红尘中相依为命，简单朴实，相濡以沫，相敬如宾，彼此呵护。这就是烟火缭绕红尘中爱情生活的简单写照。

女人的言不由衷

“眼睛，是女人爱恋的信使。”这是一句德国的谚语。在中国，也有人说，若此时无声胜有声，只可意会不可言传，最好读女人的眼睛。

为什么应该读女人的眼睛？因为女人常常口是心非，言不由衷。

或许你会狡辩，其实心里很清楚，你确实就是一个言不由衷的女人。

你会不会经常对他说：“你根本就不爱我！”“你一点都不关心我！”“你一直都在讨厌我！”

可能你们之间闹了些小矛盾，可能是他光顾着玩游戏而忽略了身边的你，也有可能因为应酬晚到了家。你很气愤，见到他的第一句话便想确定他是不是真的在乎你。其实你心里清楚，他是爱你的，但是你却口是心非的说些根本不实际的话，只是想再次确定。

男人该怎么回答？看着泪珠在眼球中打转的你，有些心疼，只是男人很多时候不善于表达，那就用行动来表示吧，自觉地洗衣、做饭、刷锅、打扫卫生，你看在眼里，那个爱你的男人，背影原来是那么的可爱。当他回眸偷瞄你，发现你在偷笑时，幽默的男人也会反驳：

“其实不在乎我的人是你！”“其实你一点都不心疼我！”

这个时候，你开始矫情地发脾气，男人喜欢你这样的脾气，嘟着嘴，听着你的辩白。你的言不由衷开始赤裸裸地被剥开，承认了他对你的爱，也坦诚了你对他的爱。

女人的表达方式，向来都是有些忸怩，有些词不达意。

有个朋友曾经告诉我，他与女友初识时，带她去看电影，银幕上出现了一个裸露上身，长满黑色胸毛的外国男人的形象。此时，女友突然把脸转了过去。朋友诧异地问：

“你怎么啦，是不是不舒服？”

“那男主角胸上的黑毛，真是有些恶心。”

男人听了，像掉进了冰窖里一样心灰意冷，因为他自己的胸前也长有胸毛。既然她如此厌恶有胸毛的男人，自己对她的追求不也就竹篮打水一场空了吗？这使他沮丧万分。

我告诉他，那女孩子其实是很喜欢有胸毛的男人，只是她言不由衷而已。

后来，朋友故意试探地打趣她一句：“你对这样的男子很感兴趣，是吗？”

女人满脸通红地辩白道：“瞎说，我才不会喜欢这种男人呢！”

答案是显而易见的。如今，他们已经成了恩爱有加的夫妻。

当女人对你口是心非的时候，那就应和着她吧，她对你说：“你根本就不爱我！”

她其实是想听你的辩护，如果她已经确定你不再爱她了，那么，她也不会问你那么傻的问题。

结果都已经知道了，还问什么？直接分手就好。

她的言不由衷，其实是在向你撒娇。不是吗？听到她想听到的辩白，对你“没事找事”你依旧宠爱着她，这是她被你爱着独有的特权。

其实我们都很幸运

大家都说我是幸运的，是不是因为我起步比别人早的缘故？

媒体对我的报道确实属实：16 岁当兵，17 岁出版第一部作品，18 岁成为报社记者，19 岁升任编辑部主任，20 岁出任某情感类时尚刊物主编，曾经参加选秀大赛获得名次，并因此签约某演艺经纪公司，成为一名“半媒体半艺人”的工作人员。说是“半”，其实是“全”，当时是全职的媒体工作人员，也是全职的广告模特。媒体上说我在签约经纪公司时，一个月接拍了 20 多条的广告，确实如此，不过这都是我当时经纪人的功劳。后来，不知道什么时候，关于我的从业，也有了头衔的赋予，譬如“南方第一帅哥作家”“80 后新锐爱情评论家”“中国最年轻的时尚主编之一”……看到这些光耀的头衔是不是很惹眼？

于是，我在大家眼中就成了一个幸运的宠儿。后来的后来，我退出了演艺圈，从此不再接拍任何广告，是很傻吗？有幸运的青睐，却偏偏要丢弃这份幸运，只是你们看到的都是虚有的表面罢了。

我不否认我是幸运的，但我想说的是，我的幸运是在我付出努力之后得来的。

我小时候也差点辍学，外出当童工，也曾经在下课后便去找事做，挣几毛钱购买笔记本，只是我不说罢了；在幸运之前，我也有过差点流落街头的遭遇，只是我不说罢了；我也有过一天只有一元五毛钱的生活费，早上不吃，上午吃两个馒头，晚上煮点粥混着咸菜下肚，只是我不说罢了；在与经纪公司解约后，我赔上了所有的积蓄，只是我不说罢了；后来，也尝过连续一个月吃泡面的日子，只是我不说罢了；我也曾创业过，但是每次都惨遭失败，曾一度认为自己并非有商业细胞，只是我不说罢了。此类种种，没有人知道，我傻吗？很多人看来是傻的，只是我有我的想法，之所以退出也是有诸多不得已的苦衷，只是我不说罢了。

很多人光看到表面的光环，成功永远是最耀眼的，没有人会关注成功背后所付出的心酸，所以，我一直对读者说："经历过我所经历的是一种财富，没有经历过我所经历的是一种幸运。"也只有这句话能简单概括我曾经的心酸经历。很多媒体也只是记录下我这句话，并没有言及这句话背后隐藏的心酸罢了。

幸运是可以分为两种的，一种是，毫无付出、或者付出甚少，却得到了超值的回报，或意想不到的成功；另一种是，你付出了诸多努力，才换来一次机遇，但是你把握住了。于是，所有人都只看到了你的成功，只知道你是幸运的宠儿，把曾经的付出通通隐形。如果强迫说我是"幸运儿"，应该也是属于后者。

只有经历过了辛酸才能知道，很多时候的幸运，都是由许多不幸一点点串联起来的。

我起步比很多人早，但我至今还没有赢，人生是一场长途跋涉的长跑赛，比我们优秀的人太多了，只有坚持到最后的才是真正的胜利者。

当年，经纪人带我和一位在当时很出名的广告男模一块儿到公司附近的饭馆吃饭。尽管他当时很红，却没有一点架子，看到年纪最小甚至还有些羞涩的我，他不断给我夹菜。那时，经纪人特意安排我今后与他多合作，以便借助他的名气提升我的知名度。那次简单的饭局，他留给了我很深的印象。然而，没到两个月，年纪轻轻的他却病逝了，尽管我们只合作过两次，只有两次饭局的缘分，但对于他的离世，我还是伤心不已。

很多人起步的比较晚，付出的比我们多，实现理想的道路充满坎坷，但不管怎样，比起那位曾经细心照顾我的男模特，比起那些早逝的生命，我们是多么的幸运。因为，我们还有很多选择的机会，即便落下很多，但还有后来居上的机会。

爱情是一种习惯

每个人都有一些属于自己的习惯。这种习惯出于自然而然的喜欢，与上瘾无关。

赶稿或改稿时，我的工作台上会放一罐啤酒，没有灵感，或眼睛略显疲惫时，会喝上一口；宅在家里看电影时，茶几上会放上一杯红酒，边看电影边品红酒，是一种生活的享受；闲来无事，在阳台上看书或杂志时，我的小桌上会泡上一壶绿茶或者咖啡，偶尔发发呆，是种奢侈的乐趣。

爱情也是一种习惯，只是有些人会抵不住爱情的诱惑，所以会上瘾。

习惯了关心一个人和被一个人关心，习惯了两个人在一起，习惯了有人紧紧地抱着你，习惯了有淡淡的亲吻，习惯了有暖暖的笑脸，习惯了有一个人在你心里，习惯了有一个人哄你睡觉，习惯了有一个人叫你“宝贝”，爱情就是习惯了另一个人的习惯。当你爱一个人爱得太久，你就是他的了。

最好与最甜蜜的习惯，永远是相互的，你习惯想他的同时，他也在习惯性地想你，在你恋着他的时候，你的电话响了，是他。你接通了电话，压抑住内心的喜悦，故装镇定，其实心里乐开了花。

后来，因为各种原因，你们分开了，可能是因为工作短暂的分开，也可能因为不爱而永远的分开。这时候，你或许会迷失或者欺骗自己，不知道自己是不是爱上了他，因为在没有他的日子里，你一样地工作，一样地生活，只是觉得没有他在身边，心里像少了什么。

他不在身边，你会常常不经意间想起他，不是忘不了，而是放不下。那些不愿再向任何人提起的牵挂，在黑暗的角落里潜滋暗长。

总是在不懂爱的时候遇见了不该放弃的人，在懂得爱以后却又偏偏种下无意的伤害，遇见某个人才真正读懂了爱的含义；错过某个人，才真正体会到了心痛的感觉。

其实，你已经把爱他当成了一种习惯，你习惯生活中有他，只是不确定他是否习惯生活中有你。两个人心若相依，便会白头幸福到永远。

有读者告诉我，爱情里，有人会习惯地说出最可怕的两句话，一句是：“我这么爱你，你为什么不爱我?”还有一句是：“我这都是为你好。”

习惯说这两句话的人，也同样习惯了欺骗爱情，习惯了没有爱情的孤寂日子，习惯了没幸福的自欺欺人。

怎样才能感觉到自己习惯了爱情?

如果你每天上下班都与他一起走过一段路，当你一个人走在这条路上的时候，发觉身边好像少了点什么，那么，你就会感觉到爱情是一种习惯；如果你每天睡觉前都会与他发短信说晚安，当有一天他没有发来说晚安的短信，你突然担心起来了，那么，你就会感觉到爱情是一种习惯了；如果你们曾经一起听着一首你们都好喜欢的歌，忽然一天你自己听这首歌的时候，情不自禁地想起他，那么，你就会感觉到爱情是一种习惯；如果你还不懂的话，当你失去他的时候，你发现你还保留着他的习惯，你还习惯于穿他喜欢的衣服，吃他喜欢的水果，读他喜欢的书，看他喜欢的电影，那么，你就会感觉到爱情是一种习惯。

我希望你不懂我说的这些，如果你懂得，说明你曾经失去过。

最了解我的人

在我们步入青春的时候，是不是总会经历一段迷茫期？觉得自己在这个世上，根本就没有人能够了解。

懵懂的时候，我们却清晰地憧憬着某一天的缘分来临，会让我们邂逅一段爱情，谱写爱情的另一个主角肯定是爱我的，而且也是最了解我的。

就这样，我们寄希望于时间和缘分。我们一直在寻找着爱自己，并且了解自己的那个人。只是，我们忽略了自己是不是也会爱上一个自己非常了解的人。后来的某一天，丘比特之箭射中了我们，我们爱上了一个人，可是，我们并不了解他，却依然还是那么的爱他。后来，你才知道，原来，爱一个人并不一定就要完全了解他，很多时候，我们连自己都了解不透，为何还要强求你爱的人完全了解你呢？爱你，这不就够了吗？

是的，我们爱上一个人的时候，会尝试着了解他，并且自以为是地以为自己已经很了解他，知道他的性格，知道他的脾气，知道他的习性，知道他喜欢吃什么菜，知道他穿衣服的风格，知道他的口头禅，知道他的种种。于是，你也希望对方能够像你了解他一样了解你。要求对方了解你，这要求高吗？不高，因为爱你，所以要了解你，这是很正常的事情。只是，他并不是你肚里的蛔虫，两个人即使再相爱，也不能完全融化为一个人，各有各的思想，各有各的性格，你了解的并不是全部，只是你比别人更了解他，仅此而已。

想了解一个人，最好的办法就是爱上他，当你爱上他的那一刻起，你便会不由自主地走近他的生活，了解他的想法，但却永远也猜不透他的思想。也正因于此，很多曾经看似相爱无间的情侣，曾经大肆宣布“我很了解他”的情侣，最后还是分道扬镳。

分手了，你才恍然大悟，你还是不能完全了解他，你对他的了解只是你自己的感觉而已。你曾坚定地认为他是真爱你的，并且能够相守到永远。在分手的那一刻，你突然感觉他曾经说的那些甜言蜜语都是骗人的，曾经对你的温柔呵护都是装出来的，所有的一切都是他在演戏，在伪装。你只不过是轻信了他的伪装而已，自以为是的了解了他。你后悔曾经对他那么用心地了解，了解越多，反倒越不了解，分手时，心也越伤痛。

走过了青葱岁月，我们不再年少，或许只有走过了这个阶段，我们才能恍悟，无论是生活的伴侣，还是灵魂的伴侣，我们终究是不能完全了解彼此。人都会经历一个迷茫的阶段，当我们处在这个阶段的时候，我们会迷失自己，不了解自己，甚至也会因此恨自己。可是，当我们爱上了一个自己并不十分了解的人时，你会给自己辩白，为什么要渴望被别人了解？我们有时候连自己都不了解自己。

爱情里，只有爱上一个人才会去了解一个人，要了解一个人才可以爱上他，也只能是留给我们青春年少的日子了。

当我们经历得再多些，岁月让我们再沧桑一些的时候，我们甚至不希望任何人了解自己。走进我们的生活可以，但最好不要走进我们的思想。已经过了年少的日子，“被人了解”的想法也已经消失殆尽，好像被人了解与不了解都已经变得不再重要。

很多时候，了解一个人太多，反倒会失去对彼此的吸引，当你了解一个人够透彻的时候，你又会面临一个真实的结果：他不再爱你，或者你已经不再爱他了。

给彼此一方净土，不去触碰，有何不好？爱他，不一定要完全了解他，只要了解的比别人多不就行了？让那方净土种植点神秘，对彼此都好。爱一个人没必要苦苦地去追根问底，你爱他，他爱你就是对彼此最好的了解。

死　亡

时间真是个顽皮的孩子，在悄无声息中带走了我们的大好年华。在年尾的时候，不妨问问自己，我过得好吗？回望过去的一年，有起伏，有变迁，有黯然失色，也有笑意盎然。

生活总在变化中不断向前，我们也在时间的洪流中渐渐成长。因为年轻，所以，时间留给我们的只是长大，对于时间的流逝也不会计较太多。后来，我们的年纪不再年轻，逐渐地感觉到时间流逝的无情与可怕。年复一年，我们在年轮中感叹，又老了一岁。当我们感觉自己又老一岁的时候，意味着，离死亡又拉近了一年的距离。

年轮的钟声敲响，不知不觉，已经28岁，年轻吗？如果还算是年轻，那也是青春的尾巴了。对于人生的大好年华来说，最好的时光已经过去一大半。回想起来，无论是在感情上寻找寄托，还是在事业上寻找慰藉，每次都以失败告终。

正所谓人生得意只一二，不如意事十常八九，可即便如此，与某些人相比都幸运很多。这世上每天都有很多人在死亡，他们当中并不都是老人，很多都是年轻人。他们每天都忙碌着生活和感情，从来没有考虑过“死亡”这两个字，也就更不曾考虑，怎样使有限的生命变得更有意义。可当死亡不期而遇时，却又显得那么的无助和无奈，悔恨与愤怒。

活着的时候，不凡多想想死亡的事。这不是悲观，只是让我们清晰地意识到，我们还活着，活着就是庆幸的，还可以做自己想做的事情，爱自己想爱的人。人生短短几十年光景，与其在碌碌无为中虚度光阴，不如潇洒的过完一生。

有读者曾经问过我：

“在死亡与爱情只能选择一个，你会选哪个？”

我说，我会选爱情。好死不如相爱着，更何况爱情是我们每个人心中都曾有过的幻想。

在某些时候，死亡是一种新生，而爱情却是一种死亡。拥有的时候，我们会忽视它们对自己的重要，当爱情不再的时候，才知道曾经拥有过，只是，我们的爱情已死，我们觉悟太晚。

都说爱一个人是不需要回报的，其实，我们心里都很清楚，这只不过是自欺欺人的说法。没有谁不希望自己的付出能够获得永远的爱情。如果你说："我对爱情是无私的付出，并没有苛求过能有所回报。"也许，你早已知道自己的爱情已死，知道自己的付出已经不会有任何的回报，只是，你心有不舍，放不下他，依旧在旧情中自我陶醉，难以脱身。

人有生命，爱情也是有生命的，在我们邂逅的那一刻，缘分给予了我们爱情的生命，当我们不再相爱，或者已经有一个人先放手，爱情的寿命也已经寿终正寝。当爱情死亡的时候，曾经所有的誓言和甜言蜜语都已经成了致命的毒药。

我们曾经为了爱情奋不顾身，早已将生死置之度外，即便是仅有的生存空间，都在奋力挣扎，因为是爱情给了我们生命的精彩。如果有一天，爱情不再，我们的生命也没有了灵魂，生与死已经没有什么本质区别。对于有些人来说，为爱而生，是幸福的，为爱而死，是不值得的。如果他爱你，他不会让你为他死，如果他不爱你，他也不值得你为他付出生命。

爱情是人生经历的情感，这种情感自我们邂逅之后伴随终身，不论是欢笑还是泪水，在我们年老的时候，回想起曾经爱情的种种，都是生命赐予的幸福。因为爱过，在我们离开人世的那一刻，我们可以无憾地告诉这个世界，我曾经来过。

年龄增大，感慨变多

岁月是无情的，却也是有情的。年轻的时候，我们总感受不到年老的恐惧，后来，随着岁月的溜走，我们才逐渐开始害怕，害怕时间走得如此匆匆，害怕只有靠回忆来祭祀逝去的岁月。

年纪越长，感慨也就变得越多，朋友说我有着90后的长相，80后的年纪，70后的思想。其实，我即便再变也逃不过岁月这把杀猪刀。在岁月匆匆溜走的时候，我们已经在逐步地随着岁月的溜走变老，曾经从不害怕的事情，开始担心；曾经天不怕地不怕的自己，开始恐惧现实；曾经听到有人说“我爱你”时会兴奋好一阵，即便自己并不知道什么是爱，只知道那是被人喜欢的感觉，而如今再听到这三个字时，会淡淡地回应：“哦，我知道。”兴奋的表情不会再展现于脸庞，貌似一切都已看淡，尽管还未看破红尘。

年轻的时候，喜欢喧闹的酒吧，放肆地将压抑释放在舞池，年纪大了，已经没有跳舞的冲动，喝两杯啤酒，还是把心事藏在心底吧；年轻的时候，听歌只是喜欢它的旋律，最好是劲爆的，年纪大点，听着曾经的老歌，除了旋律外还有它的歌词，随着曾经熟悉的歌曲和旋律，往事历历在目，不知不觉中，眼泪竟然流了下来；曾经喜欢的那个人，早以为消失在记忆中了，在某次聚会中，突然偶遇，原来，她还鲜活地在自己的脑海，只是再次见到时，那种情愫已经与爱无关。岁月带走了我们的青春，也带走了我们的过去，它无情却又有情，在带走你的年纪之后丢给你一串串记忆，怀念过去？那就抱着回忆吧。

都说作家是感性的，真是这样吗？我不知道，我只知道我是如此。感性的人注定是容易被感动的，若不然，文字哪会有血有肉？不知从什么时候开始，我喜欢听一些老歌，喜欢看儿时看过的电影，喜欢有时间参加同学聚会，喜欢跟老朋友喝喝酒叙叙旧，喜欢有长假就回老家度度假，喜欢没事喝喝茶，看看书，再发发呆。曾经种种的不喜欢，变成了现在的喜欢，这些都是时间和经历给予我的改变。我爱时间，也恨时间。爱它让我变得成熟，恨它让我变老而怀旧。怀旧意味着感慨，感慨意味着伤感，尽管回忆中还有欢笑，但从回忆中回到现实，时间还是不给一点颜面地向前推移。

曾经的曾经，因为年少，所以轻狂。因为轻狂，所以从未想过今后会怀旧。曾经，我们有珍惜过的，也有没有把握住的，终究已经随风飘逝。只是，在我们的记忆中，堆积成一座座山，年轻的时候，只看到美丽的风景，所以你并没有想到在经历过这些美景之后，便是光秃秃的，足以让我们品味余生的回忆山堆。面对过去，我们除了收藏还能用什么来祭祀它们呢?

年轻的时候，总以为轰轰烈烈和志气澎湃才是活着的意义，后来，我们老了，才知道健康平安才是真；年轻的时候，总觉得爱情就是要浪漫和激情，后来，年龄再大点，才知道平淡朴实才长久。没有人能保持一辈子的激情，没有人能够坚持一辈子的浪漫。在平淡中感受爱情的真实，是激情退去后的升华；在朴实中感受爱情的真实，是告别浪漫后的坚守。

年轻不再，岁月侵蚀。我们不再是曾经的自己，时间在走，人自然会变，所有的事情也都会随着你的改变而改变。曾经怨恨的人，你不再恨了；曾经不喜欢的歌，现在不反感了；曾经不敢说的话，现在敢说了；曾经爱着的某个人，已经谈不上爱了。

曾经的种种，都在岁月侵蚀人生的青春年华中逐渐改变，这种改变又是你无法掌握的。

年龄增大，感慨便增多，在时间留给我们的记忆中，该忘记和不该忘记的记忆都已经变淡了。回忆曾经的种种，很多事情，很多人，我们只有在丢失过后才知道遗憾，只有在错过了才懂得后悔。

活过还是生存过

跟朋友讨论过“人活着”这个话题。

很多朋友都说，人没有爱情也能够存活。我赞同。

不是吗？即便这个世界没有烟和酒，没有鲜花和掌声，没有书和咖啡，没有香水和宠物；即便你没有朋友和亲人，没有爱人和知己，没有嗜好和宠物，没有梦想和目标，什么都没有，只要能够解决温饱问题，你就能存活。

可是，这样活着有意义吗？犹如行尸走肉般，没有了生命的意义，没有了生存的幸福，每天拖着空虚的空壳，在温饱中求着生存，仅仅是生存而已。

这个世界因为众多细小的东西构建了我们活着的意义和幸福，即便是感伤，也是生存的一种价值体现。正因为你醒目地活着，所以，很多细小的东西甚至能够大于你的生命。

你没有爱情，同样可以活着，只是，如果有爱活着，终究是要幸福许多，生命也有意义得多。

人活着，自然要面对各种各样的问题，很多时候，我们所追逐的东西并不是最好的，我所爱上的人也未必会爱上我。这个世界就是这样，不是你的有可能就是属于你，你一直以为逃不出自己手掌心的，偏偏在你最得意的时候溜之大吉。

我们爱过，珍惜过，也恨过，到最后，都会成为过去的回忆。点滴的岁月中，我们或许错过了许多原本属于自己的幸福，到最后，只能在回忆中怀念错过的缘分。这些遗憾都在提醒我们有血有肉的活于此世。

爱情就像一个无形的魔咒，你对她好，她便给你幸福，你欺骗了她，你就得在悲苦中生活下去。她可以给你幸福的一生，同样可以让你痛苦一辈子。在活着的时候，别拿爱情开玩笑，能爱则爱，如果爱了，就好好珍惜，不能爱则学会放手，在爱情转身的一刻，你还有追求下一个幸福的机会。只钻牛角尖的人，是不会拥有幸福的。

爱情会让人感觉到累，这是很多人的感叹。有这些感叹的人自然是曾经拥有过一段真挚的感情，或许是自己丢弃了对方，也可能是对方抛弃了自己。但是，逝去的岁月中，你是拥有过一段快乐的，只不过在失去快乐后，你需要一段时间的心里修复。假若，没有这段经历，你的人生又会平淡许多，有经历就有感触，不管是喜是悲，这就是经历，这就是人生，这就是爱情。也正因为这些或喜或悲的经历，才让你不枉来过这个世界，走过这一人生。

既然来到了这个世界，就好好享受这个世界赐予我们的喜怒哀乐。我宁愿人生百味，也不可平淡一生，那是可悲的。当我们老了的时候，回想起我们走过的路，爱过的人，经历过的种种，至少还有那些幸福的温存能让我们无悔。

年轻的时候尽情享受，年老的时候好好珍惜。别问我需要享受什么？享受你觉得该享受的就好；别问我珍惜什么？珍惜你认为珍惜的即可。

人生如梦，梦醉人生。在人生这个舞台，我们邂逅了爱情。因为爱情，我们有过堕落，有过迷茫，有过喜悦，有过心酸。就似场梦，在梦中，我们醉意地过着人生，也在清醒的时候感悟过人间万象。有虚有实，有真有假，有情有爱，有笑有泪，来到这个世界的时候，我们是一张白纸，在我们经历爱情的时候，这张白纸已经留下了笔笔难忘的印记，我们的人生才不会空中鸟迹，飞过不留痕。

当生命终结的那一天来临时，我可以了无遗憾地微笑着，告诉这个世界：我爱过，所以我精彩地活过，而不是卑微地生存过。

谁能听你倾诉衷肠

年纪越大，却发现自己的话语越少；朋友越多，却感觉到能够聊心里话的挚友越少。或许，这是成熟所要付出的代价，也是成长历程所要面对的现实。于是，我们开始在现实的世界里，用另一张脸，另一颗心，另一个状态，包裹好最真实的自己，开始遵从“低调做人，高调做事”的处事原则，最好，凡事都要一声不响，做自己的事即可，走自己的路即可。

并不是我们已经习惯了这样，只是，我们所处的环境让我们变成了这样。

年轻的时候，我们的朋友虽然不多，但至少有那么几个能够谈心的知己友人。只是，所有的事情，都不是固定的，所有人都不是永远围着你转的，所有的情感也都会变的，时间会走，人为什么就不能变呢？

那个时候，几罐啤酒，几样小菜，就能把酒言欢。在酒劲下娓娓阐述内心隐藏的秘密，那种畅快淋漓的感觉现在已经不再有，是年纪的关系还是人变的缘故？这些都已经不再重要。

后来，在不同的年纪，不同的阶段，我们能够阐述心里话的人也随之改变，多也好，少也罢，总有些变迁，这就是世事难料的结果。对于有些话，我们不能对所有知己诉说，对于不同的朋友，我们会说着不一样的话。对于内心的隐私，也会有选择性地倾诉，不再像以前一样，完全掏空心里的所有。

在各自的生活状态下，我们开始变得越来越忙，年纪越大，想到的事情也越多，要面对处理的问题也随之飙升。于是，我们都在忙着自己的事情，都在处理着自己的情感。时过境迁，人还是那些人。只是，曾经的美好，都已经是过去的事情。曾经朋友，未必还是朋友，曾经的知己，未必还是知己。

一代名君康熙，纵使后宫粉黛三千，却唯爱容妃一人。他到容妃那里，最爱说的话就是：“朕想和你说说话。”然后，把一些国事家事倾诉一番。到后来，他不得已废了容妃，每每郁闷时，总要走到容妃宫前。但是，人去宫空，贵为千古大帝，连一个说话的人也没有，不得不让人唏嘘。

年轻时，我们交友要求要有美貌，要有气质，要有身材，要有个性。好像大多数的要求，都集中在表面上。我们很幸运地邂逅了这样一个人，可是，却发现，她的外在条件并不是我们真正喜欢的，我们竟然到最后不知道对另一半的要求是什么了。后来，年纪大一点，对外在要求少了，直到最后对爱人的要求降低到最简单的地步：能够说说话就好。

不是吗？纵使你干的事情再伟大，再轰轰烈烈，你也是一个拥有七情六欲的平凡人。因为平凡，我们都希望有一个贴心贴肺、知冷知热、能深刻理解你的思想与情感的人在身边，跟你交流、沟通。这样，你就不至于永远寂寞、孤单。

对一个人的好，可以表现得多种多样，送名车、送豪宅、送奢华首饰，只是，当我们拥有奢华生活之后，却发现，这些都不是我们最终想要的，这些虽然也是爱情的物质表现方式，但并不一定就是真爱。我们对爱情的要求很低，只要身边的这个人，能够跟自己说上一辈子话，能够聆听我们一辈子倾诉就好。

如果同时还能给予你良好的物质生活当然最好，即便没有，也无所谓。这个社会只要有个爱你的人，他是不会让你吃苦到让自己承受不了的地步。

那种快要发疯的幸福

有没有这种感觉？

当你们吵架，或者他不讲理的时候，你发现对他不仅仅是有爱，还有恨，而且，这恨，能够让你咬牙切齿，与当时爱他爱到骨髓恰恰相反、对立的感受。

但是很奇怪，这种恨却只能维持短暂时间，只要他的一个认错，哪怕是一个鬼脸的微笑，都能够让你收回不快心情，破涕为笑。

恨他的时候，你甚至会想到分手，或者要冷他一段时间，可是，当气消了，一切又回到了原点，你发现，自己还是那么的爱他，即便他对你做了多么让自己生气的事情，都抵不过你对他的爱。

我们爱着的那个人，或许是性格古怪的，或许是脾气暴躁的，或许是与自己理想的相差甚远。可是，不管心里的那个人有多么完美，却总抵不过眼前这个让自己又爱又恨的人。我们心里所想所爱的那个人，或者，这个世界根本就没有，或许，眼前的这个人与自己理想中的格格不入，但他就是自己的克星。遇到他之后，心里的那个人已经悄然消失，是他从假想中拯救了你出来，于是，你下定决心要用一辈子的幸福来偿还。

只是，爱一个人容易，但相处起来从来都不容易的。

时间久了，我们越来越多地看到对方的缺点。他怎么这么懒？之前为什么没有感觉呢？他为什么这么不讲理了？曾经他从不会对我反驳的。恋爱的时候，他每天都会起得早早的给我做早餐，现在得让我伺候他了。

你曾经以为自己很了解他了，但是在一起后才发现，原来他还有这么多缺点，还有这么多令自己不满意的地方，曾经对你的好，难道都是装出来的吗？发现了这些缺点后，你甚至想着要不要离开他，因为你忍受不了他跟你的争吵，可是，那种念头也只是一扫而过，你爱着他，已经离不开他了。

相爱瞬间的火花可以很渺小，却足够燃烧两个人。相处起来会有甜蜜的争吵，在一起的时间越久，爱的话题也会变得越来越少，无关的琐事会随之增多，我们一直在用自己的豁达容忍对方的缺点，可到了实在忍受不了的时候怎么办？那就大吵一架吧。

在争吵中，你肆意地说出心里隐藏许久却又一直未说出来的怨言。他也是如此。

原来，在你对他不满的时候，他也有对你的不满。

恋爱的时候总是浪漫的，但相处久了，爱情退却激情之后，剩下的，便是赤裸裸的平淡生活。只有在爱情退却光鲜，我们才能发现爱情与现实的距离太远。执着地向往纯粹的爱情，只是一种理想，那种爱情不属于现实，与现实并不和谐。不和谐的东西总会夭折，只是时间问题。

因为深爱着对方，我们也都在努力找到合适的某个点，让两人的不和谐有个归处，后来，才发现，那个点可能是我们的包容，也可能就是我们的争吵发泄，不是吗？有情饮水饱，无情吃饭饥。发泄之后，所有的不快随之消失，尽管争吵时，会让人感觉到莫名的崩溃与咬牙切齿的发疯。

只是，那种咬牙切齿的发疯，只有两个最爱的人才能彼此拥有，其实，那是一种幸福，一种叫做解脱的幸福，你不理解，是因为当局者迷。

情人间的无聊话

相恋的时候，是最多无聊话的时候，也是会做出许多无聊事情的时候。但是，你不得不承认，相恋时的无聊之举，正是幸福的象征，说着越多的无聊话，做着越多的无聊事，也说明你们越相爱，越幸福。

没有了那些无聊话，没有了那些无聊之举，原因只有两个：要么你们已经度过了热恋期，过着平平稳稳的婚后生活；若不然，便是已经不再相爱，从情人变成了最熟悉的陌生人，对视无语，相处乏味。

热恋的两个人，总有说不完的话题，尽管都是些无聊的话语，但还是一个说的津津有味，一个听得入木三分。幸福不就是这样吗？有一个爱你的人陪着你无聊，说着无聊的话，做着无聊的事情。可是，彼此间却从未感觉过你们说的话无聊，你们做的事情无聊。细水长流的爱人，也就是在这无聊中逐渐衍生的。

认识一个男人，英俊帅气，充满了魅力，正值中年的他，经历过很多段感情，几乎每段感情都充满了曲折。后来，因为年龄所迫，他在最后一段感情中，与相识不到半年的女人结婚了。算不上幸福，但比起毫无感情的家庭而言，还算略胜一筹。有一天，他对我诉说着过去那段让他刻骨铭心的哀伤恋情，感叹道："很怀念当初的纯真，如果时间能够倒流，我还是会跟她做一些无聊透顶的事情，去海边拾捡贝壳，在海边堆堆海沙城堡，像个孩子一样，不用考虑所有事情，尽情享受无聊的时光。"

对于一个已经结婚，并且步入中年的男人而言，确实是够无聊的了。他说他现在跟妻子，几乎都是过着虚实无质的生活，开不起玩笑，就事论事，相对于这段婚姻，更是让他怀念逝去的那段无聊时光，无话不说，无事不做。

然而，失去的毕竟是失去了，心里怀念的，也只有曾经的美好，曾经与她的无聊情话，做出的无聊之事，虚度的无聊时光，都没有让你后悔过，即便是多年之后再回想起来，仍然能激起你心中的涟漪，那些曾经所有的无聊，让你相信，有那么一个人曾经闯进过你的生活，给过你终生难忘的快乐时光。

对于有情人来说，无聊话并不是废话，是彼此深爱的暗号，即便你在电话一头滔滔不绝地说着让他不感兴趣的话题，他依旧会认真倾听你的喜悦，分享你的快乐或者悲伤，这是幸福的。

只是，当爱情不在，剩下的是赤裸裸的应付时，你所说的无聊话，将会变成废话。不是吗？

在你想他的时候，夜里拨通了他的电话，第一句跟他说的话是不是“你在干嘛呢？”或者是“怎么是你接的电话啊？”他当然在，当然是他接的电话，你打的是他的手机，不是他接是谁接呢？他明明在接你的电话，还用问他在干嘛？

然后，对方淡定的回答你：“嗯，是的。”很干脆。

你该怎样接话？“是我。”他当然知道是你。

他不再爱你的时候，你所有的话几乎都已经与他无关。漫漫长夜，苦苦思量，好不容易鼓足勇气拨通他的电话，你却不知道说什么，曾经那么多的话题，在这一刻却消失得无影无踪。你很清楚，他不再喜欢听你的无聊话题。可是，你又不想说些“难道你不爱我了吗？”之类的卑微话。有些话，一旦说出口，你的眼泪就会决堤。

没有了无聊话，更多的便是沉默。电话中长时间的沉默已经告诉你，你们的爱情危如累卵，你们再也找不到共同的话题，有些话想说却又说不出口，也不肯说。即便见面，也无言以对。

从相爱走到了分开，把承诺变成了伤害，有些爱情并不能化为深情，只不过是场情感的意外，曾经的无聊时光都已定格在过往的深情，淹没在来来往往的人海中。

女人的自信与诱惑

自信的女人是美丽的，美丽的女人是充满诱惑的。

很多女人认为自己不美丽而产生自卑，从而，不再关注自己的外在容颜。不论结婚多少年，都已经把自己嫁给了家庭，嫁给了生活，嫁给了婚姻。这样的女人是可悲的。可悲，并不是因为她的美貌不再，而是因为她不再属于她自己。

婚姻就像一个大熔炉，当爱情退却激情与自由，剩下的是赤裸裸的婚姻与枯燥的生活，很多女人由此开始迷失自己，她的生活也开始融入每天的油盐酱醋之中，在无情的时光中洗净了自身的优雅，活生生地把自己浸泡成了黄脸婆。

美丽不再，优雅不再，剩下的是光秃秃的生活。丈夫、孩子、家人，在婚姻生活中，已经被琐碎的事情吞灭了所有的激情与闲情。其实，美丽和优雅并没有远离你，只是你迷失在单调而枯燥的生活之中。因为迷失，所以，你的自信不再，因为没有自信，所以你不再美丽与优雅，不再充满诱惑。

或许你会抱怨男人宁愿每天在外花天酒地，而不愿选择回家与你多待上一分一秒。为什么会这样？难道男人已经有变心的倾向？不再爱你？难道男人的花花心肠又开始冒出来？先别责怪男人。聪明的女人会先对着镜子照照自己，还有什么可以吸引到另一半？

如果你是觉得自己胖了，没气质了，以至于让你失去站在自己男人面前的勇气，那你得修炼了，修炼什么？你的自信。

作为一个女人，爱情与婚姻和家庭，是完美一生的必经阶段。享受爱情是最美丽的阶段，也是你最自信的阶段。男人眼中，你虽算不上最美，但你是最自信的一个，带着这份自信，你优雅地在男人面前展现自己的魅力，因为你觉得他爱你，所以你感觉自己是世上最幸福的成员之一，因为幸福与自信，你成了他眼中最具诱惑的女人。

后来，你们结束了爱情长跑，步入了婚姻。爱情退却了原有的激情与浪漫，你们开始为完整的家庭而努力，生活逐渐变得枯燥，还剩下的一点自信，也开始逐渐被生活的琐碎吞噬，你对男人的诱惑变得越来越少。再后来，你们的生活又增加了一名或者两名新成员，生活由枯燥迅速地步入单调，每天重复一样的生活，在同样的节奏中，你完全将自己嫁给了生活，不再打扮自己，也懒于诱惑自己的另一半。

或许，你会认为，女人结婚了，就得去适应婚姻、习惯婚姻。是不是觉得在婚后的生活中想方设法诱惑自己的丈夫，他一定会以为你哪里不对？是不是认为男人已经习惯了你的美貌不再，气质不再？……

种种迹象表明你对男人已经失去了诱惑力，已经不再自信，也缺乏自信的勇气。

其实，每个女人的心里都有一团火，别让它熄灭便是抱住诱惑与自信的唯一方法。这把火是对生活的激情，是对你爱人的激情，燃旺你欲望的激情。

你可以成为任何一个人，不是别人来选择你，也不是生活来选择你。想让男人更爱你，所需要修炼的便是诱惑，具有诱惑力的女人是能俘虏任何人的心，不论是男人还是女人。

诱惑，并不是为了取悦男人，而是为了取悦自己。当自己感觉不错时，那么，你旁边的人也会感觉不错。

自信，是诱惑的关键词，自信的女人最有诱惑力。她不一定有倾城之貌，但一定具有惊鸿之态，那是一种优雅、一种沉稳，宁静的眼波，淡淡的妆容，清雅的笑容，永远散发着诱人的味道，似陈年的酒，让人陶醉，似品香茗，清淡，回味深远。

自信的女人是有力量的，世界也将会公平地对待她们。

那些遗忘的风景和人

我喜欢旅游，在朋友圈中，这是大家都知道的事情。在所有的兴趣爱好中，它是排在首位的。

玩过的地方很多，独自一人出行的，与友人结伴出行的。我是个比较健忘的人，有些印象深刻的景点现在还记忆深刻，但有些风景现在却记不起来了，或者记得比较模糊了，哪次出行是与朋友同行的，有些记得很清楚，但有些也已经记不太清了。

一个人出行的时候，我喜欢拍照，喜欢边玩边记录下美景，可惜我不是专业摄影师，也只能站在业余的角度，感觉认为好的角度来拍摄。当然，拍照的前提是不会影响到我正常的旅游观光。

虽然喜欢拍照，但并不是所有地点都会一一拍下，我会根据自己的心情和自我感觉这个地方值不值得留恋而定。为什么要拍照呢？有些没有见过的美景是可以值得留恋的。值得留恋的风景为什么不能拍下来成为美好的追忆呢？在回忆中，追忆始终还是会有些淡忘模糊的。

结伴出行的时候，自然会留下合影，但我宁愿站在那里做模特，也不想给友人拍照，他们说的我的照相技术过差，与其拍人，还不如拍景色。景色不会挑剔，我只留给自己看，想拍哪个角度都可以根据我的感觉来定。

我有些朋友恰恰与我想法相异。他们不喜欢拍照，并不是因为不上相，他们认为风景享受过就好，有可能当你找到好的位置准备拍照的时候，却错过了最佳的欣赏风景的心情。他们的想法自然是有道理，人各有异，正如外出旅游，有些人是为了风景而来，有些人只是为了散心，有些人则是为了陪伴客户。心情不同，最终的想法自然也不一样。

电脑中存放了一堆旅游时的照片，也没有整理成电子相册，零散地静躺在硬盘里，只是偶尔会打开看看，竟然发现很多风景和地点都已经忘记的差不多了。去过那么多地方，能够印在脑海中的也就那么寥寥几次。

这些年走过的岁月，路过的风景，接触过的人，即便是你用相机记录下那永恒的一刻，该忘记的始终会忘记，能记住的，自然而然地会记住。多年后当你无意间翻阅那些相片时，你会感叹：

“那个时候我有去过这个地方吗？这地方是哪里呢？”

“哦，原来我以前跟他去过这里游玩，他叫什么名字呢？”

岁月的蹉跎，我们在这趟人生的旅程中，经过很多地方，也接触过数之不清的人，会让我们忘记的那些风景和人，只能证明他们并非都很难忘。能够记住的，自然是我们难以忘却的。

外出旅游，记不记下当时的风景其实并不重要，重要的是跟谁去。如果只身一人，那就独享孤寂的自由，当时的自由已经漂浮在我们游玩的景点。记住与遗忘与否已经不再重要。

后来，我们跟心爱的人旅行，看到了这片美丽的风景，这里的山和水也吹拂了我们相爱的日子，它愉悦了我们。有相机记录这一刻固然好，如果没有，也已经不重要了。重要的是，我曾经和最爱的人来过，这里留下了我们共同走过的足迹。

怎样证明你爱我

晚上做了一个梦，在梦里，男友与另一个女人好上了，你悲戚的哭喊并没有让男人回心转意。他冷冷地瞥了你一眼，没有说话，在你失望的眼中，他还是丢下了你，带着另一个女人远走天涯。

梦醒时分，你发现枕头已经湿透了一小边。你无法入睡，心情有点不平静，躺在床上翻来覆去，无法再入眠。

翌日，你把昨晚做的梦告诉了你的男人。他听后，笑你傻："别多想了，只不过是个梦而已。"

或许你对他的回答不满意，或许是因为还未恢复平静。尽管你知道这只是个虚假的梦而已，但还是有些伤感，为什么？因为你深爱着他，害怕真有一天会出现与梦境一样的境况。

男人似乎看出了你所想的，于是他轻柔地对你说："傻瓜，梦都是与现实相反的，你梦到我抛弃你，那只能说我已经爱你爱到骨髓里了。"

你听后，心里那点小小的阴影已不翼而飞了。但你俏皮地追上一句："你说你爱我，口说无凭，你怎样证明你爱我？"

"怎样证明你爱我？"你是幸运的，因为你知道他深爱着你，才会对他问这样一句话。

你说完了简单的几个字，于是，男人要绞尽脑汁地开始证明他是深爱着你的。你可以问心无愧地享受他接下来给你制造的各类浪漫温情。

"怎样证明你爱我？"说这句话的人，永远都是有主动权，你可以对他的付出加以肯定，给予一个甜蜜的吻作为奖赏，你也可以将他对你所有的付出一口否定。你永远不知道收获他给的幸福背后他付出了多少。

你的远走他乡，或者出国留学，丢下了很长一段寂寞的时间给他，为了证明他爱你，他用守候来证明。在这些聚少离多的日子里，他守着思念维护着这段情感。你在临行前对他说：“现在就是你证明爱我的最好时候了。”

只是，你从未想过你又如何证明你爱他？

因为他比你爱他更爱你，所以他不会轻易开口说出：“怎样证明你爱我？”或许他怕说出来你做不到，会让他失望，与其这样，他不如不说。

走了，留下了漫无边际的等待，这个等待对你来说是无所谓，因为他没有让你证明你爱他，所以，你可以随时变心。你可以在你想他的时候给他电话，可以在不想他的时候拒接他的电话，你可以把对他的思念抛掷到九霄云外。但是他不能，因为他向你承诺过，因为你让他拿出实际行动证明。

有可能他的等待是一场空，也有可能他在你走后忍耐不住寂寞，另找新欢。前者，是你辜负了他，后者也有可能是守候寂寞的时间太久，在这个空当期，正好有个不错的人路过，相处后有感觉了，最后在一块儿了。

不管怎样，这都不能怪他，爱情是经不起推敲的，怀疑他爱你的真诚度，那不如不爱。在你让他证明怎样爱你的同时，你有想过如何证明你爱他吗？爱是相互的，如果你做不到，也别指望他能够做到。

与旧情人做朋友

都知道“江山易改，本性难移”这句话，是的，性格难改，但时间的流逝，会让我们对自己的生活方式有所改变，对世间的许多事情更改最初的看法。

似乎，人这一辈子总归是要为世间情爱而苦恼，往往会为了这些所谓的情爱而做出自己不想做的事。当你在遇到自己所谓的爱时，就像那刚刚滚烫的开水，你会很兴奋、满怀希望地等待把那开水一样的爱，倒出来细细地品味，当你真正体会到那开水的味道时，你才发现原来开水的味道并不是无味，而是酸甜苦辣应有尽有。

正如，爱情就像那空气一样，摸不着、看不到。其实爱是要靠两个人去慢慢经营，慢慢去品味其中的酸甜苦辣，光靠一个人是无法经营下去的，我为什么说爱情就像开水一样，因为我希望我自己的爱可以纯得像白开水一样，但是现在还有这样的爱吗？

开水有喝的时候，爱也有不在的时候。我们曾经天真地以为，我们的每一段爱情都可以长久，可到后面，爱却离我们越来越远。开水喝完了，爱也走了，留下的只是彼此的伤害、难过。

面对他无尽的冷漠，心痛的感觉如火在烧。分手的借口，相爱的理由，早已变了味道。相爱的誓言，温暖的拥抱，都被他一笔勾销。

于是，你对他恨之入骨，总觉得跟他今世有仇，后世再报。你认为你们不可能再成为朋友，他已经伤你的心到极点，始终让你无法接受现实的旧情人。分手后，你将他的恨化作每天的祈祷，祈祷他永远不要过得比你好。

时间走的时候，你的心伤也在慢慢愈合，这个时间没有淡不了的疤痕，尽管还有一些瘀印，已并无大碍。后来，你有了新的情人，有了新的生活，你过得很开心，不知道什么时候，你已经把此前的恨慢慢淡化了。就这样过了许多年，你渐渐地明白，此前对某人的恨已经烟消云散，对于他给你的伤，也感觉不到痛了。在你人生中走过的那些伤害过你的旧情人，有些是不可能成为朋友，而有些却是可以的。

经历过了才知道分析，经历多了才能变得成熟。当你成熟之后，你会发现，有些旧情人，只适合做情人；有些旧情人，不适合做情人，分手后，却可以成为朋友。

很多人都不会跟旧情人做朋友，因为伤过，所以害怕，不敢迈出那一步，将永远也走不出仇恨。迈不迈是看你的勇气，有些勇气是需要时间来给予的。当一切淡化之后，你对待以往的事和人都会有所改变，这并不是你性格的改变，而是你成熟与睿智的蜕变。

分手的那一刻是绝对不可能成为朋友的，当一方对你说“我们还可以做朋友。”他自己心里也清楚，这只不过是自欺欺人。把这句话当真的人，换来的也是最终的失望。然而，分手后，有缘再见，余音未了，曾经的幽怨已经化作淡淡记忆，飘散在过往岁月。有些人，只会让你恨几个月，岁月带走后，偶然相遇，你们依然可以谈古论今，共同回忆昔日情缘。只是，这种回忆，已经与爱无关，只与岁月有关，与你的年纪有关。

都说前世等待五百年才能换回今生的一次邂逅，你们在邂逅中相约，又在缘尽中分手，不能怪谁，只能说是，前世五百年换来的今生缘分已经透支，留给你们的今世余缘，刚好够你们做一对曾经相好过的知己。

人会从小变大，再由大变老。很多事情，我们在年轻的时候懵懂不知，只有在失去了一些青春之后才会领悟。原来，一些已经成为过去的事情，和一些不能再爱的人，其实一直都是值得拥有的。

我们都是变色龙

我喜欢流浪，流浪的目的是旅游，去自己未曾去过的地方，只要是我没有去过的，哪里都行。我喜欢恬静的风景，也喜欢惊悚的探险。我喜欢吃甜食，也钟爱麻辣。我喜欢过快节奏的生活，也憧憬着慵懒的日子。我喜欢静静地发呆，也喜欢在酒吧放纵狂野。这就是我，喜欢都是相互对比极端的事物，算是两面还是多面？但这些都是最真实的自我，没有做作，没有伪装，自然而然的喜欢，一直以来的习惯。

人就像变色龙，遇到不一样的人说不一样的话，恍如有多张善变的脸。我讨厌伪装做作，但不得不承认，有时候你不得不这样。

面对甲的时候是一张笑脸，有可能面对乙的时候就是一张哭脸。这并不是贬义，世事无常，人因环境而变化，原本最真实的自我会被包裹得严严实实，为了在不同场合表现最佳或者吸引他人关注到自己，如无大碍，变一张脸又何妨？

在父母面前，心情不顺，大都会向父母变现出一张臭脸，在暗恋对象的面前，总会表现出一副风情万种的肢体语言，在朋友面前，你又得收回面对情人的热情，展露出朋友之间的平和微笑。不管是装出来的也好，还是由心底自然演变的也罢，总归是变出了三大迥然不同的态度。

对待上司的态度不能用来对待下属。

对待同事的态度不能用来对待客户。

对待妻子的态度不能用来对待情人。

对待家人的态度不能用来对待朋友。

对待仇人的态度不能用来对待知己。

面对不一样的人，哪怕是朋友，我们都会因为关系的深浅而表露出的态度也是有所差异。有些人只是我们生意场上的朋友，酒桌上的客套居多。有些人，只适合一次性交往，恭维一番即可。有些朋友你知道他性格很宽容，很会保守秘密，并且已经把你视为知己，于是，你能把所有的秘密告诉他，不会担心他不高兴，不会担心他会泄密。有些朋友性格比较刚烈，跟他交流的时候，还得注意自己的言行，要时时迁就他。有些朋友嘴巴比较快，今天晚上告诉他的事情，明天一早便在朋友圈中传开了，即便你有许多事情想找朋友倾诉，在他面前，你还是有保留地告诉他一些不痛不痒的心事。

人有多张脸，有多种态度，在不同场合，遇到不同的人，都会表现出不一样的神情和言行。忙忙碌碌中，我们已经忘记扮演了几个角色，上司、职员、朋友、老公、爸爸、儿子，一系列的角色总在我们的生活中不断转变，有时候，我们能够在一小时内变出多种颜色。

可以变几种呢？如变色龙一样，一种、两种、三种，甚至是十种，乃至于更多。不管是变成哪种，我们大多数时候都是为顺应形势而变。别笑抗战时期的汉奸，他们对强敌表现出的也只不过是众多中的一种。只不过，他们表现得不可爱，不正义，不真实罢了。

对于我们常人来说，变多少种颜色并不重要，只要可爱、不做作、够真实就好。当然，有些场合有些人，我们不得不以恭维而变得虚假，我们唯有尽人事了。但是，在最亲最爱的人面前，如果还不是自己最真实的一面，那可真是太可悲了。

幸福的抉择

一对曾经恩爱有加的旧情人，在某个不经意的时刻，偶然邂逅。两人停顿许久，久久互视，嘴角上都洋溢着微笑。

其中，一个人开口问：

“你幸福吗?”

“只希望你幸福。”

意味深长的问话，丢失了幸福的回答。

爱情既然能够让人幸福，同样能够折磨人。爱一个人，是一种幸运，爱上一个不能终成眷属的人，更是一种遗憾。只是，在幸运与遗憾之间，我们都充满了太多的感慨。幸福的时候，我们可以忘记不幸的痛苦，不幸的时候，我们同样会丢失幸福的快乐。

在我们相爱的时候，才知道，你就是那个超越我想象、打破了我惯例的那个人。因为你的到来，让我恍然：哦，相爱，原来相爱还会有这样一种形态。

曾经，因为你，我每天很晚入睡，只为等你，和你说说话；因为你，我会时不时拿手机，看有没有你的未接来电，有没有你的短信；因为你，我会莫名的生气，莫名的无理取闹；因为你，我变得很纠结，变得不知如何是好。你的一句话，可以改变我一天的心情，你的一张笑脸，可以左右我一天的情绪。只是，这一切的一切都已经成为过去。

爱着的时候，我们是幸福的，曾经经历的种种都是值得的。后来，我们不再相爱，或者不能再相爱，人走了，留下了空寂的孤独，我们在孤独中学会了自我疗伤。也因为失去了你，才知道，原来，最宝贵的东西不是你拥有的物质，而是陪伴在你身边的人。不能强迫别人来爱自己，只能努力让自己成为值得爱的人，其余的事情则靠缘分。

这种感情的伤，因为伤在心里，是很难愈合，甚至永远也愈合不了。守着思念，在无数的夜空下孤寂地数落曾经的记忆。

不能在一起，是不是因为在不对的时间遇到了对的你？在平坦的路途中，我们走过了一段历程，却注定不能走到尽头。在爱情的十字路口，我们选择了各自的交叉点，不管愿意还是不愿意，我们都再次道声“不再再见”，为什么不再再见？因为害怕再见。

因为曾经与你经历了很多，所以，注定丢失的也会多；因为曾经爱你很多，所以，注定难以解脱。既然有缘聚，自然有缘散，缘聚的时候，我们把握过，在缘尽的时候，我们珍惜过，为了这份爱，我们彼此守候过。

如果不能再爱，选择分手是不是给予彼此幸福的抉择？

因为爱，我在孤独中数着思念等待你；也因为爱，我在缘尽前说分手，不让缘分耗尽，只待今后那点仅剩的缘分还能让我们相遇。今后的相遇不再是邂逅，就在某个不经意的时刻，不经意的地点，偶然相遇，静静地凝望数秒，然后面带笑容地问你：

“好久不见，你还好吗？”

然后，我想听到那句温馨而浪漫的话：

“我只希望你好。”

就用这句话结束残留的温情，让它化作记忆，永藏心扉。